KB262794

DEMON

제일좌

BLOOD

FANTASY FRONTIER SPIRIT
홀로선별 판타지 장편 소설

제일좌 1

홀로선별 판타지 장편 소설

초판 1쇄 찍은 날 § 2011년 10월 10일
초판 1쇄 펴낸 날 § 2011년 10월 17일

지은이 § 홀로선별
펴낸이 § 서경석

편집부장 § 권태완
편집책임 § 어정원

펴낸곳 § 도서출판 청어람
등록번호 § 제1081-1-89호
등록일자 § 1999. 5. 31
어람번호 § 제1-1278호

주소 § 경기도 부천시 원미구 심곡2동 163-2 서경B/D 3F (우) 420-822
전화 § 032-656-4452 팩스 § 032-656-4453
http://www.chungeoram.com
E-mail § chungeoram@chungeoram.com

ISBN 978-89-251-2648-7 04810
ISBN 978-89-251-2647-0 (세트)

도서출판
청람

DEMON

홀로선별 판타지 장편 소설

FANTASY FRONTIER SPIRIT

① 제일좌

BLOOD

CONTENTS

Prologue

DEMON
제일좌
BLOOD

우르르릉~ 콰쾅!

천지가 붕괴되는 것 같은 폭음이 대륙 최고봉이라 불리고 있는 아하트라만 산 정상 위에 몰아치고 있었다.

아하트라만 산은 해발 일만 미터가 조금 넘는 험준한 산이었지만 그 꼭대기에는 놀랍게도 상당히 넓은 분지가 형성되어 있었다.

인간의 발길이 거의 닿지 않는 곳인 이곳에 지금 놀랍게도 각양각색의 사람들이 여러 명 보이고 있었다.

"가이스트라! 어서 너의 세계로 돌아가라! 이야압~!"

"여기도 있다. 최강의 벼락이여! 악마를 죽여라! 기가~

레인~!"

"악은 지옥으로~! 타핫!"

그들은 중앙의 누군가에게 상상을 벗어날 만큼 강력한 공격을 동시에 퍼붓고 있었다. 일견하기에도 눈이 부실 만큼 엄청난 오러 블레이드는 물론 무려 7서클에 이른 대마법 공격, 허공을 빼곡히 덮는 단검까지 난무하고 있으니 누구라도 그 안에 있으면 살아남을 수가 없을 것처럼 보였다.

하지만 그 무서운 공격 속에서도 실로 믿기 힘든 외침이 터져 나오며 온통 눈이 새빨갛고 피부가 칠흑색인 괴인이 허공으로 튀어 올랐다. 그는 근 3미터에 이르는 키에 덩치까지 커서 등장만으로도 주변을 압도할 지경이었다.

"크하하하! 가소로운 것들……. 겨우 네까짓 놈들이 감히 '칠흑의 대제', 나 가이스트라에게 도전을 한다는 말이냐! 지옥의 불길이여 타올라라! 모든 것을 태워 버릴지어다. 헬~ 파이어~!"

"모두 카즈칸의 장막을 펼쳐라!"

"카즈칸의 장막!"

화악~ 펄럭펄럭~!

휘류류류~! 콰콰쾅~!

전설 속에서나 존재한다는 궁극의 마법인 헬 파이어가 칠흑의 괴인의 손에서 터져 나왔다. 인간이 절대 도달할 수가 없다는 9서클 마법이 등장한 이상 그 앞에 있는 모든 것은 멸

망해야 정상인 장면이었다.

그러나 괴인과 싸움을 하고 있던 사람들에게는 다행히 인세 최고의 보물이 있었다. 바로 대륙이 창조될 무렵에 신께서 인간에게 선물했다는 카즈칸의 장막.

이 보물은 그 무서운 궁극의 마법 헬 파이어조차 막아낼 수 있는 신비로운 효능이 있었던 것이다. 그것이 그들의 수중에 있었다. 그 뿐이 아니었다.

"지금입니다! 총수님!"

"이때를 기다리고 있었다. 잘 가라~! 마의 절대자 가이스트라여~!"

슈우우우욱~! 서걱~!

"끄아아아아~! 이, 이럴 수가… 카, 카즈칸의 장막에 이어서… 주신의 빛이라니……. 말, 말도 안 돼! 이건 현실이 아니야~! 으아아아아~!"

"꺄아아악~! 피하세요! 총수님!"

모여 있던 사람 가운데 가장 훤칠하게 생긴 청년 한 명이 주신의 빛이라 일컫는 거대한 투핸드 소드를 치켜들어 그것으로 곧장 가이스트라라고 부르는 마왕의 가슴 한복판을 길게 베어버렸던 것이다. 그러자 그렇게 무서운 포스를 풍기던 가이스트라의 몸이 쩍 갈라지더니 곧 엄청난 피가 쏟아져 나왔다.

그런데 문제는 그 많은 양의 피가 사방으로 튀어 오르자 방금 검을 휘둘렀던 청년이 그 피가 날아가는 앞을 막아섰고 그로 인해 그 많은 피를 고스란히 뒤집어쓰게 된 일이었다.

그 모습을 보고 조금 전 무서운 단검술을 선보이던 아름다운 여인이 비명을 지르며 그에게 뛰어갔지만 그때는 이미 상황이 종료된 후였다.

"끄르륵… 과연… 인, 인간 가운데 최고라는 신의 전사답구나……. 하지만 이것이 끝이 아니다."

"시끄럽다, 가이스트라! 이제 지옥으로 영원히 사라져라!"

"마, 마지막으로 한마디만 하고 가지."

"해보아라."

가이스트라는 그렇게 많은 검은색 피를 흘리면서도 완전히 죽지 않았다. 그렇지만 더 이상 버틸 것 같지도 않았는데 그런 그가 숨을 몰아쉬면서도 뭔가를 말하려 하자 청년은 마지막이라고 생각했는지 그것을 인정해 주었다.

"내… 내 피가 흐르는 이상 넌 더 이상 나에게서 벗어날 수 없다. 넌 날 죽였지만, 넌 다시 날 살릴 것이고 평생 그것이 널 후회케 만드리라. 신의 증명자여… 쿨럭!"

"시끄럽다. 내 설혹 스스로 목숨을 끊는 한이 있어도 절대로 그런 일은 일어나지 않을 것이다. 잘 가라. 가이스트라여!"

부웅~! 퍼억!

"……."

그렇게 결국 악의 종주 가이스트라는 목이 잘린 채 검은 재로 화해 사라졌다.

"수고 많으셨습니다, 총수님!"

"당신들도 고생 많았소. 이제 끝났으니 어서 가이스트라의 잔당들을 처리하고 모두 각자의 직분으로 돌아가시오. 오늘로써 '빛의 대리회'는 문을 닫을 것이오. 언젠가 또 다른 마왕이 세상을 어지럽히기 전까지는 절대 열리지 않을 것이오."

"하, 하지만 지금 대리회를 닫는 것은 너무 빠른 게 아닐까요?"

"대리회가 계속 남아 있게 될 경우 또 다른 가이스트라가 등장할 지도 모르오. 인간은 늘 권력의 욕심에서 완전히 벗어날 수 없기 때문이오. 내 이야기는 끝났소. 훗날 인연이 있으면 다시 만납시다."

청년은 나이가 어려 보였지만 장내에 있는 그 어떤 사람들보다 거대한 존재감을 가지고 있었다. 하지만 이렇게 수수께끼 같은 상황은 종료되었으며 악마를 제거하기 위해 모였던 사람들은 하나둘씩 그 자리를 떠나기 시작했다.

그들은 모두 각각의 왕국과 제국에서 매우 중요한 자리를 차지했던 사람들인지라 한없이 이곳에 남아 있을 수는 없었다.

하지만 그 가운데 조금 전에 청년의 위기를 보고 소리를 질렀던 아가씨와 오러 블레이드를 피어 올렸던 노인 한 명은 마지막까지 남아 청년을 안타까운 눈빛으로 바라보았다.

"괜, 괜찮으세요?"

"로드!"

"울컥~! 으윽… 과, 과연 힘들군……. 아무래도 내부가 다 타버린 모양이오. 다만 한 가지 신기한 것은 가이스트라의 피를 뒤집어쓰자마자 기묘한 힘이 새롭게 날 지탱시켜 준다는 것이지. 어쨌든 어서 집으로 돌아갑시다. 그리고 예시카."

노인은 청년에게 로드라 칭했다. 그것으로 보아 청년은 상당히 높은 귀족 출신인 모양이었다. 어쨌든 청년은 그런 노인에게 돌아갈 것을 명하더니 이번에는 아름다운 아가씨를 불렀다.

"네, 총수님. 아니, 테오도른 오라버니. 말씀하세요."

"마왕의 피가 나에게 어떤 영향을 끼칠지는 나도 잘 모르오. 그래서 그런지 나는 처음으로 후예를 만들고 싶다는 생각이 강하게 들었소. 나와… 결혼해 줄 수 있겠소? 아무래도 나는 그대를 사랑하는 모양이오."

"쉿… 그 마음 알아요. 그리고 저도 원해요. 당신의 아이를……."

그렇게 두 사람은 마음이 하나로 이어졌고 곧 손을 잡고 그곳에서 나란히 사라져갔다. 청년의 충실한 신하인 노인의 호위를 받으며…….

Chapter 01
신비한 꼬마

1

　하마르 제국의 작은 도시 중에 루켄 성이라는 곳이 있다. 이곳은 영지의 규모는 그리 크지는 않지만 그 주변을 아우르는 상권이 발달되어 있어서 유동인구가 많은 편이었다.

　"자. 어서 오세요. 오늘 생선이 아주 싱싱해요."

　"어머, 아가씨 몸매 예쁘다. 이 옷 좀 보고 가요."

　시끌벅적한 시장은 오늘도 여전히 바쁘게 돌아가고 있었다. 지나가는 사람들을 붙잡고 끌어모으는 역동적인 상인들의 모습이 매우 활기차 보였다. 이런 모습이 이곳 루켄 시장의 특징이라면 특징이었다.

　시장 옆 마을에 사는 류시에 씨도 이곳 시장을 가끔 이용하는데 오늘따라 자신이 사려던 채소가 없어서 사방을 찾아다니는 중이었다.

"이상하게 오늘따라 싱싱한 파치가 없네. 요즘 제철인데……."

그녀가 이렇게 중얼거리며 주위를 둘러보고 있는 그때, 갑자기 고사리 같은 손이 그녀의 치마를 잡더니 한 어린아이가 나서며 이렇게 말했다.

"저… 아줌마 이것 좀 사주세요."

"아니! 너도 여기서 장사하는 거니?"

끄덕끄덕.

초롱초롱한 눈망울로 빤히 자신을 바라보며 뭔가를 내미는 아이를 보자 류시에 씨는 가슴이 뭉클했다. 잘 봐줘야 이제 막 일고여덟 살이나 되었을까. 어린 나이에 이런 험난한 시장에 나와서 장사한다고 생각하니 짠했던 것이다.

"너는 무얼 팔고 있니?"

"이, 이거요."

수줍은 듯 그 아이가 내놓은 것은 주변에 있는 산이라면 어디를 가도 흔히 볼 수 있는 평범한 산나물이었다. 아이는 그것을 몰랐는지 그 작은 손으로 열심히 나물을 캔 듯했다. 그것은 아이의 손톱 사이에 아직도 잔뜩 끼어 있는 흙을 보며 알 수 있었다.

"저런, 그래 이건 얼마에 팔고 있니?"

"그냥 알아서 주세요."

류시에 씨는 앞뒤 생각할 것도 없이 아이의 손에 1실버를 얹어주며 그 나물을 챙겨 들었다.

"그럼 이 정도에 팔아라. 아마 그 정도 가격이면 충분할 거야. 에구, 어린 것이 고생 많구나."

기껏 산나물 조금에 1실버라니. 그녀는 애처로운 마음에 자기도 모르게 오늘 장을 다 보고도 남을 거금을 내놓고 만 것이다.

"고, 고맙습니다. 아줌마, 정말 고맙습니다."

아이는 열심히 허리를 굽혀 가며 인사를 했다. 그 좋아하는 모습이 그렇게 귀여울 수가 없었다. 류시에 씨는 푸근한 마음이 들어서 속으로 생각했다.

'정말 귀엽고 잘생긴 아이인데 부모가 누구길래 저런 고생을 하게 됐을꼬. 어쨌든 오늘은 비록 장보기는 틀렸지만 기분은 좋구나.'

"힘들어도 열심히 살 거라. 다음에 기회 있으면 또 보자."

가뿐하게 그 흔한 나물을 비싸게 팔아먹은 아이는 그녀가 시야에서 사라지자 순식간에 표정을 바꾸었다. 지금까지 짓고 있던 순진한 표정은 오간데 없이 닳고 닳은 상인 같은 표정을 짓는 것이었다.

그러더니 이번에는 바쁘게 움직이고 있는 어떤 남자의 옷소매를 잡았다.

"아저씨 안녕하세요. 혼자 지내시기 불편하시죠?"

"어라? 애야, 너 혹시 나 아니?"

"아니요."

"그런데 내가 혼자 사는지는 어떻게 알았니?"

아이가 잡은 사내는 루켄 성 내에서 농기구점을 하고 있는 돌만 씨였다. 그는 아이의 당돌한 물음에 자기도 모르게 이렇게 대화를 하게 되었다. 아이는 옷자락을 슥슥 손가락으로 어루만져 보이며 말했다.

"에이, 아저씨 옷소매가 며칠씩 빨지 않은 것으로 보여서 그걸 보고 찍은 거죠. 만약에 집에 아줌마가 계셨다면 그렇게 더러운 옷을 입을 리가 있겠어요?"

돌만 씨는 정확한 추리에 감탄해서 아이를 다시 한 번 쳐다보았다. 아무리 봐도 이제 부모님의 품에서 재롱이나 피울 나이인데 어떻게 저리도 똑똑하게 말을 잘 하는 것인지 신기할 정도였다.

"허허허 그놈 참, 그런데 넌 여기서 뭐하는 거냐?"

그는 오늘 바쁜 상황인데도 불구하고 알 수 없는 호기심에 아이와의 대화에 끌려들어 갔다.

"헤헤, 전, 아저씨처럼 혼자 생활하시다가 빨래도 제대로 못해 걱정하시는 분들을 위해서 장사를 하고 있어요."

"어떤 걸 파는데?"

"바로 이거요."

이번에 아이가 꺼낸 것은 다코라 불리는 세제용 풀이었다. 이 풀은 빨래와 함께 물에 담가 넣으면 찌든 때까지 몽땅 빨아들이는 놀라운 세척 효과를 가진 풀이었다. 그러나 이것은 이 지역의 특산품에 해당하는 지라 그리 구하기 어려운 풀이 아니었다. 생각지 못한 물건에 어이가 없다는 표정으로 사내가 되물었다.

"그건 다코 아니냐?"

"이게요, 그냥 아무 데서나 파는 다코가 아니에요. 아저씨 시중에서 파는 다코 써보셨어요?"

"당연히 써봤지. 네 말대로 홀아비 신세이니 그저 다코랑 빨래를 담갔다가 꺼내는 게 일인걸. 아직도 집에는 다코가 많이 남아 있단다."

보통의 장사꾼 같으면 이 정도의 말이 오가게 되면 거의 팔기를 포기했을 것이다. 그러나 아이는 돌만 씨의 옆구리로 바짝 가서 작은 소리로 이렇게 말을 건넸다.

"이 다코를 쓰게 되면요. 만나는 아줌마들마다 옷에 배이게 되는 향기에 취한데요. 전 어려서 잘 모르겠지만 그렇게 되면 장가가기가 무지 쉬워진다고 하더라고요."

모든 노총각들과 홀아비들의 귀가 번쩍 뜨일 만한 이 이야기를 듣고 아내를 잃은 지 10년이 넘게 홀아비로 지내는 돌만 씨가 그냥 지나칠 리 없었다.

"그, 그게 정말이냐?"

"아참, 아저씨도……. 저처럼 어린아이가 거짓말을 하겠어요? 제가 이곳에 오기 바로 얼마 전에도 저에게 이 다코를 사서 쓴 아저씨 한 분이 바로 장가를 가셨는걸요."

스스로 아이임을 상기시켜 주며 돌만 씨의 앞에서 큰 눈으로 올려다보는 그 녀석의 순진무구한 모습에 결국 돌만 씨는 주머니에서 돈을 꺼내 들고 말았다.

"조, 좋다. 얼마주면 되니?"

"음, 제가 이번에 또 멀리 가야 하니 특별히 아저씨께는 싸게 드릴게요. 2실버만 내세요."

"헉! 2실버? 아니, 겨우 그래봐야 다코일 뿐인데 2실버라니. 다른 다코는 동전 10문도 안한다고."

1실버가 동전으로 100문이니 아이가 제시한 금액은 턱없이 비싸다 할 수 있었다.

"싫으면 관두세요. 제가 여기 오기 전 마을에서는 3실버씩 팔았어도 물건이 없어서 난리였는데 다른 데 가서 팔죠 뭐."

아이는 전혀 망설임없이 주섬주섬 보따리를 싸기 시작했다. 이에 돌만 씨는 흠칫하고 말았다. 사실 아이의 말대로라면 2실버도 절대 비싼 금액은 아니었다. 여성들에게 인기를 끌게 하는 효능이 있다는데 가격이 문제이겠는가.

이것은 바로 아이가 노린 고도의 상술이었다. 만약에 아이가 다른 다코보다 약간 비싼 가격인 동전20문이나 30문을 불렀다면 오히려 의심 때문에 사지 않았을 테지만 턱없이 비싼 가격을 제시하자 그 효능이 정말이라 느꼈던 것이다.

"얘, 얘야, 넌 어린아이가 뭘 성질이 그렇게 급하냐. 여기 있다. 4실버. 그거 두 뭉치만 다오."

마침내 돌만 씨는 돈을 내밀었는데 방금 아이가 멀리 간다는 말을 들었는지라 언제 올지 몰라서 두 뭉치를 주문하고 말았다.

"5실버 주세요."

"뭐, 뭣? 그게 갑자기 무슨 소리냐?"

"안 사신다고 하시다가 산다고 하시는 바람에 제 시간이 손해났잖아요. 그러니 한 뭉치 당 50문씩 오른 거예요. 시간은 돈과 직결되죠."

잠시의 실랑이가 더 있었지만 결국 돌만 씨는 5실버라는 거금을 주고 그 다코 두 뭉치를 사고 말았다. 그러자 아이는 천천히 일어나서 걸어가기 시작했다. 이 녀석은 걷는 내내 속으로 콧노래를 부르고 있었다.

'킥킥, 오늘도 제법 장사가 잘 됐는데? 이제 어느 마을로 가볼까?'

2

"크르르르……."

"하악, 하필 이런 데서 늑대까지 만나다니… 이를 어쩌지?"

"미유리 잠시 움직이지 말고 있어 봐. 저놈의 태도를 보니 배가 고파 보이진 않으니……."

루켄 성의 외곽을 따라 조금 가다 보면 볼테르 산이라는 커다란 산이 하나 나온다. 이 산의 초입에 두 남녀가 꼼짝도 못하고 떨고 있었다. 남자는 대략 십오 세쯤 되어 보였고 여자는 어린 소녀에 가까워 보였다. 두 사람은 길을 벗어난 수풀에 몸을 숨긴 채 경직되어 있었다.

"흑흑, 무서워. 오빠."

"저 녀석이 어째서 노려보기만 하고 한 자리에서 꿈쩍도 않는 거지? 이럴 때 검 한 자루만 있었어도 해볼 만할 텐데 아쉽네. 칫."

까만 털을 가진 커다란 덩치의 늑대는 조금 전 남매로 보이는 이들 남녀가 걸어오던 길의 한복판에 서서 이를 드러낸 채 사나운 모습으로 주변을 둘러보고 있었다.

부유한 차림의 남매가 어째서 둘이만 떨어져서 이런 곳에 있는지 알 수는 없었지만 곱게만 자란 탓인지 둘 다 어쩔 줄을 모르고 떨고만 있었다. 그런데,

"아, 이런, 이곳을 먼저 지나는 분들이 계셨네요. 반가워요."

비록 볼테르 산 초입이라 하지만 지금처럼 날이 저물어 가는 시간에 이곳을 지나는 사람들은 거의 없었다. 여긴 몬스터들이 초입까지 출몰하기 때문이었다. 그런데 그런 이곳에

서 아이의 목소리가 들려오자 두 남매는 어른과 동행이라도 하고 있는 줄 알고 반갑게 그쪽을 바라보았다. 어느새 자신들의 옆까지 다가온 아이를 향해 떨리는 목소리로 소년이 말했다.

"너… 너는 혼자냐?"

"그런데요? 뭐가 잘못 됐나요?"

아이의 천연덕스러운 대꾸에 남매의 맥이 빠지는 그 순간 다시 늑대가 소리를 내었다.

"크르르릉……."

"아! 저놈은 볼테르 산의 난봉꾼 텐징이라는 늑대인 것 같은데……."

아이는 늑대의 정체를 아는 듯 이렇게 말했다.

"넌 이 늑대를 아니?"

"물론이지요. 이놈은 볼테르 산에 지나가는 사람들만 있으면 보이는 대로 달려들어서 '검은 악마' 라 불리는 아주 악질로 유명한 놈이에요."

"사, 사람들에게 달려든다고? 그, 그럼 잡아먹기도 하니?"

계속해서 위협적인 표정으로 사위를 살피고 있는 늑대를 곁눈질하며 소년이 물었다.

"아하, 두 분은 지금 저 텐징 때문에 꼼짝 못하시고 있는 거군요."

"꼬, 꼬마야. 조용히 좀 말해."

도대체 간이 어떻게 생겨 먹었기에 아직 열 살도 안돼 보이는 꼬마가 저렇게 태연한 것인지 이해가 가질 않았다.

"형아는 보아하니 돈 좀 있는 집 자제 같은데 저랑 거래 하나 하실래요?"

"거, 거래?"

"네, 거래요. 가령 두 분을 여기서 아무 탈 없이 가시게 해드리면 얼마를 주실지 흥정을 해보자는 거죠."

남매는 기가 찼다. 소년의 절반도 안돼 보이는 쪼그만 녀석이 저 무시무시한 늑대를 두고 얼토당토않는 말을 하는 것이니 그럴 만도 했다.

"네가 무슨 수로 우릴 이 자리에서 벗어나게 해준다는 거지?"

"그건 제가 알아서 할 문제이고 거래에 응하실 거면 액수나 제시해 봐요."

그러자 이번에는 소녀가 나서서 말했다.

"네가 정말로 우릴 구해주면 내가 아버지께 말씀드려서 20골드를 주도록 할게."

"50골드를 주세요. 목숨을 걸어야 할지도 모르는데 20골드는 너무 적어요."

일반 평민들 사이에서 같으면 천문학적인 돈이 거론되고 있었다. 20골드만 해도 시골 마을에서는 족히 집 한 채를 살 만한 거금 아니던가. 그런데 50골드라니 이런 조그만 어린아이 입에서 나올 돈의 단위가 아니었다.

"너 대체 50골드 얼마나 큰돈인 줄 알기나 하니?"

크와와와왕!!

"엄마야, 50골드고 뭐고 달라는 대로 줄 테니 저것부터 어떻게 좀 해봐."

이들이 흥정하는 모습을 발견하곤 뭐가 못마땅했는지 늑대가 크게 포효를 했다. 그러자 소녀는 기겁을 하며 아이의 조건을 수락하고 말았다.

"형도 찬성인가요?"

"그, 그래. 달라는 대로 줄 테니 어서 실력이나 보여 봐."

남매는 두려움에 서로 끌어안은 채 마침내 이런 결론을 내리자 아이는 둘에게 다가가서 종이 한 장을 내밀었다.

"그, 그건 뭐니?"

"여기다 이름을 쓰세요. 두 분 다. 그래야 제가 가서 돈을 확실하게 받지요."

남매가 떨리는 한 손을 내밀어 그 종이를 가져가 읽어 보니 거기에는 간략하게 이렇게 쓰여 있었다.

—차용증
우리 두 사람은 마로에게 목숨 빚을 졌기에 50골드를 지불하기로 한다.

이름: 이름:

언제 이런 것을 만들었는지 모르지만 아이의 철저함에 남매는 혀를 내둘렀다.

"너 정말로 저 늑대를 물리칠 방법이 있는 거니? 만약 네가 물리치지도 못하고 돈을 청구하면 어떻게 하지?"

"형은 보기보다 멍청하군요. 만약 내가 실패하면 둘 다 죽을 텐데 그럼 이 차용증은 자동 무효가 되잖아요."

졸지에 바보가 된 소년은 입술을 지그시 깨물며 결국 자신의 이름을 적더니 소녀에게도 이름을 쓰게 하였다. 그리고 이를 아이에게 내밀었다.

"자, 이제 그럼 두 분은 갈 길을 가세요. 지금부터 저 늑대는 제가 처리할 테니."

되돌려 받은 종이에 '이름: 루테민 드 헤이슈만 이름: 미유리 드 헤이슈만' 이라는 이름이 적힌 것을 확인한 아이는 이런 말을 남기고 척척 걸어갔다. 그리고 그 무시무시해 보이는 늑대 앞에 서는 것이었다. 남매는 그 모습을 보며 기겁했지만 이 틈을 이용하여 도망가지 않으면 기회가 없을 듯해서 말리지도 못하고 슬금슬금 뒷걸음질하기 시작했다.

"어서 뛰어요, 내 걱정 말고 어서요. 헤이슈만 영지로 곧 찾아갈게요, 안녕!"

크와왕!

아이의 마지막 목소리가 이어지는 그 순간 남매의 눈에 집채만 한 늑대가 아이를 덮치는 것이 보였다. 그 모습이 어찌나 무섭든지 둘은 뒤도 돌아보지 않고 뛰어가기 시작했다.

결국, 두 남매의 모습은 아득히 멀어지더니 사라지고 말았다.

"켁켁, 야 테루, 갔다. 얼른 비켜. 이러다 깔려 죽겠다."

[아, 미안. 실감나게 하느라고, 헤헤…….]

"쳇, 그 실감 두 번 더 나게 하다가는 이 마로님께서 돌아가실라."

이게 대체 어떻게 된 것일까. 마로라는 아이와 늑대는 마치 친구 대하듯 서로 정답게 앉아서 이야기를 시작하는 것이 아닌가. 잠시 후 서로 떨어진 뒤 늑대는 마로를 보며 혀를 낼름거리곤 말했다.

[그런데 대장. 내 연기 어땠어? 나 잘했지?]

"그 정도도 못하면 밥 먹을 자격도 없지. 그리고 다들 갔으니 원래의 모습으로 돌아와라."

[아참. 그렇지.]

휘리릭.

마로의 그 한마디에 놀랍게도 테루는 아까와는 달리 훨씬 더 멋지고 윤기가 자르르 흐르는 검은색의 털을 가진 신비로운 모습으로 변신했다. 조금 전에도 컸지만 지금은 그것보다 족히 두 배는 더 커 보였다. 이것이 테루의 본래 모습인 모양이었다.

"그런데 아까 저 두 남매는 어째서 둘만 있었던 거지? 이상하지 않아? 헤이슈만가는 백작 가문에다가 커다란 영지의 영주인데 그 집 남매를 단 둘이서만 다니게 한다니. 이해가 안 가."

[그건 아까 몰라우 약탈자들에게 당해서 그래. 저 남매 부하들이 간신히 둘만 탈출시키더라.]

"몰라우 이 녀석들이 돌았군. 감히 백작가 자녀들을 덮치다니……. 가만, 그러면 잘하면 건수 하나 더 나오겠는데? 큭큭, 몰라우놈 하고 거래를 한번 해볼까?"

[또 무슨 짓을 하려고?]

"그런 건 넌 몰라도 돼. 우선 헤이슈만가를 먼저 찾아가자. 어서 돈을 받아내야지. 거기서 돈을 받은 후에 몰라우 녀석을 찾아가 거래를 하면 내가 목표로 했던 돈이 거의 다 모일 것 같아. 오늘은 정말 운이 좋군. 이런 횡재도 하고."

아이의 말에 집채만 한 늑대는 고개를 절레절레 흔들었다. 테루라 불리는 이 늑대는 사실은 영물에 속하는 희귀한 짐승이었다. 정식 이름이 '블랙울프'로 불리는데 언뜻 보기엔 그냥 일반 늑대처럼 보이지만 사실은 오우거 같은 대형 몬스터도 피해가는 두려운 존재가 바로 블랙울프였다.

블랙울프는 워낙 수가 적고 세상에 잘 나오지 않는 희귀한 짐승이었다. 하지만 알려진 바로 이들은 강인한 체력은 물론 검으로도 뚫기 힘든 단단한 가죽을 가지고 있다고 전해진다.

뿐만 아니라 놀라운 은신술까지 가지고 있어 이놈이 마음먹고 숨으면 설혹 소드 마스터라 해도 찾아내지 못한다고 한다. 그야말로 짐승들의 왕으로 군림할 만큼 무서운 놈이 바로 블랙울프인 것이다.

3

[꼭 이렇게까지 해야 돼?]

"넌 아직 상인의 정신을 모르는 구나. 내 사전에 대충은 없어. 그건 너도 알잖아. 잔말 말고 어서 그어."

[알았어, 대장. 그럼 눈감아.]

"테루, 그냥 긁어. 내 걱정하지 말고."

대체 무슨 말인지 헤이슈만 영지 근처에서 마로와 테루는 실랑이를 벌이고 있었다. 마로는 아까부터 자꾸 긁으라고 하고 있고 그런 마로를 바라보는 테루의 눈에는 안타까움이 어려 있었다.

[쳇, 아무튼 대장은 너무 지독해서 탈이야. 어르신이 아무래도 잘못 가르치는 것 같아.]

"테루! 너 함부로 말하다간 혼난다."

어르신이라는 말이 나오자 갑자기 마로의 어린 몸에서 감히 범접하지 못할 매서운 기세가 피어났다. 그러자 영물 중에서도 손에 꼽히는 블랙울프인 테루조차 그 기운에 주눅이 드는 것인지 움찔했다.

[아, 알았다 대장. 그럼 시작한다.]

슈우욱! 츠파! 찌이익!

"우욱! 여, 옆구리 쪽도! 살점이 조금 떨어져 나가도 괜찮…으니까."

놀랍게도 테루는 마로의 몸을 그 날카로운 발톱을 세워서 할퀴기 시작했다. 아까부터 긁으라는 소리는 바로 이것을 뜻했다. 하지만 그저 가볍게 할퀴었지만 워낙 테루의 발톱이 날카로워서 금방 마로의 몸은 피투성이로 변하고 말았다. 그 뿐 아니라 일부 살점이 떨어져 나오기도 했다. 그런데도 이 작은 아이는 옆구리까지 그으라고 하는 것이니 누군가가 이 광경을 보았다면 피비린내와 흉한 모습에 얼른 도망가고 말았을 것이다. 불과 아홉 살의 꼬마가 저지르는 일 치고는 믿을 수 없는 상황이었다.

[지, 지금도 상당히 심해 보여.]

"시, 시끄러워. 어서 더 긁으라니까! 속이려면 확실하게…해야지."

츠으윽!

"으, 윽, 그래 잘했다. 나, 난 이제 성안으로 들어갈 테니 넌 이 근처에서 내 신호를 기다리고 있어."

[응, 알았다. 대장 부디 조심하고 무슨 일 있으면 바로 이 테루를 불러라.]

테루의 말을 듣는 둥 마는 둥 비틀거리며 앞으로 걸어가는 마로의 모습은 그야말로 목불인견이었다. 온몸에 나있는 상처는 사나운 짐승에게 심하게 당했다는 것이 역력했으며 한눈에 보기에도 피를 너무 흘려 위태로워 보였다. 그렇게 마로는 헤이슈만 성으로 향했다.

헤이슈만 성문 앞까지 간신히 기다시피 하여 걸어간 마로는 경비병이 보이는 즈음에 도착하여 그대로 몸을 날리듯 털썩 쓰러졌다. 이를 본 경비병 하나가 마로를 향해 달려왔다.

"아니, 꼬마야. 이게 대체 무슨 일이냐!"

"아, 아저씨, 여, 여기가 헤이슈만 성이 맞나요? 우윽……."

성문 경비를 맡고 있는 메르키는 일견 귀엽게 생긴 어린아이가 피투성이가 돼서 쓰러진 것에 안타까워하며 고개를 끄덕였다. 그러자 희미한 웃음을 지으며 마로가 입을 열었다.

"저, 전 이곳에 계신 루테민 고, 공자님을 만나러 왔어요. 으윽."

이 말을 끝으로 아이가 기절하자 메르키는 성주의 큰아들 이름까지 부르며 쓰러진 아이가 심상치 않다는 생각이 들었다. 해서 부랴부랴 다른 경비병에게 이곳 경비를 맡기고 아이를 둘러메고 안으로 뛰어가기 시작했다.

*　　　*　　　*

“어머! 오빠 이리 와봐. 아이가 눈을 떴어.”

“그래? 휴 다행이다. 역시 이글스 마법사님은 대단하셔. 금방 죽을 것처럼 보였는데 벌써 정신이 들게 하시다니…….”

넓은 실내의 한 침대에 마로는 누워 있었다. 그는 누군가가 씻겨 주고 치료를 해주었는지 어느새 말끔한 모습으로 눈을 뜨고 있었다.

“헤헤, 다시 만났네요. 계산하러 왔어요.”

그는 눈을 뜨자마자 대뜸 이 이야기부터 꺼냈다.

“너… 참 대단하다. 대체 어떻게 살아난 거지?”

미유리는 커다란 눈을 더욱 동그랗게 뜨고 놀랍다는 듯이 마로를 바라보며 물었다.

“그 정도에 죽었을 거면 벌써 죽었지요. 이까짓 것은 아무 것도 아니에요.”

언제 아팠냐는 듯 미소까지 지으며 마로가 이렇게 말하자 얼마 전 남매는 감탄하고 말았다. 어린아이가 죽음을 헤쳐 나오고도 태연한 걸 보니 새삼스러워 보였던 것이다.

“너, 정말 안 아파? 이글스 마법사님 말을 들어 보니 치료가 잘 되었어도 무척 아플 거라고 하시던데…….”

마유리의 말에 마로는 싱긋 웃으며 속으로 생각했다.

‘칫, 바보들. 난 이미 이곳에 대단한 마법사가 한 명 있는지 알고 일부러 이런 건데…….’

사실 마로는 성에 멀쩡한 채로 들어오면 의심을 받을 수 있고 절차도 까다로울 것을 예측, 일부러 자신을 자해하는 방법으로 들어왔던 것이다. 그의 계산속에는 이 정도 상처는 금방 낫게 해주리라는 것도 있었고 이런 방법을 씀으로서 이 순진한 남매에게 두터운 신임까지 받게 될 바를 이미 예상한 것이다. 실로 영악한 심계가 아닐 수 없었다.

"전 괜찮아요. 아주 어릴 때부터 험하게 자라서 어지간한 상처 따위는 우습죠. 헤헤."

순진무구한 얼굴로 이렇게 말하는 그를 보는 동안에 두 남매의 가슴엔 서로 비슷한 감정이 생겼다. 그것은 바로 아이에 대한 동정과 감탄이었다.

"이름이 뭐니? 아참, 난 미유리이고 나이는 이제 열한 살이야."

"전 이미 아가씨의 이름을 알고 있어요. 차용증에 적어 줬잖아요. 그리고 저 도련님 이름도요. 제 이름은 마로예요, 나이는 아홉 살이고요."

"내 나이는 열다섯이야. 그런데 대체 너처럼 어린아이가 그렇게 큰돈이 필요한 이유가 뭐기에 목숨까지 걸었던 거니?"

르테인의 질문에 마유리도 궁금하다는 듯 눈을 반짝이며 마로의 입만 바라보았다. 자신들도 아직까지 마로처럼 큰돈이 필요할 일이 생길 거라고는 꿈에서도 생각해 보지 못했던 것이다. 하물며 저렇게 어린 꼬마가 그런 거금을 필요로 하니 언뜻 이해가 안 갔다. 그들의 모습에 마로는 이내 눈물을 글썽이며 애써 울음을 참는 모습을 보이며 조그만 입을 벌렸다.

"사실 그 돈은 약을 구하기 위해 마련하려는 거예요. 우리 할아버지께서 지금 병세가 아주 위독하시거든요. 그래서 할아버지를 구하려면 꼭 필요한 약재가 있는데 그것이 무척 비싸대요."

"세상에! 그것참 안됐구나. 그렇지만 대체 얼마나 비싼 약재이기에 100골드나 필요하다는 거지?"

"그건 100골드가 아니고 하나에 300골드래요. 아직도 200골드나 모자라요."

남매는 입을 딱 벌리고 말았다. 아무리 세상에 드문 비싼 약재라 해도 300골드짜리 약재가 있다는 소리는 들어 본적이 없었던 것이다.

"마로야, 네가 혹시 뭘 잘못 알고 있는 것 아니니? 그렇게 비싼 약재가 어디 있다고……."

"형아, 그리고 누나. 혹시 요정의 눈물이라는 약재 들어 보셨어요?"

"헛, 요… 요정의 눈물? 서. 설마 그게 필요하다는 말이야?"

'요정의 눈물' 이란 약재는 전설 속에서나 등장하는 약초였다. 말은 무성했지만 몇백 년간 누구도 본 적이 없다는 신비의 약재로서 그것의 효능은 아직까지 세상에 알려진 바가 거의 없었다. 그러나 최근 그 약초들이 발견되어 화제가 되기도 했다. 마로의 입에서 그 약초가 거론된 것이었다.

"그것 말고는 할아버지의 병을 낫게 할 수 있는 약재가 없대요."

시무룩하게 말하는 마로를 보며 남매는 기분이 울적함을 느꼈다. 그들은 어떤 식으로든 마로를 돕고 싶다는 생각이 강하게 일어났다.

"우리가 아버지께 말씀 드려서 네게 줘야하는 돈을 조금 더 달라고 해볼게. 그러니 너무 걱정하지 마."

마유리가 이렇게 말하자 마로의 입가에 보일락 말락 한 작은 미소가 피어났다.

'후후, 의외로 간단하게 넘어가네. 이러면 생각보다 더 쉽게 돈을 모으겠는걸. 하지만 여기서 대충 넘어가면 안 되지.'

"그러시지 마세요. 전 거래한 만큼만 받으면 되요. 할아버지는 어떻게든 제 손으로 고쳐드릴 거예요. 이런 식으로 신세를 지는 건 옳지 않다고 할아버지께서 그러셨… 아악!"

말을 하다 말고 마로는 자신의 옆구리를 꽉 움켜쥐며 부들부들 떨었다.

"마로야, 괘, 괜찮니?"

"그, 그냥 옆구리가 조금 아파서… 제 몸 같은 건 신경 쓰지 마세요. 아, 할아버지……."

아홉 살의 꼬마가 고통에 몸부림치면서도 할아버지를 생각하는 모습에 남매는 눈물이 날 지경으로 감동하고 있었다. 둘은 서로 눈빛을 교환하면서 고개를 끄덕이는 것이 모종의 결정을 한 듯했다.

"마로야, 여기서 조금만 더 푹 쉬고 있어봐, 우린 잠깐 아버지를 만나고 올게."

남매가 이렇게 말하는 순간 갑자기 마로의 눈빛이 변하더니 얼굴을 최대한 찌푸리면서 더 아픈 시늉을 했다. 그와 동시에…….

"그럴 필요 없다, 얘들아. 이 꼬마가 너희들이 말한 그 꼬마인가 보구나."

이런 말소리가 들리며 인자해 보이는 중년의 남자가 실내에 들어섰다.

4

조용히 실내에 들어선 헤이슈만 백작은 마로와 눈이 마주치자 사람 좋아 보이는 미소를 지었다. 그는 저렇게 어려 보이는 꼬마가 자신의 아이들을 구했다는 것이 쉽게 믿어지지 않았다.

"네가 우리 아이들을 구했다는데 그것이 사실이냐?"

　백작처럼 보기에 부드러워 보이는 사람이 오히려 더 위험하다는 것을 마로는 알고 있었다. 그는 이미 백작이 자신에 대해 의심을 하고 있다는 점을 본능적으로 느끼고 있었다.

　"어쩌다 보니 그렇게 되었습니다."

　"어린 나이에 대단하구나. 내가 듣기로 그 늑대는 너 같은 어린아이가 감당하기 쉽지 않은 것으로 들었는데 어떻게 우리 아이들을 구할 생각을 하였느냐? 돈 때문이라는 이야긴 들었지만 단순히 돈만 생각하고 덤벼들기엔 생명이 위험한 상황이었을 텐데?"

　날카로운 백작의 질문에도 마로의 표정은 전혀 변하지 않았다. 그는 백작이 자신의 표정까지 세밀하게 살핀다는 것을 느꼈기에 대수롭지 않다는 듯한 얼굴로 이렇게 말했다.

　"처음엔 저도 깜짝 놀랐지요. 하지만 저 두 분께서 상당히 부잣집 자제들이라는 것을 깨닫는 순간, 목숨을 건 도박을 하기로 결심했습니다. 제가 아직 어린아이에 불과하지만 나름대로 살아남을 비책은 있었거든요."

　백작은 사실 이 아이가 어떤 사기 단체의 끄나풀쯤 되지 않나 하는 의심을 하고 있었다. 늑대에게 공격당하고도 살아 돌아오다니, 상식적으로 말이 안 되는 일이었기 때문이었다. 하지만 아이가 나름대로 자신의 흥미를 끄는 이야기를 하자 저도 모르게 호기심이 일고 있었다.

　"비책이라… 그게 어떤 것이었지?"

"뭐 그렇게 대단한 것은 아닙니다. 일단 두 분을 먼저 도망가게 하면 제 임무는 끝나는 것이니 먼저 두 분을 도망치게 한 뒤에 냅다 뛰어서 저도 도망가는 것이지요. 당연히 위험한 일이지만 그에 따르는 대가는 저로 하여금 충분히 그런 도박을 하도록 만들더군요. 제가 다른 건 몰라도 뛰는 것은 자신 있거든요."

여기까지 나온 마로의 이야기는 단순했지만 말을 해나가는 그의 언변은 결코 단순하지 않았다. 어린아이답지 않게 차분히 이야기를 풀어가기 시작하는 마로를 보며 백작이 다시 물었다.

"그러면 우리 아이들을 도망치게 하고 넌 그저 뛰었단 말이냐? 고작 그걸로? 늑대를 뿌리치는 것이 쉽지 않았을 것 같은데, 꼬마야."

"아버지. 아직 그 아이는 환자예요. 죄인이 아니라고요. 지금 너무 심하게 대하시는 것 같네요."

백작이 끈질기게 물고 늘어지자 보다 못한 마유리가 끼어들었다.

"미유리 아가씨. 전 괜찮아요. 백작님의 의심은 이해가 갑니다. 한 가지 여쭙겠습니다, 백작님. 늑대에게 등을 돌리고 뛰게 되면 늑대는 어떻게 할까요?"

"당연히 악착같이 달려들겠지. 늑대들의 본성이니까."

백작이 턱을 쓸며 말했다. 그러자 마로가 가볍게 손뼉을 치며 말을 이었다.

"바로 그겁니다. 제 도박의 핵심은 늑대의 본성을 노렸던 겁니다. 늑대의 눈앞에서 뛰면 절 따라올 테고, 놈이 절 덮쳐 쓰러뜨린 순간에 이걸 쓴 거죠."

마로는 자신의 품에서 작은 주머니 하나를 꺼냈다. 그러자 코가 찌릿할 만큼 강한 향이 은은히 새어나오고 있었다. 백작이 고개를 갸웃거리며 물었다.

"이건… 뭐지?"

"뒤롱드 풀과 티클 뿌리를 섞어 말려 빻은 가루예요. 할아버지께서 주신 건데 늑대들이 극도로 혐오하는 거거든요. 늑대의 본성을 이용해 이걸 놈의 얼굴에 뿌려버린 겁니다. 게다가 배가 부른지 물지 않았던 것도 운이 좋았어요. 이걸 쓰고 난 뒤에 전 늑대의 코를 매우 강하게 물어버리고 귀를 후려쳤어요. 놈이 혼비백산하더라고요. 죽기 아니면 까무러치기였는데 성공했던 거죠, 뭐. 물론 상처는 있지만요. 에헤."

마로의 말은 분명 거짓말이었다. 하지만 지금 그가 설명하는 내용은 너무나 생생해서 듣는 사람으로 하여금 믿게 만드는 설득력이 충분히 있었다. 그만큼 그의 화술은 탁월했다. 잠시 생각에 잠겼다가 백작이 입을 열었다.

"허어, 그게 사실이라면 넌 정말 놀라운 아이로구나."

"백작님께서 처음에 절 어떻게 보셨을지는 저도 알아요. 다른 사람과 짜고 길들인 늑대로 사기를 치는 건 아닐까 생각

하셨죠? 하지만 이 마로는 그렇게 어리석지 않아요. 남이 시
킨다고 하는 바보도 아니고요. 분명한건 제가 저 두 분을 구
했다는 것이고 그로 인해 전 목숨을 잃을 뻔했다는 사실이
죠."

　결정적인 이 말에 백작은 할 말을 잃었다. 생각해 보면 저
아이가 이곳에 올 때의 모습이 떠올랐던 것이다.

　만약 사기치는 무리가 있었다면 돈을 받아오게 시킬 아이
를 죽음까지 내몰지는 않았을 것이라는 생각에 납득이 됐다.
결국 일부러 초주검이 될 정도로 상처를 입고 성안으로 들어
온 마로의 의도가 그대로 들어맞는 순간이었다.

　"마로라고 했나? 내 너에게 정식으로 사과하마. 솔직히 너
무 믿기 힘든 경우라서 잠깐 의심을 한 것뿐이니 기분 나쁘게
생각지 말거라. 그리고 들어오다가 너의 사정은 나도 들었다.
해서 난 너에게 200골드를 지불하기로 했다. 대신 그렇게 큰
돈을 너에게 주었다가는 행여 누군가 뺏으려 할지 모르니 너
의 거처까지 호위병을 붙여주겠다."

　백작은 아이에게 돈을 주기로 결정을 했으면서도 슬쩍 아
이의 정체를 알아볼 수 있는 여지를 남기는 것이었다. 영주의
이런 철두철미한 성격이 바로 헤이슈만 영지가 나날이 번영
할 수밖에 없는 원동력의 증거이리라.

　"저… 정말 감사합니다. 아, 백작님께서는 마음이 무척 넓
으시군요."

마로는 이미 백작의 의도를 알아차렸지만 아무것도 모르는 듯이 깍듯하게 인사하며 속으로 생각했다.

'킥, 호위병이라… 그거 좋지. 내 정체를 알아보고 싶은 모양인데 그게 그렇게 쉽지는 않을걸.'

"허허 그 녀석, 내 이날까지 살면서 너처럼 당찬 아이는 처음 보는구나. 여기서 며칠 더 쉬었다가 호위병들과 함께 네 할아버지가 있다는 곳으로 떠나거라."

"아닙니다. 그렇게 오래 있으면 할아버지께서 아마도 크게 걱정하실 겁니다. 몸도 불편하신데 그런 걱정을 끼쳐 드리면 건강이 더 악화될까 우려되는 걸요. 그러니 오늘 중으로 떠나겠습니다."

마로의 이 말에 백작은 완전히 의심을 풀었다. 진짜 효심이 없다면 아직 아픈데도 집으로 돌아가려고 하지 않을 터였기 때문이다.

어쨌든 의심이 풀리자 그 순간부터 마로는 이 아이가 탐나기 시작했다. 저렇게 효심도 있으면서 영특하고 또한 용기있는 아이를 보기란 결코 쉽지 않았다. 그리고 이런 아이가 힘겹게 살아가는 모습을 보고 싶지 않은 백작이었다.

어째서 혼자서 할아버지의 수발을 드는 것인지도 궁금했다. 어떻게 해서든 자신의 곁에 두고 싶은 마음이 너무나 컸다. 그런다면 아이의 생활도 도와줄 수 있을 것이고 루테인을 보좌할 수 있는 이로 크리라 판단한 것이다.

"마로야, 네 부모는 어찌되시냐?"

"그게… 잘 모르겠어요."

처음으로 마로의 눈이 잠시 흔들렸지만 이내 그 색을 되찾았다. 이를 본 백작은 부모가 운명을 달리했다 판단하고 입을 열었다.

"괜한 걸 물었나 보구나. 성에 들어와 살지 않겠느냐? 너희 할아버지와 함께. 너만 괜찮다면 검술도 가르쳐 주고 싶은데 어떠냐?"

백작의 이런 제안에 마유리와 루테인은 얼굴이 환해졌다. 남매는 이 아이가 만약 자신들의 성으로 오게 되면 무척이나 즐거울 것 같아서였다.

"그래, 마로! 우리 성에 와서 함께 공부하고 검술도 익히자구."

루테인이 약간 들뜬 목소리로 이렇게 말을 했다.

"그건 지금은 무리예요. 우선 할아버지 병이 나으시면 그때 다시 생각해 볼게요."

"그렇구나. 우리 생각이 짧았다. 그러면 만약 할아버지 병세가 호전되면 꼭 내 제안을 생각해 보거라."

"저에겐 큰 영광이지요. 꼭 그렇게 할게요."

남매의 들뜬 목소리에 조금 전만 해도 어색하고 무겁던 분위기가 완전히 바뀌어서 화기애애해 졌다.

이것은 물론 마로의 놀라운 화술과 분위기를 주도하는 힘이 크기에 가능했다. 하지만 부모에 대한 이야기로 잠시 흔들리긴 했어도 마로의 속마음은 기대에 찬 백작 가족들과는 완전히 달랐다.

'검술이라… 어르신이 들으면 까무러칠 소리로군. 하지만 이런 귀족들과의 인연의 끈을 쉽게 놓을 수야 없지. 후후 뭐 귀여운 도련님과 아가씨랑 시간을 보내는 것도 재미는 있을 테니까……'

속을 알 수 없는 아이. 저를 만나는 사람마다 정체가 무엇인지 정말로 궁금하게 만드는 이 아이는 분명 아홉 살 꼬맹이였다. 하지만 그 속을 알 수 없기에 더욱 무서운 인상을 남기고 있었다.

Chapter 02
어르신

제일좌

DEMON
BLOOD

1

헤이슈만 성을 나설 때까지도 마로는 완전하게 나은 상태
는 아니었다. 외상은 흉터 하나 없이 치유되었지만 통증이 아
직 남아 여전히 그는 살며시 절뚝거리며 걷고 있지만 고집만
큼은 대단했다.

"그렇게 힘들어 하면서 꼭 가야해?"

미유리가 눈에 눈물을 그렁거리며 그의 손을 잡고 가지 말
았으면 하는 투로 물었다. 그러자 마로는 꿋꿋한 표정으로 이
렇게 대답했다.

"저도 이곳에서 더 쉬고 싶어요. 아가씨와 공자님께서 잘
대하여 주시고 또 백작님도 너무 편안하게 대해 주시니 가고

싶은 마음이 들겠어요? 하지만 아직도 병상에 누워 계신 할아
버지 생각만 하면 잠도 오지 않아요. 그러니 어서 가야죠."

정말 효성이 대단한 아이라는 생각이 물씬 드는 태도였다.

"허허… 그래… 그런 상황이라면 어서 가야겠지. 대신, 어
제 이야기한 것처럼 할아버지께서 괜찮아지시면 함께 놀러
오너라. 내 너의 할아버지에게도 할 말이 있으니… 그렇게 할
수 있겠지?"

"네, 꼭 그렇게 할게요. 백작님."

"그리고 정말로 마차를 타고 가지 않겠느냐? 호위도 필요
없고?"

"아까도 말씀드렸다시피 저는 제가 한 일 만큼만 받으면
됩니다. 그 이상은 신세를 지는 기분이 들거든요. 가령 백작
님께서 돈을 더 주신 것은 사랑하는 자녀분들의 목숨값이 그
만큼 비싸다는 또 다른 표현이니 거절할 이유가 없지만 비싼
마차를 타고 가는 것은 제 원칙에 맞지 않아요. 게다가 호위
를 대동하면 할아버지께서 너무 놀라실지도 모르거든요. 하
지만 백작님의 그 따뜻한 마음만큼은 꼭 새겨 놓겠습니다."

백작은 또다시 감탄했다. 이 아이는 보면 볼수록 대단하다
는 느낌을 주고 있었다. 말주변도 평범치 않았지만 저 어린
나이에 자신이 한 일 만큼만 받겠다는 원칙을 세워 놓고 사는
것은 아무나 할 수 있는 일이 아니었다.

하지만 그는 전혀 짐작치도 못했다. 그가 보고 있는 마로라

는 아이는 훨씬 더 뛰어나고 영악한 심계를 가진 아이라는 점을 말이다. 비록 아홉 살에 불과하지만 마로는 이 순간에도 백작의 머릿속을 훤히 들여다보고 있었다. 그렇기에 그가 하는 연극은 더욱 완벽할 수가 있었던 것이다.

"그래… 그럼 조심해서 가고 또 만나자."

"감사합니다. 그리고 루테민 공자님과 미유리 아가씨도 너무나 감사했습니다."

"고맙긴 우리가 고마웠지. 네 덕분에 목숨을 건졌으니……. 그리고 이제부터는 날 그냥 형이라 불렀으면 해. 신분을 떠나 아우로 삼았으면 좋겠어. 지금 당장 형이라고 불러 봐."

"네에? 하지만 그, 그건……."

"이런… 형이라고 부르라니까? 이 문제는 아버지께도 허락을 구한 일이니 누구 눈치 볼 필요도 없어."

백작가의 장자면 바로 차기 백작이 될 사람이다. 그런 사람이 평민 아이를 아우로 삼는다는 것은 실로 파격적인 일이라 할 수 있었다. 한참 머뭇거리던 마로는 이내 입을 열어 루테민을 불렀다.

"혀… 형님!"

"그래, 반갑다, 동생! 오늘은 보내지만 최대한 빠른 시일 안에 다시 만나자꾸나."

"네… 꼭 그렇게 하겠습니다."

반쯤은 장난이었고 또 반쯤은 돈이 목적이었던 마로는 이 날 처음으로 인간다운 인간을 만났다는 생각이 들었다.

그동안은 그가 어려 동정하는 사람은 있었지만 세상에 나와서 만난 사람들 대부분은 차갑고 냉정했다. 그렇기에 어린 그가 당한 고통과 어려움은 상상을 초월할 정도였다. 오죽하면 이 어린아이가 이 정도로 영악하고 치밀해 졌겠는가.

그런 그에게 자신의 마음을 활짝 열어준 귀족은 사실상 루테민이 처음이었다.

"흑… 그래, 마로. 꼭 다시 와야 돼. 알겠지? 늦으면 이 누나한테 혼난다."

"누, 누나요?"

"루테민 오빠가 형이 됐으니 난 자동으로 누나지. 바보."

참 특이한 남매였다.

그리고 묵묵히 이를 지켜보던 이들의 아버지인 헤이슈만 백작은 세 사람을 바라보다가 차분히 마로를 불렀다.

"나 또한 마찬가지다. 다음에 만날 때는 날 아버지라 생각해주었으면 싶구나."

"네? 아, 아버지요?"

"우리 두 녀석이 널 동생으로 생각하니 당연히 난 아버지가 되지 않겠나? 허허……."

백작의 말에 마로는 놀란 얼굴로 다시 한 번 백작을 바라보다가 빨개진 얼굴로 천천히 뒷걸음질치더니 크게 소리쳤다.

"네! 모두 보고 싶어서라도 꼭 다시 올게요. 최대한 빨리 올 테니 그때 구박이나 하지 마세요. 헤헤……."

"그래… 조심해서 가고 가다가 많이 아프면 바로 다시 돌아와야 해."

"네… 누… 나… 그리고… 형님! 또… 아버지… 모두 안녕히 계세요!"

그는 마지막에 아버지라는 소리만큼은 혼잣말처럼 중얼거렸다. 너무 가슴 벅찬 이름인지라 차마 그 소린 할 수가 없었던 모양이었다.

휘익~!

절뚝절뚝…….

이대로 조금만 더 가면 눈물이 흐를 것 같아 마로는 얼른 돌아서더니 아직은 불편한 다리로 바쁘게 걸어갔다. 그는 아홉 살 평생(?) 남에게 눈물을 보인 적이 단 한 번도 없었다. 있었다면 그를 낳았던 엄마라는 여자 정도일까. 하지만 그 여자에 대한 기억은 단 한 가지도 제대로 남아 있는 것이 없었다.

그래서 그의 기억 속에서는 그 누구에게도 눈물을 보인 적이 없는 게 맞는 일이었다.

'젠장… 나에게 잘해주지 말라고. 당신들이 그렇게 하면 내 결심이 흔들린단 말이야. 나는 세상에 갚아줘야 할 게 많거든.'

그는 간신히 눈물을 참으며 일부러 더 독한 생각을 떠올렸다. 그가 철이 든 이후부터 느낀 세상은 그야말로 냉혹했다. 그 누구도 거지꼴로 돌아다니는 어린아이에게 자비를 베풀지 않았다.

간혹 곰팡이가 잔뜩 먹은 빵조각이나 던져 주는 것이 그나마 최고의 친절이었다. 최소한 '어르신'이라는 노인네를 만나기 전까지의 그의 삶은 개만도 못했다. 그리고 그런 가운데서도 그는 생존을 위해 독해져 갔고 영악해져갔다. 세상은 그에게 마왕이 되라고 속삭였다.

만에 하나 그가 노인네를 만나지 못했다면 세상은 정말로 그를 사상 최악의 악마로 키웠을 지도 모른다.

그는 충분히 그만한 잠재력이 있으니까.

어쨌든 그가 그렇게 성문을 떠나 숲 방향으로 걷고 있을 때 갑자기 그의 귓전으로 익숙한 음성이 들려왔다.

[대장… 대장의 뒤에 꼬리가 붙었다.]

바로 블랙울프 테루였다. 그가 은근슬쩍 마로에게 경고한 것이다. 그러자 마로는 자연스럽게 중얼거리며 바닥에 주저앉았다.

"아아… 다리가 생각보다 많이 아프네……."

털썩.

'예상은 하고 있었지만 과연 미행을 붙였구나. 하지만 악의가 있어서 그런 게 아니니 최대한 문제를 일으키지 말고 떼어 놓아야 할 텐데……. 어쩐다?

그는 그 상태로 잠시 생각에 잠겼다. 사실 백작 가문의 사람들이 마음에 들지 않았다면 저런 미행자쯤이야 테루를 시켜서 간단하게 떼어 놓을 수 있지만 지금은 그러고 싶지 않았다. 그래서 고민을 하는 것이다.

'그렇지. 그렇게 하면 되겠구나.'

얼마의 시간이 지났을까. 깊은 고민에 잠겨 있던 마로가 벌떡 일어났다. 뭔가 미행을 따돌릴 수 있는 좋은 방법이 생각난 모양이었다.

2

기사 돌프는 헤이슈만 영지의 기사들 가운데 서열 이십 위 안에 드는 실력자이다. 그는 현재 영지군의 훈련 담당을 맡고 있는 부서에서 제3조장으로 활동하고 있는 사람이었다. 한마디로 그 아래 숱한 영지군을 거느리고 있는 꽤 대단한 사람이라는 뜻이다.

'저 꼬맹이가 누군데 뒤를 따라가서 집을 알아 오라는 것이지? 알 수가 없구나. 이런 일은 병사를 시켜도 될 텐데 굳이 날 보낸 이유가 뭘까? 이번에 공자님과 아가씨가 볼테르 산의 약탈자들에게 습격을 받았다던데 그놈들 토벌대에나 넣어주시지. 쯧, 이거 혹시 내가 각하께 찍히기라도 한 거 아냐?'

바로 그 기사 돌프가 지금 마로의 뒤를 쫓고 있었다. 자기

딴에는 은밀히 움직이고 있었지만 이미 그의 동태는 날카롭고 섬뜩하게 생긴 블랙울프의 시야에 샅샅이 노출되어 있었다. 테루였다.

테루는 은신에 뛰어난 영물이라 그런지 다른 사람이나 짐승이 은신한 것도 간단하게 찾아내는 능력도 지니고 있었다.

조심조심…….

스르르…….

돌프가 마로의 움직임에 따라 조심스럽게 움직이면 그 바로 뒤를 테루가 소리없이 따르고 있었다.

[이봐 테루… 그 사람은 이제 그냥 두고 어서 움직여. 거의 다 온 거 같아.]

[대장. 꼭 그렇게 일을 어렵게 할 필요가 있어? 그냥 내가 놀라게 해서 도망가게 하면 간단할 텐데…….]

놀랍게도 마로와 테루는 보이지 않는 상태에서도 정신감응으로 의사소통이 가능한 모양이었다. 이는 테루가 영물이라서가 아니라 마로의 숨겨진 능력 가운데 하나였다. 무슨 이유인지는 몰랐지만 마로는 선천적으로 영물이나 사념을 지닌 존재와의 의사소통이 가능했다.

[너 혼자 나타나면 저 사람은 검을 꺼내 들고 덤빌 게 분명해. 인간 기사에 대해 몇 번이나 이야기해 줬잖아.]

[대장이 날 그렇게 걱정해 줄 줄이야……. 키잉~! 하지만 걱정하지 마. 아무리 기사라 해도 저 정도면 나의 이 앞발 한

방으로도 충분히 처리가 가능하거든.]

[어휴… 머리야… 이 멍청아! 괜히 오버하지 말고 똑바로 들어. 저 사람은 이제 나랑 같은 편이나 마찬가지라고! 그러니 그냥 시키는 일이나 제대로 해!]

[끄응~! 알았다. 씨~]

원래 블랙울프는 자신보다 강한 사람에게만 복종하는 동물이다. 그런데 마로가 그보다 강해 보이지는 않는데도 이놈은 마로의 윽박에도 반항조차 하지 못했다. 이것도 마로의 능력 가운데 하나였다. 그는 아직 어렸지만 그의 능력은 아직 비밀이 많았다.

"후우… 힘은 들지만 할아버지가 고생하며 기다리고 계실 텐데 마냥 쉴 수만은 없지. 어서 가야지. 영차~!"

테루가 자신의 뜻대로 움직이는 것을 감지하자마자 마로는 일부러 큰 소리를 내면서 다시 숲 안쪽으로 열심히 이동했다.

콰르릉~! 졸졸졸…….

얼마쯤 들어갔을까. 갑자기 나무들이 사라지며 시야가 확 트이면서 세찬 물소리가 들려왔다. 이곳은 바로 볼테르 산의 자랑거리중 하나인 드래곤 폭포가 있는 계곡 절벽이었다.

이곳을 지나가려면 계곡 사이에 놓인 다리를 건너야 하는데 자칫 발이라도 헛딛게 되면 까마득한 아래로 떨어져 목숨을 잃을지도 모를 만큼 위험한 곳이었다.

흔들흔들…….

"오늘따라 다리가 왜 이렇게 흔들리지? 다리까지 다쳐서 걷기도 불편한데 조심해야겠네."

다리는 상당히 흔들거렸다. 사실 이 다리는 튼튼한 루핀 나무줄기를 이용해 엮은 것인지라 쉽게 상하거나 끊길 염려는 없지만 그렇다고 폭이 넓은 것도 아닌, 우선 급한 대로 건널 수 있게끔 만든 것이라 안정성이 아주 높은 편은 아니었다. 그렇기에 아이가 건너는 것은 실로 위험천만했다.

'저, 저거 위험한데… 그렇다고 은밀히 뒤를 쫓으라고 하셨는데 나설 수도 없고……. 이거 어떻게 하지? 저 녀석 다리도 불편해 보이는구먼.'

돌프는 그런 폭이 좁은 다리를 건너가는 마로를 보면서 안절부절 못하고 있었다. 마로가 너무 위험해 보였던 것이다. 사실 이 지역으로 길을 가는 사람은 거의 없었다. 산의 저쪽 편으로 가는 길은 여기 말고도 많기 때문에 성인 가운데서도 사냥을 주업으로 삼는 사람이 아니고서는 이런 위험한 다리를 건널 일이 뭐가 있겠는가. 그래서 다리도 대충 사냥꾼들에 의해 만들어져 있는 것이었다.

휘청~

"으아아… 이거 정말 떨리네. 누가 다리를 좀 잡아줬으면 좋겠는데… 너무 흔들려서 건널 수가 없어……. 힝~!"

지금까지 보여주던 마로와는 전혀 다른 모습으로 그가 엄살을 부렸다. 그가 이렇게 약한 척 또는 아이인 척하고 행동할 때는 딱 한 가지뿐이었다. 바로 연극을 하고 있을 때였고, 이는 지금 그가 누군가를 속이기 위해 연극을 시작했다는 말이었다.

하지만 하필 이렇게 위험한 곳에서 연극을 할 건 뭐란 말인가. 쉽게 납득이 가는 아이는 절대 아니었다.

'어쩌지? 나가서 우선 다리를 잡아줄까? 건너게 해준 다음에 다시 숨었다가 따라가도 될 것 같은데……. 에잇~ 모르겠다. 사람 목숨이 먼저지, 정체를 알아내라는 명령이 먼저겠어?'

과연 돌프는 기사다웠다. 그는 결국 마로를 도와주기로 결심하고 숨어 있던 곳에서 뛰쳐나왔다.

"꼬마야! 이 아저씨가 다리를 잡아줄 테니 거기서 꼼짝도 하지 말거라. 다리가 움직이지 않을 때 건너렴."

"누, 누구세요?! 어어… 이, 이런! 으아아아아아악~!"

"꼬마야~!"

사고는 순식간에 벌어졌다. 돌프가 숨어 있던 나무들 틈에서 뛰쳐나가는 순간, 너무 놀라 뒤돌아보던 마로가 발을 헛디뎠고 동시에 그의 몸은 끔찍하게 깊은 계곡물 쪽으로 떨어져버린 것이다. 이런 경우라면 어른이라 해도 물에 떨어짐과 동시에 충격으로 인해 즉사를 면치 못할 게 분명했다.

첨벙~!

그리고 돌프의 예측처럼 아이는 엄청난 소리와 함께 물 위로 처박혔다.

"이, 이럴 수가… 나 때문에… 나 때문에 죄없는 꼬마가 죽었구나. 으으… 차라리 그냥 보고만 있을 걸……."

그는 그 자리에 주저앉아 이렇게 중얼거리며 죄책감에 시달리다가 곧 마로가 떨어진 계곡을 멍하니 바라보다가 급히 움직이기 시작했다. 계곡의 하류 쪽으로 가서 아이의 시신이라도 건져서 묻어 주리라 결심한 것이다. 하지만 그는 죽었다 깨어나도 마로의 시신을 거두어 줄 수 없을 터였다.

왜냐하면 마로는 그때는 이미 테루에게 건져져 떡하니 그 등에 올라탄 채 신나게 달리고 있었기 때문이다. 워낙 놀란 데다가 또 절벽이 깊고 폭포의 물안개 탓에 돌프는 보지 못했지만, 마로는 이미 떨어지는 순간부터 멋진 다이빙 자세를 취하고 있었다. 더군다나 너무도 완벽한 자세 덕분에 물속으로 안전하게 잠수를 했던 것이다.

즉, 이 모든 일은 애초부터 마로가 의도해서 이루어진 일이라는 것이 밝혀졌다. 물론 겨우 아홉 살짜리가 할 수 있는 짓은 아니었지만 그는 이 불가능해 보이는 일을 너무도 태연하게 해내 버렸다.

3

슈우욱~!

깊은 산속에 거대한 그림자가 쏜살같이 달리고 있었다. 그림자는 바로 블랙울프 테루와 그의 등에 올라탄 채 반쯤 졸고 있는 마로였다. 아무리 테루가 안정감있게 달린다곤 하지만 이런 무서운 속도를 내고 있는 가운데 졸고 있는 것도 쉽게 납득이 가는 점은 아니었다.

[대장, 정신 차려라. 거의 다 왔다.]

"아흠~ 이거 상처가 나으려고 그런 건지 꽤나 졸리네. 이러다가 어르신에게 걸리면 또 혼날라."

[어차피 그제부터 안 들어가서 혼나는 것은 기정사실일 텐데 뭘 그래.]

"쩝… 하긴. 어제 진작 왔어야 했는데 성안에 음식들이 어찌나 맛있는지 오기 싫어지더라니까."

테루와 이런 대화를 나누고 있을 때 갑자기 숲 한쪽이 빠르게 흔들렸다. 그리고는 그 속에서 뭔가가 무서운 속도로 날아왔다.

쎄에엑~!

빠각!

"끄악!"

우당탕 쿵탕~!

"고얀 놈!"

놀랍게도 그것은 지팡이였는데 테루의 민첩한 몸놀림에도

불구하고 지팡이는 정확히 마로의 머리통을 갈기더니 도로 숲으로 되돌아갔다. 당연히 그 한 방으로 마로는 비명과 함께 테루의 등에서 볼품없이 떨어졌고 동시에 쩌렁쩌렁한 호통 소리가 숲에 울려 퍼졌다.

"끄응… 어, 어르신께 인사 올립니다."

이런 경우 보통의 아이였다면 최소한 기절 내지는 사망이었을 것이다. 상처도 채 아물기 전에 테루 위에 앉아 있다가 급습을 당한 것이니 당연하지 않겠는가.

하지만 나동그라졌던 마로는 힘겹게 일어나서 무릎을 꿇더니 고개를 조아리며 잽싸게 인사부터 했다. 그런 그의 얼굴에는 조금의 불만스러운 기색조차 없어서 옆에 있던 테루가 다 안타까워 할 정도였다.

"시끄럽다! 누가 네 어르신이란 말이냐. 제 욕심만 채우는 놈은 필요 없으니 어서 썩 사라져라!"

"욕심이라니요? 저는 단지 어르신께 지불해야 하는 돈을 마련하느라 조금 늦었을 뿐이라고요!"

무서운 호통 소리와 달리 등장한 노인은 정말로 작았다. 지팡이 크기만 해도 마로의 두 배는 족히 될 것 같았는데 노인의 키는 반대로 마로 정도 밖에 되지 않았다.

그렇게 작은 데다가 머리카락이라고는 단 한 올도 없어서 극명한 부조화를 보여주고 있었다.

하지만 그의 몸에서 발산되고 있는 기세는 실로 섬뜩하고도 남음이 있었다. 마치 드래곤이 피어를 뿜어내는 것처럼 그에게서도 범접하지 못하게 하는 그런 기운이 넘실거렸다.

그런 그가 소리를 버럭 지르자 가장 먼저 테루가 양 앞발로 자신의 머리를 열심히 쓰다듬으며 낑낑거리기 시작했다. 화내고 있는 노인이 몹시도 두려운 모양이었다.

그렇지만 마로는 테루에 비하면 여전히 태연하기만 했다. 그는 아픈 곳을 주무르면서도 또박또박 노인에게 대꾸하고 있었다.

"돈? 그깟 돈을 얼마나 모은다고 밤을 새고 들어온다는 말이냐! 그것도 혼자만 맛난 것을 먹었……."

"200골드인데요?"

"잉? 얼마라고?"

"200… 골드… 요."

"커험. 어서 집으로 가지, 거기서 뭐하고 있는 게냐. 보아하니 아직 부상도 낫지 않는 것 같은데… 테루야."

커컹!(넵!)

"어서 마로를 데리고 따라오너라."

휘익~! 덥석!

사람이 달라져도 이렇게 순식간에 달라질 수가 있을까. 어르신이라 불린 노인은 마로를 당장 내쫓을 것처럼 으르렁거리다가 마로가 200골드를 외치자마자 완전히 달라졌다. 이마에 브이 자가 세 개는 새겨져 있다가 금방 미소로 바뀐 것은 물론, 목소리마저 바람난 시골 아낙네처럼 간드러지더니 곧바로 숲의 안쪽으로 움직여 갔다. 뭔가 느낌이 찜찜한 노인이었다.

어쨌든 테루는 노인의 명령이 떨어지자마자 곧바로 마로를 입에 물고 빠르게 달려갔다. 하지만 놀랍게도 그렇게 빠른 테루의 달리기로도 노인과의 거리는 전혀 좁혀지지 않고 있었다.

휘익~ 휙~!

그렇게 얼마를 달렸을까? 마침내 숲 가운데 덩그러니 지어져 있는 작은 모옥이 나타났다. 이곳이 노인의 거처인 모양이다.

"일단 들어오너라."

"네. 내려줘, 테루."

비록 모옥은 작았지만 마당은 상당히 컸다. 그러나 묘하게도 담이나 하다못해 울타리조차 없었다. 이런 깊은 산중에 살려면 가장 중요한 것이 배수 시설과 방책이라 할 수 있었다. 당연한 것이 이런 깊은 숲은 조금만 나가도 사나운 짐승들과 무시무시한 몬스터들이 함께 살고 있고 행여 산사태가 났을 때 건물을 보호하기 위해선 필요한 것들이었다. 더군다나 야수들과 몬스터가 쳐들어오기라도 하면 어쩌려고 이런 허술한 집에서 산다는 말인가. 마로도 그렇지만 이 쪼그만 노인도 뭔가 믿는 구석이 있긴 있는 모양이었다.

어쨌든 마로가 노인을 따라 들어선 방안은 단출했다. 귀퉁이에 딱딱한 나무 침대 하나가 있고, 방 가운데 놓인 작은 테이블 하나와 나무 의자 두 개가 전부였다. 하지만 묘하게도 방안의 분위기는 꽤나 고풍스러웠다.

"어서 내놓아라."

"여기 있습니다. 이걸로 총 400골드를 채웠습니다. 이제 100골드만 더 채우면 됩니다."

"맞다. 내 예상보다 조금 빨랐구나. 하지만 아직 100골드가 남았음을 명심해라."

두 사람 사이에는 모종의 거래가 있었던 모양이다. 총 500골드라는 어마어마한 금액의 거래가…….

그런데 대화 내용으로 보아 마로는 오늘까지 무려 400골드라는 거금을 노인에게 상납했던 모양이다. 400골드는 일반 평민이 평생 일을 해서 모아도 모으기가 쉽지 않은 거금이었다. 그런 거금을 겨우 아홉 살짜리 꼬마가 모았다니……. 실로 기가 막힌 이야기였다.

게다가 노인은 그것도 부족하다는 듯 태연한 얼굴로 100골드나 더 요구하는 게 아닌가. 도대체 무슨 거래를 하는 것이기에 이런 엄청난 돈이 걸렸는지 누군가 들었다면 무척 궁금해할 장면이었다.

"괜찮은 건수가 하나 더 있으니 며칠 안으로 남은 금액은 충분히 채울 수 있을 것 같아요. 그때는 어르신께서도 약속을 지켜 주셔야 해……."

딱~!

"켁!"

"왜 때려요!"

"이놈이 오늘 또 몸이 근질근질한 모양이로군. 감히 내게 대드는 것을 보니……."

노인은 아이가 불쌍하지도 않은지 다짜고짜 지팡이로 마로의 머리통을 내려쳤다. 조금의 인정도 두지 않은 살벌한 매질이었다. 하지만 마로는 머리통을 감싸 쥔 채로도 결코 기가 죽거나 두려워하지 않았다. 그는 오히려 눈에 힘을 주고는 노인에게 대들듯 머리를 더 내밀었다.

"누가 대든다고 그래요. 갑자기 때리니까 그렇죠!"

"내가 너에게 약속을 지키지 않은 적이 단 한 번이라도 있더냐?"

"우웅… 그, 그런 적은 없었죠."

"그런데도 감히 나에게 약속 운운해? 그러고도 잘했다고 눈을 부라리기까지 해? 오냐, 오늘 그 주둥이로 발을 엮어다가 각시방 영창으로 달아주랴?"

실로 구슬지고 걸쭉한 말이 봇물 터지듯 흘러나왔다. 노인은 도무지 마로가 어린아이로 보이지 않는 모양이었다. 그는 마치 뒷골목 건달들 같은 말투를 서슴지 않고 사용했다.

움찔.

“아니… 요…….”

“그럼 입 다물고 어서 마니커스의 샘물에나 다녀오너라.
비실거리는 꼴 보기 싫다!”

“네… 어르신…….”

쩔뚝쩔뚝…….

결국 더 대들어 봤자 자신만 손해라는 것을 상기한 마로는
꼬리를 내린 채 불편한 다리를 이끌고 어디론가 움직이기 시
작했다.

그런데 대체 마니커스의 샘물은 어디일까? 희한한 것은 아
까까지만 해도 그림자처럼 마로를 따르던 테루마저도 그가
모옥의 위쪽으로 걸어가자 전혀 신경조차 쓰지 않는다는 점
이다. 마치 그곳만큼은 자신이 함께할 수 없다는 것을 아는
듯했다.

4

이미 숲은 캄캄한 어둠이 깔리기 시작했다. 하지만 마로는
불편한 몸으로도 익숙하게 산을 오르고 있었다. 모옥의 위치
도 상당히 고지대였지만 마니커스의 샘은 더 높은 곳에 있는
모양이다.

“끄응… 역시 발이 아프니 걷기가 불편해. 하지만 이 정도
아픔쯤이야 아무것도 아니지. 영차~!”

　보통 같은 또래의 아이라면 발이 아프지 않아도 이 시간에 절대 산을 오르지 못할 터였다. 물론 오를 일도 없겠지만 말이다.

　이 깊은 어둠 속에서도 마로는 다리를 저는 것 외에는 아무런 불편도 느끼지 못하는지 생각보다 쉽게 오르고 있었다.

　졸졸졸… 퐁퐁…….

　그렇게 약 한 시간쯤 올라갔을 때 어디선가 물줄기 흐르는 소리와 함께 물방울 터지는 소리가 들려왔다. 게다가 이 캄캄한 어둠속에서 희미하긴 하지만 보랏빛이 번져 나오는 곳이 있었다. 그곳을 발견한 순간 마로는 기운이 더 나는지 조금 더 잰걸음으로 그곳을 향했다.

　"휴우… 다 왔구나. 역시 마니커스의 샘은 봐도 봐도 신비로워. 대체 어디서 이런 빛이 생성되는 것인지 모르겠단 말이야. 이 샘을 믿고 내가 몸을 막 굴리기는 해도 앞으로는 조금 조심해야지. 이러다가 골병들라. 어서 들어가자."

　훌러덩~!

　끊임없이 물안개를 만들어 내는 보랏빛의 샘 앞에서 마로는 옷을 모두 벗었다. 그의 벗은 몸에는 아직도 흉측한 상처가 아직 여기저기 남아 있었다. 테루가 만든 상처가 워낙 심해서 아직 완전히 아물지 못했던 것이다. 그렇지만 정작 마로 본인은 그런 상처는 안중에도 없는지 무표정하게 잠깐 쳐다보다가 곧 샘으로 뛰어들었다.

풍덩~!

"캬아~ 시원하다. 꿀꺽꿀꺽~!"

샘은 넓지는 않았지만 수심이 깊었다. 마로가 열심히 발을 놀리며 떠 있어서 그렇지, 그냥 두면 그의 키를 훌쩍 넘을 정도였다. 그런데 그는 물속에 들어간 상태에서 그대로 쉴 새 없이 물을 마셔댔다. 무척 갈증이 났던 모양이라 여겨졌지만 그렇게 한참을 마시고 나자 그의 몸에 특이한 변화가 생기기 시작했다.

꽤나 심하던 상처들이 눈에 보일 정도로 아물어 가는 것이 아닌가. 최고의 마법사가 만든 생명의 포션이라 해도 이런 치유력을 보일 수는 없을 터였다. 그의 독백대로 그동안 어째서 그가 그렇게 과감히 자신의 몸을 굴릴 수 있었는지 조금은 이해가 가는 장면이었다.

"푸우~! 역시! 극심한 상처를 입은 뒤에 이 샘물을 마시면 왠지 몸 안의 활력이 마구 살아난다니까. 이제 어르신이 가르쳐준 숨 쉬는 법을 시도해 봐야지."

세상 사람들은 모르고 있지만 이 샘은 생명의 신 마니커스가 지상의 생물들에게 내려준 축복의 상징이라 할 수 있었다. 짐승이나 초식 몬스터는 이 샘을 쉽게 찾을 수 있지만 욕심이 많은 인간만큼은 특별한 인연이 이어지지 않고서는 옆에 있어도 발견할 수 없다는 잊혀진 전설에 나오는 샘이 바로 이 마니커스의 샘이었다.

마로는 샘에서 나와 샘가에서 가부좌를 틀고 천천히 호흡을 내쉬기 시작했다.

마로가 행하는 이 호흡은 어르신을 처음 만났을 때 배운 수법이었다. 노인의 말에 의하면 인간의 숨은 느리게 쉴수록 좋다면서 이 느리게 숨 쉬는 법을 가르쳐 주었다.

그 당시 겪은 치욕을 회상하며 마로는 더욱 천천히 숨을 쉬기 시작했다.

"누나… 배가 너무 고픈데 그 빵 조금만 주시면 안 돼요? 네?"

"아이씨, 뭐야? 모처럼 호젓하게 식사하려고 했더니 거기 새끼가 달라붙고 지랄이네! 너 어서 저리 안 꺼져?"

그때 마로의 나이 겨우 네 살… 터무니없을 정도로 어렸지만 그는 아픈 과거를 가지고 있는 불쌍한 아이였다. 발음조차 엉성하던 더 어린 나이부터 이때까지 그는 구걸을 하면서 모진 목숨을 이어가고 있었다. 그나마 운이 좋은 날에는 식은 스프라도 얻어먹지만 재수없는 날에는 지금처럼 더러운 개 취급을 받으며 욕만 얻어먹곤 했다.

하지만 이미 사흘간 아무것도 먹지 못한 마로는 이날 아가씨가 들고 있는 빵이 너무 먹고 싶어 미칠 지경이었다. 겨우 네 살밖에 안된 아이가 본능을 마냥 억제하는 것은 거의 불가능하지 않겠는가.

해서 그는 아가씨가 소리를 지르는 데도 그의 더러운 손은 자꾸 빵이 있는 쪽으로 저절로 가고 있었다. 그리고 결국 그 빵을 집어 채 입으로 가져가 버렸다.

"꺄악~! 이 거지 새끼야~! 저리 가라고~!"

"뭐야? 낸시! 무슨 일이야?"

그리고 그것이 발단이 되어서 결국 일은 커지고 말았다. 낸시라는 아가씨의 외침을 듣고 동네 깡패들이 모여든 것이다.

"풀그랑 오빠. 저 거지 새끼가 자꾸 나에게 달려들잖아. 정말 더러워 죽겠어. 우리 마을에 어디서 저런 쓰레기가 들어와서 지랄인 거야? 힝~!"

"이놈이 우리 낸시를 울려? 뒈졌어. 애들아!"

덥썩!

풀그랑이라는 사내는 아직도 입안에 빵을 넣은 채 우물거리고 있는 마로의 멱살을 움켜쥐더니 다른 자들을 불렀다.

"네, 형님!"

"이 새끼 다시는 우리 마을에 오지 못하게 손 좀 봐줘라. 그리고 마을 밖에 버리고 와!"

"이것 놔요! 놓으란 말이야!"

와앙~ 꽉!

그런 와중에서도 마로는 그 손길을 벗어나기 위해 발버둥 쳤고 그러다가 결국 자신의 멱살을 쥐고 있는 풀그랑의 손을 물기 시작했다.

“케엑! 이, 이 새끼가! 진짜 뒈지려고 지랄을 하는구나. 어서 못 놔!”

“웁웁!”

풀그랑의 손을 물고 있는 마로는 그야말로 필사적이었다. 이때 이 어린아이의 눈빛에는 그야말로 독기가 서려 있었다. 어쨌든 그에게는 빵을 먹는 일 자체가 생존이었고 그 생존권을 빼앗아 가려는 풀그랑은 그야말로 최고의 악당이었던 것이다.

“끄으으… 죽어라, 이놈!”

퍽! 퍽!

“켁!”

하지만 결국 네 살배기 꼬마 아이가 어른에게 해볼 것은 그리 많지 않았다. 화가 머리 꼭대기까지 오른 풀그랑이 그의 머리통을 내려치자 마로는 어쩔 수 없이 입을 벌릴 수밖에 없었고 그 순간 다른 자들이 달려들어 그를 떼어내고 말았다.

“이리와, 이 지독한 놈아!”

“놔! 어서 놓으라고!”

비록 마지막까지 반항을 해보았지만 결국 마로는 깡패들의 손아귀에 들려서 더 이상 어찌 해볼 수가 없었다.

“그대로 가만히 있어 봐. 이 겁대가리 없는 새끼가 감히 내 손을 이 지경으로 만들어? 어디 뒈져봐라!”

퍽퍽! 퍽!

“끄악!”

다른 깡패에게 잡힌 몸이 되어 있으니 피할 수도 도망갈 수도 없었다. 그런 상태로 마로는 정녕 죽기 직전까지 맞았다. 이미 열이 받을 대로 받은 풀그랑은 이 아이를 때려죽이기로 결심한 모양이다. 그런데…….

“으윽… 이런 젠장……. 때리는 데도 아프네.”

“어머! 오빠! 피가 더 나는 것 같아요. 그 어린 새끼는 일단 다른 오빠들에게 맡기고 치료부터 해요.”

어찌나 세게 물었었는지 마로를 때리던 풀그랑의 손에서는 피가 점점 더 쏟아져 나오기 시작했다. 그것을 보고 낸시가 나선 것이다.

“그럴까? 애들아.”

“네! 형님!”

“이 새끼를 끌고 가서 감히 이 풀그랑을 문 대가가 어떤 것인지 죽을 때까지 느끼게 해준 다음 산에다 버리고 와라.”

아무리 화가 난다해도 겨우 손에 피를 좀 나게 했다고 이렇게 어린아이를 죽이려 하다니……. 마로는 사내들에게 끌려가면서도 수도 없이 풀그랑이라 밝힌 사내의 이름을 중얼거리고 있었다. 낸시라는 이름도 말이다.

그가 끌려가는 동안에도 풀그랑과 낸시는 치료를 한답시고 앉아서 떠들기 시작했다.

“어떻게 저렇게 악착같은 꼬마가 다 있지? 이거 잘못하면 흉터로 남겠어요.”

“씨팔! 저 새끼 그냥 내가 가서 죽여 버리겠어!”

“참아요. 오빠. 지금은 치료가 더 급할 것 같아요. 그리고 무엇보다 지금은 제가 오빠를 보내기 싫단 말이에요.”

“그, 그럴까? 하긴 어서 치료를 해야 흉도 덜 남겠지. 역시 낸시는 천사라니까. 호호…….”

원래 사악한 인간들끼리는 통하는 것인지 두 남녀는 금방 하하 호호 거리며 노닥거리기 시작했다.

그런 그들에게 저런 거지 꼬마는 그야말로 사람 축에도 끼지 못했던 것 같았다.

이런 생각은 풀그랑의 동생들도 똑같았던 모양이다.

“이, 이거 놔! 놓으란 말이야!”

“시끄러워 이 새끼야! 어디서 주둥일 나불거려!”

퍼억!

“켁!”

“어차피 넌 오늘 죽을 거니 입 다물고 따라오기나 해. 아! 진짜 귀찮아 죽겠네.”

깡패들은 정말로 마로를 죽이려고 했는지 그를 마을 밖 한산한 곳으로 끌고 갔다. 그러더니 그곳에서 몽둥이를 꺼내 들고는 닥치는 대로 그를 두들겨 패기 시작했다.

“으악!”

“떠들지 말고 그냥 뒈져라!”

　이때 만일 마로가 남아 있는 정신으로 악착같이 버티다가 깡패들이 패다 지쳐서 잠시 주춤한 틈을 이용해 있는 힘껏 도망치지 않았다면 분명 죽었을 것이다. 그와 같은 거지 아이 하나가 죽는다고 문제될 것은 하나도 없는 냉정한 세상이었다.

　"으으… 나, 나쁜 놈들……. 절대로… 절대로 용서할 수 없……."

　풀썩~

　결국 그는 완전히 망가진 몸으로 탈출하긴 했지만 볼테르 산 입구쯤에서 그대로 실신해 버리고 말았다. 삼일이나 굶은 데다가 어린 몸으로 감당하기 힘든 매질을 당했으니 이대로 조금만 더 시간이 흘렀다면 분명 죽었을 것이다. 하지만 그에게는 정말로 소름끼치는 끈질김이 있었다. 그는 정말 이런 식으로는 죽고 싶지 않았다. 그것이 그의 가느다란 목숨 줄을 약간이나마 연장시키고 있었다.

　스으윽…….

　"여기 있었군. 이런 상처를 입고도 신음조차 안내고 참다니……. 하긴 이것도 이 아이의 업인지도… 휴우……."

　그리고 바로 그 위험한 순간에 누군가가 마치 귀신처럼 등장했다. 작은 키에 빛나는 머리를 가진 노인네였다. 그는 이렇게 중얼거리면서 마로의 입안에다가 억지로 작은 포션을 넣어 주었다. 워낙 위급해 보이니 취한 응급조치인 모양이다.

어쨌든 그렇게 마로가 포션을 삼키는 것을 바라보더니 곧 그를 안아 들었다. 원래부터 마로를 잘 아는 듯 조금도 망설이지 않는 행동이었다.

"우선 회복의 포션을 먹였으니 내부의 손상을 조금 막아주긴 하겠지. 하지만 어디 조용한 곳에 가서 본격적으로 치료하지 않으면 위험하겠구나."

그는 이렇게 중얼거리다가 곧 마로와 함께 홀연히 그 자리에서 사라지더니 어딘지 모를 낯선 동굴 앞에 등장했다.

"이곳이 딱이로군."

노인네는 동굴 안으로 마로를 데리고 들어가더니 곧 마로의 온몸을 주무르며 치료에 전념하기 시작했다.

"과연 데몬 블러드를 타고 난 게 분명하구나. 하긴 그때 그분께서는 그 피로 완전히 목욕을 했으니 그분의 후예가 데몬 블러드를 타고나는 것이 당연한지도……."

노인은 어느 정도 치료가 끝났는지 어느새 흘러내린 땀을 닦으면서 이렇게 중얼거렸다.

그런데 노인의 독백 속에서는 실로 놀라운 사실이 흘러 나왔다.

인세에 단 한 번도 나타난 적이 없다는 데몬 블러드라니…….

데몬 블러드를 지닌 사람은 저절로 마나가 생성되는 체질을 가진 채 태어나는 데다가 무엇이든 한 가지를 배우면 열

가지 이상을 터득할 만큼 놀라운 두뇌를 가지게 된다. 하지만 그런 특이한 능력 대신 성장할 때까지 수많은 고난을 겪음은 물론 아이와 피를 나눈 가족들은 거의 죽게 되는 저주를 가졌다고 전해진다.

게다가 만에 하나 데몬 블러드를 타고난 사람이 세상에 원한을 가지게 되면 세상은 결국 무서운 악마를 만나게 될지도 모른다고 전설은 경고하고 있었다.

"휴우… 네 인생도 참 기구하구나. 하지만 이것도 운명이겠지. 내 비록 가진 힘은 없지만 네가 데몬 블러드의 저주를 이겨낼 수 있도록 최선을 다해주마. 그것 또한 내게 남겨진 마지막 운명이리니……."

노인네가 이렇게 중얼거리고 있을 때 마침내 마로가 조금씩 정신을 차리기 시작했다.

"으음……. 내가 이제 죽은 것일까? 몸이 마치 허공을 떠다니는 것처럼 가뿐하네."

"정신이 조금 드느냐?"

벌떡!

"누, 누구냐!"

낯선 노인의 음성이 들려오자 마로는 자리에서 벌떡 일어나 재빨리 동굴 구석으로 가더니 그곳에서 이를 드러내며 잔뜩 경계하는 표정으로 웅크렸다.

"세상이 밉고 증오스럽지?"

“……”

“나를 그렇게 경계할 필요는 없다. 내가 아니었으면 넌 죽었을 게다. 즉, 나는 널 구한 사람이란다.”

“아… 죄송합니다. 전 또 그 나쁜 자들과 같은 무리인줄 알고……. 구해주서서 감사합니다, 어르신.”

비록 이제 겨우 네 살이었지만 확실히 마로는 똑똑했다. 그 모습을 기꺼운 심정으로 바라보던 노인네가 다시 입을 열었다.

“부모를 찾고 싶지 않으냐? 아니 널 이렇게 만든 세상에 복수를 하고 싶지 않으냐? 만일 내가 그럴 힘을 주겠다면 따를 테냐?”

“저, 정말 그렇게 해줄 수 있는 건가요?”

“그래, 약속하마. 대신 내가 내건 조건을 이행해야 할 것이야. 그 길은 무척이나 힘들고 고통스러울 수도 있다. 그래도 해보겠느냐?”

“세상에 복수만 할 수 있다면 그 무엇이든지 하겠습니다. 제게 힘을 주십시오!”

“좋아. 그렇다면 나를 따라와라.”

일견 노인네는 차갑고 냉정해 보였다. 하지만 이 노인네야말로 그의 인생에서 제일 첫 번째로 자비를 베풀었던 사람이라 할 수 있었다.

그 한 가지만으로도 마로는 자신이 어르신이라고 부르기

시작한 노인네의 뒤를 따라갈 수밖에 없었다.

　"흐읍… 하… 흡… 하……."
　마로는 이렇게 길고 긴 회상을 하면서도 차분하게 숨을 내
쉬고 있었고 그렇게 밤은 더욱 깊어져만 갔다.

Chapter 03
약탈자 등쳐먹기

DEMON
제일좌
BLOOD

1

짹짹짹~!

쪼로로롱~

아침이 밝아 오자 산새들이 시끄럽게 지저귀었다. 그 소리
에 마로는 긴 호흡법을 멈추고 자리에서 일어났다.

“웃차~! 이거 정말 날아갈 것 같은데? 후후… 이런 컨디션
이라면 몰라우 약탈자 녀석들을 처리하는 데는 문제없겠어.
그 놈들에게 100골드만 뜯어내면 약속한 금액을 다 모으는
거잖아. 기필코 뜯어내야 해!”

마로는 여전히 겁이 없었다. 누가 옆에서 들었다면 몰라우
약탈자가 마치 어린아이들이 장난삼아 만든 모임이라고 착각

했을 것이다. 하지만 만에 하나 이 지역 어른들이 들었다면 마로를 미친놈 취급하며 돌아설 것이 분명했다. 왜냐하면 몰라우 약탈자들은 볼테르 산 인근에서는 상당히 유명한 자들 중 하나이기 때문이었다.

그들은 사납고 용맹했으며 날렵했다. 게다가 그 구성원이 이백여 명이나 되서 인근 영지군들조차 건드릴 생각조차 하지 않았다. 그런 무서운 약탈자들에게서 겁도 없이 돈 뜯을 생각이나 하고 있으니 어찌 정상이라 하겠는가.

[대장… 늦었다.]

"하하, 테루 왔구나. 잘 잤어? 그런데 왜 여기서 기다리고 있지?"

마로가 모옥 근처에 도착하자 언제부터 기다린 것인지 테루가 벌써 앉아서 그를 반겼다. 테루는 마로가 몹시도 좋은 모양이었다. 그 큰 덩치에 어울리지 않게 꼬리까지 흔들며 반기는 것을 보면 말이다.

블랙울프가 사람을 이렇게 따른다는 사실을 학자들이 알았더라면 대륙의 영물 도감은 새롭게 쓰였을 것이다.

[어르신께서 대장을 기다리고 있다. 나더러 얼른 데리고 오랬어.]

"그래? 그럼 어서 가보자."

테루의 말에 마로는 궁금했는지 곧바로 서둘렀다. 그는 익숙한 몸짓으로 테루의 등에 올라탔는데 확실히 어제와 비교

해 보면 훨씬 날렵하고 편안해 보였다.

"밤새 평안하셨습니까, 어르신. 찾으신다기에 서둘러 왔습니다."

"어서 오너라. 이제 몸은 괜찮은 게냐?"

"네, 덕분에 가뿐합니다. 맨손으로 오크 한 마리라도 처치할 것 같은 기분입니다. 헤헤……."

몸이 좋아져서 그런 것인지 아니면 밤새 호흡법을 통해 마음이 넓어진 것인지 마로는 어제에 비해 훨씬 예의가 밝아 보였다. 하긴 그는 언제 어디서든 그 상황에 맞게 자신을 변화시킬 수 있는 영악한 아이 아니던가. 지금처럼 기분이 좋을 때는 굳이 노인네를 인상 쓰게 만들 이유가 없었다.

"어허… 또 그렇게 말하는구나. 오크가 비록 몬스터라지만 그놈도 신께서 창조하신 생명체다. 그러니 함부로 여기며 안 된다."

"네, 명심하겠습니다."

"좋아. 너를 아침부터 찾은 것은 내가 너에게 가르쳐준 호흡법과 단검 잡는 법을 점검해 보기 위해서이다. 우선 내 앞에 앉아서 호흡부터 해보아라."

"네! 어르신!"

노인이 자신에게 가르쳐준 것을 점검한다고 하자 마로의 얼굴이 한껏 밝아졌다. 그동안의 경험으로 볼 때 이런 경우에는 반드시 뭔가를 가르쳐 주곤 했다. 그것이 꼭 대단해 보이

는 공격 기술이나 검술은 아니었지만 배워 두면 나중에 큰 쓸
모가 있는 것이 확실했기에 마로가 이처럼 좋아하는 것이다.

"흡… 하… 흡… 하…….”

뭉게뭉게…….

그리고 그가 가부좌를 틀고 앉은 자세에서 호흡을 시작하
자 그의 몸에서 희미한 아지랑이 같은 것이 피어오르기 시작
했다. 이는 지금 마로의 몸 안에 이미 엄청난 마나가 생성되
어 활동하고 있음을 보여 주는 증거나 마찬가지였다.

‘역시 대단해. 저 녀석에게 드래곤의 숨결을 가르친 지 겨
우 오 년인데 벌써 온몸에 마나가 도는 단계에 도달하다
니……. 게다가 마니커스의 샘에서 흡수한 물과 땅의 정기까
지 합쳐지고 있다. 이대로 몇 년만 더 이런 식으로 지난다면
실로 엄청난 마나를 보유할 수 있겠구나. 휴우… 이거 내가
잘하고 있는 것인지 아직도 모르겠군. 어차피 주사위는 던져
졌다. 이제 남은 시간 동안 녀석의 심성을 최대한 바꿀 수 있
도록 노력하는 것이 내가 해야 할 일이겠지.’

마나를 느끼기 시작한 기사가 온몸에 마나를 돌리려면 평
균 이십 년이 걸린다 한다. 하지만 마로는 태어날 때부터 마
나를 느낄 수 있는 체질인 데다가 마니커스의 샘이라는 신비
한 기연까지 만났고 또 본연의 총명한 두뇌까지 가지고 있었
기에 벌써 마나를 온몸 구석구석까지 돌릴 수 있는 놀라운 능
력을 보여주고 있었다.

그는 나이는 어렸지만 어느새 검술만 익히면 무서운 고수가 될 수 있는 그릇을 철저하게 만들고 있었던 것이다.

"호흡법은 그 정도면 됐다. 앞으로도 쉬지 말고 틈나는 대로 호흡법을 수련하여라. 걸을 때도 잠을 잘 때도 모두 수련의 연장임을 명심하고."

"네! 어르신!"

노인이 마로에게 가르쳐준 호흡법은 그가 정말로 존경했던 한 사람에게 이어받은 호흡법이었다. 이것은 현재 대륙에서는 사라진 고대의 호흡법 가운데 한 가지라 할 수 있었다. 고대의 사람들은 자연과 상당히 친근했기 때문에 호흡법도 놀라울 정도로 뛰어났는데 세상이 점점 혼탁해지면서 그런 호흡법도 사라져 버렸던 것이다.

마나는 자연의 응축된 기운이라 할 수 있는 만큼 자연 친화적인 고대의 호흡법이 훨씬 뛰어난 것은 말하나 마나였다.

오죽하면 호흡법 이름 자체가 드래곤의 숨결이겠는가. 이는 드래곤만큼 어마어마한 마나를 축적해 보라는 뜻에서 만들어진 이름이었다.

하지만 지금 이 호흡법을 익힐 수 있는 사람은 거의 없었다. 물론 인간이 천년만년 사는 것은 아니기에 전설 속의 드래곤처럼 마나를 축적할 수는 없겠지만…….

"자 이제 단검을 꺼내서 잡아 보아라. 단검 잡는 법 열두 가지는 모두 기억하겠지?"

“네, 정확히 기억해요.”

“좋아. 그럼 어디 한번 보여 봐라.”

“네!”

어르신의 말이 떨어지기 무섭게 마로는 팔목을 한번 툭 털었다. 그러자 그 안에서 정말로 작고 앙증맞은 단검 한 자루가 튀어나오지 않는가. 비록 어디서나 흔히 볼 수 있는 그런 평범한 단검이었지만 평상시 얼마나 잘 갈아놓았는지 그 날은 섬뜩하기 그지없었다.

겨우 아홉 살짜리 꼬마가 가지고 놀기에는 몹시도 위험해 보이는 그런 날카로운 단검을 꺼내 들고 마로는 가만히 눈을 감았다.

그러다가 어느 순간,

번쩍!

휘리릭~ 휘릭! 휙휙~!

척! 휘릭~ 척!

눈을 번쩍 뜨더니 곧바로 단검을 손안에서 놀리기 시작했는데 그 동작들은 거의 신기에 가까웠다. 고사리 같은 손에서 그렇게 날카로운 단검을 몇 바퀴씩 돌리는 것은 기본이요, 허공으로 날렸다가 받는 동작이 그렇게 매끄럽고 깔끔해 보일 수가 없었다.

가장 압권은 단검을 마치 부메랑처럼 날렸다가 되받는 것이었는데 그 거리가 족히 이십 미터 이상은 되는 것 같아 더욱 섬뜩했다. 하지만 워낙 자연스럽게 던졌다가 받아서 누가 본다면 단검이 가짜가 아닐까 싶을 정도였다. 왜냐하면 진짜 단검이라면 저렇게 던지고 받으면 손아귀가 찢길 게 분명했기 때문이다.

하지만 이 단검은 앞서 설명했듯이 무척 날카롭게 갈려 있는 진짜 단검이었고, 마로는 단검이 되돌아올 때 정확히 측면을 부드럽게 감싸 쥐면서 속도를 떨어뜨려 아무 상처 없이 받고 있는 것이었다.

이 단계에 이르기까지는 손이 갈기갈기 찢길 정도로 수많은 상처를 입었지만 지금은 마치 깃털을 받는 것보다 안전하게 잡고 있었다. 물론 그 과정 속에서 마니커스의 샘이 큰 도움을 준 것은 당연했다.

짝짝짝!

"훌륭하다. 역시 예상대로 단검 잡는 방법을 제대로 익혔구나. 그럼 오늘부터는 단검으로 공격하는 방법을 알려 주겠다. 아직 돈을 전부 채우지 못했지만 그래도 그동안 네가 한 노력이 가상해서 덤으로 가르쳐 주는 것이니 감격해 해도 된다. 어험~"

"물, 물론입니다. 어르신! 감사합니다!"

아무리 대단한 것을 가르쳐 준다지만 감격해도 된다라니……. 능력은 엄청난 노인인지 몰라도 어르신이라는 노인은 치사한 면이 있는 것만큼은 확실했다. 하지만 마로는 그의 그런 태도는 이미 익숙한 듯 정말로 감격했다는 태도로 연신 감사하다는 말을 반복했다. 마로는 노인이 치사하든 말든 무조건 강해져야 하는 이유를 가진 아이였다.

2

샤샤샥~ 샤샥!

무더운 날씨였지만 테루를 타고 달리는 마로는 너무도 시원했다. 테루는 워낙 속도가 빠른 데다가 그에 비해 안정감이 뛰어나 그는 테루를 타고 달릴 때가 너무도 행복했다.

[대장. 루켄 성에는 왜 가는 거야?]

"당연히 돈을 벌기 위해서지."

[돈을? 또 장사하게? 그런데 장사할 만한 게 아무것도 보이지 않는데? 가다가 약초라도 캘 수 있게 멈출까?]

테루는 눈치 빠른 영물답게 마로의 말에 대꾸했다. 그동안 경험에 의하면 마로가 루켄 성에 가는 경우는 거의 대부분 채소나 약초 등을 팔기 위해서임을 기억한 것이다.

"아니, 오늘은 그런 거 필요 없어. 좀 더 색다른 것을 팔려고 가는 거거든. 그런 것들과는 벌어들이는 돈도 큰 차이가 있지."

[대장, 나도 모르는 사이에 보물이라도 챙긴 거야? 품속에 숨겨 놓았어? 킁킁~! 별다른 냄새도 없는데 이상하네.]

테루의 코는 상당히 예민했다. 수 킬로미터 밖에 있는 사물도 냄새로 분간할 정도로 예민했기 때문에 이 녀석 앞에서는 그 무엇도 감출수가 없었다. 그렇기에 이렇게 고개를 갸웃거리는 것이다.

"이번에 팔건 눈에 보이는 것이 아니야. 바로 여기에 들어 있는 것이지."

톡톡…….

마로가 자신의 머리를 살짝 치면서 이렇게 말하자 테루의 고개가 더욱 기울어졌다.

[대장! 설마 대장의 머리통을 팔려는 거야?]

"으이구… 머리통이 아니라 머릿속에 들어 있는 것을 판다니까. 아 됐으니 어서 달리기나 해. 시간 늦으면 그 사람들 만나기가 힘들어진다고."

[알았다. 그럼 꽉 잡아라, 속도를 올릴 테니.]

"오케이~!"

파앗! 휙휙~ 휘익~!

뭔가 이해가 잘 가진 않았지만 어쨌든 마로가 급하다고 하자 테루는 달리는 속도를 무섭게 올리기 시작했다. 영물이 괜히 영물이 아니다. 이 블랙울프 테루는 삼일 밤낮을 쉬지 않고 달릴 수 있으며 그 거리가 무려 일만 킬로미터에 달한다 한다. 하루에 삼천 킬로미터 이상 달린다는 의미이니 얼마나 빠르겠는가.

그런 무시무시한 속도로 달리는 테루의 등 위에서도 마로는 그저 신나기만 했다.

[다 왔다, 대장. 난 인근에서 기다릴 테니 필요할 때 불러.]

"그래 고맙다, 그럼 이따 보자."

그렇게 순식간에 루켄 성의 입구에 도착하자 테루는 또다시 감쪽같이 모습을 감추었다. 그는 블랙울프들이 지닌 은신술을 사용해서 보이지 않는 상태로 마로의 주변을 따르고 있는 것이다.

테루의 등에서 내린 마로는 태연한 얼굴로 성문을 통과해서 번화한 시장 거리로 걸어갔다. 이곳은 워낙 수도 없이 오간 곳이라 성문 경비들도 별다른 제지를 하지 않았다.

"오늘 잡은 차울(양 종류) 고기가 싸요! 어서 사가세요~!"

"어이, 거기 아줌마. 새로 나온 바가지 한번 써 봐요. 너무 좋아요."

시장은 여전히 사람들이 넘쳐났고 활기찼다. 마로는 왠지 마음이 편해짐을 느끼며 시장통을 지나갔다. 그러더니 골목 한 곳 앞에 서서 주변을 유심히 살펴보았다. 어딘가를 찾는 모양이다.

"아… 저기군. 올 때마다 느끼는 것이지만 참 음침한 곳을 좋아하는 사람들이라니까."

마로는 골목 안에 있는 작은 철문 앞에 서더니 이렇게 중얼거리고는 곧 문을 두들기기 시작했는데 묘한 박자를 주면서 두들겼다.

똑… 똑똑… 똑똑똑… 똑…….

드르륵…….

"어라? 넌 마로라는 꼬마구나. 이거 오랜만이로군. 주변에 사람은 없겠지?"

규칙적인 두들김이 있고 나자 철문 위쪽에 달린 작은 칸이 열리면서 퉁방울 같은 눈이 나타나 이렇게 물어 보았다. 이곳은 사람 출입을 철저히 가리는 모양이었다.

"당연하죠. 제가 여기 한두 번 오나요. 오늘은 중요한 거래를 하기 위해서 온 것이니 어서 문이나 열어주세요."

"알았다. 어서 들어오너라."

그그궁… 철컥!

"헤헤… 고마워요. 딩쿠 아저씨."

"내 이름을 잘도 기억하고 있었구나?"

"당연하죠. 다크스타에서 가장 힘이 센 딩쿠 아저씨를 모른다면 거래를 말아야겠죠. 히~"

"푸하핫! 아무튼 고놈 입심에는 내가 당할 수가 없다니까. 어서 안으로 들어가렴. 이미 지부장님께 말씀드렸으니……."

"네, 감사해요."

마로가 찾은 이곳이 설마 다크스타의 지부일 줄이야…….

다크스타는 정보와 검은 거래를 취급하는 곳으로 유명했다. 이미 왕국 각지에 지부를 두고 있으며 그 세력이 방대하고 점조직으로 운영되고 있어 그들에게 원한을 가진 귀족들도 많았지만 어떻게 하질 못하는 실정이었다.

게다가 이들이 취급하는 정보가 워낙 방대하고 정확하기 때문에 결국 그런 귀족들마저 이들과 타협하게 된다. 즉, 이들은 비록 비공식이기는 해도 필요악의 단체임을 모두에게 인식시켰던 것이다.

그리고 암묵적 동의 이후 다크스타의 세력은 더욱 커져만 갔다. 이제 어지간한 왕국 정도는 그 흥망을 좌지우지할 정도로 거대해졌다.

마로라는 꼬마가 설마 이런 거대조직과도 안면이 있었다니 실로 경악할 만한 일이었지만 알고 보면 충분히 납득할 수 있는 일이었다.

마로는 비록 어렸지만 목적을 위해 무척이나 부지런하게 사방을 돌아다니는 아이였다. 그러다 보니 이런저런 잡다한 정보도 많이 알게 되었다. 그리고 그런 사소한 정보까지도 다크스타에서는 사주었기 때문에 그동안 마로는 다크스타와 꽤 많은 거래를 해왔던 것이다. 돈이 되는 일이라면 물불을 가리지 않는 꼬마 상인다운 인맥이었다.

딩쿠를 따라 한동안 건물 깊은 곳까지 걸어 들어간 마로는 루켄 성 지부장이 있는 집무실에 다다를 수 있었다. 마로가 문을 열고 들어가자 이내 지부장 벤슨이 그를 향해 손을 흔들었다.

"여어~ 이거 오랜만이네. 미래의 거상 마로군. 못 본 사이 신수가 더 훤해졌는걸!"

"안녕하세요, 벤슨 지부장 아저씨. 헤헤… 그동안 제가 바빠서 이제야 왔네요. 그간 별고없으셨죠?"

이럴 때 보면 마로는 천생 그저 어린아이였다. 너무도 천진난만하게 웃으며 말을 하기 때문이다. 하지만 다크스타의 루켄 성 지부장은 이미 이 어린 꼬마가 얼마나 영악하고 치밀한 녀석인지 알고 있었다.

"나야 늘 똑같지. 그런데 오늘은 어쩐 일이냐? 쓸 만한 건수라도 물어온 것이냐?"

끄덕끄덕…….

"물론입니다. 이곳 지부가 생긴 이래로 손에 꼽힐 만큼 큰 거래가 이루어질지도 모를걸요?"

벌떡~!

"그, 그게 정말이냐?"

벤슨은 그 누구보다 마로를 잘 아는 사람이다. 그는 어지간한 어른 정보원보다 마로를 훨씬 믿고 있었다. 그런 만큼 마로의 말을 듣고 자리에서 벌떡 일어날 수밖에 없었다. 그렇지 않아도 최근에 상부에서 이곳의 실적에 대해 말이 많은 상황인지라 더 그랬다.

"전 이번 정보를 파는 가격으로 100골드를 생각하고 있거든요. 그 정도면 최고 수준의 거래 아닐까요?"

"배, 백, 100골드? 너… 안 본 사이 머리라도 다친 것 아니냐? 이런 외진 지역에 그렇게 비싼 정보가 나올 리가 없다."

"제가 100골드에 판다면 아마 아저씨는 곱절 이상은 받고 팔 수 있을 걸요? 그것도 아주 빠른 시간 안에."

말이 100골드지, 정보를 사는 가격으로 이 정도 금액이면 실로 입이 딱 벌어질 만한 액수였다.

이 주변 지역은 비록 영지들도 많고 인구수도 제법 되지만 워낙 이 일대를 거대한 볼테르 산이 둘러막고 있어서 아주 심각한 사건이 거의 일어나지 않는 편이다. 비싼 정보는 역시 왕성 인근이나 중앙 지역에 가야 많았다.

때문에 마로의 말대로 이 정보가 정말로 100골드의 가치가 있다면 다크스타 루켄 성 지부가 생긴 이래 최고의 거래가 될 것은 분명했다. 그리고 마로의 입에서 정보가 흘러나오자 갑자기 벤슨의 입에서 파안대소가 터져 나왔다.

"푸하하하! 훌륭해. 정말 훌륭한 정보야. 네 말대로라면 이 정보의 가치는 100골드 이상이다. 좋아. 내 100골드를 내어 줄 테니 이 일은 끝까지 비밀로 해줘야 한다."

"물론이에요. 제 입이 무겁다는 건 아저씨도 잘 알잖아요."

"그래. 내 너는 정말 인정하지. 모르긴 몰라도 넌 오십 년 이내에 이 왕국에서 최고의 걸물이 될 것이다. 허허… 그때 가서도 꼭 나와 거래해야 한다. 알겠지?"

　벤슨 지부장의 호쾌한 발언에 마로는 고개를 살며시 저으며 그를 불렀다.

"아저씨."

"응?"

"뭔가 잘못 판단하신 것 같은데요……."

"뭘?"

"오십 년이 아니라 이십 년이면 충분해요. 그리고 겨우 이런 작은 왕국이 아니라 이 대륙에서 최고가 될 겁니다. 그러니 앞으로도 저를 잘 챙기셔야 할 거예요. 그때는 아저씨가 제 눈치를 봐야 할 테니까요. 헤헤……."

　비록 헤실헤실 웃으며 한 이야기지만 이때 벤슨은 이 꼬마의 이야기가 절대 그냥 지나칠 수 없는 이야기라는 것을 직감했다. 그가 웃으며 답했다.

"그래……. 앞으로도 잘 부탁하마. 아니, 훗날 네가 정말로 그런 대단한 인물이 된다면 나 역시 네 수하가 되도록 하지. 그때 받아줄 수 있겠니?"

"저의 가치를 그렇게 높게 봐주시는 것 하나만으로도 아저씨는 제 수하가 될 자격이 충분해요."

"고맙구나. 이제부터 미래의 주군이라 불러야겠군그래. 허허……."

　비록 농담이었지만 뭔가 의미심장한 뜻이 담겨 있는 농이었다.

어쨌든 마로는 이날 정보를 판 대가로 또다시 거금 100골
드를 손에 쥐었다. 하지만 그에게는 아직 더 큰돈을 뜯어낼
수 있는 몰라우 약탈자가 남아 있었고 그런 만큼 마로는 성에
서 나가자마자 곧 그들을 만나기 위해 움직였다.

3

본래 볼테르 산은 깊고 높은 데다가 산의 줄기가 사방으로
뻗어 있어 그 인근으로 몇 개의 영지가 연결되어 있다. 하지
만 그 어느 영지도 볼테르 산에 숨어 있는 약탈자들과 산적들
을 완전히 소탕하려 하지 않았다.

당연한 것이 괜히 별볼일없는 약탈자들을 완전히 없앤다
고 수많은 영지군을 이끌고 산으로 들어갔다가는 산적뿐 아
니라 각종 육식 짐승들과 사나운 몬스터들까지 만날 수밖에
없을 것이다. 그렇게 되면 병력 손해가 예상보다 훨씬 많아질
게 뻔했다.

병력 손실이 많아지면 그만큼 영지의 힘이 약해질 것이고
그것은 곧 영지의 몰락을 뜻하는 것이니 누가 함부로 완전 토
벌에 뛰어 들겠는가.

영지군의 그런 맹점을 알고 있기에 볼테르 산에는 유난히
산적들과 약탈자들이 많은 편이다. 물론 그만큼 영업이 된다
는 소리인데, 그럴 수밖에 없는 것이 볼테르 산 인근에 사는

사람들은 산의 줄기를 통과하지 않고는 그 어디로도 갈 수가 없었다.

즉, 볼테르 산 인근에 거주하는 사람들은 산을 통과할 때마다 약탈자들에게 의례히 통행세를 낸다고 생각하며 살 수 밖에 없다. 약탈자들도 이를 알기 때문에 어느 정도 돈만 갈취하면 사람들을 해치지 않았다. 괜히 일을 크게 벌이면 자신들에게도 그리 좋진 않기 때문이다. 아무리 영지군이 적당히 봐준다 해도 사람이 죽거나 다치는 일이 자꾸 발생하면 절대 그냥 넘어갈 리 만무하다는 것이다.

그런 면에서 몰라우 약탈자들은 철저하게 영지군이 개입할 틈을 주지 않는 자들이었다. 하지만 이번에 큰 실수를 하나 저지르고 말았다. 아니 실수 정도가 아니라 자칫하면 모조리 섬멸될지 모르는 큰 사고를 쳤다.

콰앙~!

"이런 망할 녀석들! 하고 많은 놈들 가운데 하필 헤이슈만 백작의 애들을 건들 게 뭐냔 말이다! 너… 네가 대답해 봐라."

몰라우 약탈자의 두목은 이름 그대로 몰라우였다. 그는 한때 꽤나 유명을 날린 기사였지만 성마대전의 발발로 왕국이 망하는 바람에 이곳저곳을 떠돌다가 약탈자 무리들을 규합해서 볼테르 산에 정착한 것으로 알려진 사람이었다. 그런 만큼 그의 실력은 약탈자 사이에서는 이미 최고라 할 수 있었다. 웬만한 영지군들조차 그를 건드리길 꺼려할 정도였다.

하지만 그런 몰라우가 지금 잔뜩 흥분해 있었다. 흥분을 넘어 몹시 화를 내고 있었다. 그럴 수밖에 없는 것이 멍청한 수하들이 겁도 없이 백작 가문의 자식들을 덮친 탓에 발칵 뒤집힌 것이다. 차라리 모조리 죽였다면 증거라도 없어서 피해갈 수 있겠지만 정작 당사자들이 도망쳐 버렸으니 후환이 두려울 수밖에 없었다.

아무리 볼테르 산에서는 유명한 약탈자라고 하지만 백작 가문에서 없애려고 마음먹으면 반나절도 버티기 힘들 터였다. 그렇기에 그는 지금 백작 가문의 자녀들을 공격한 수하들을 잡아다가 꿇려 놓고 심문을 했다.

"네, 두목님! 그런데 무엇을……."

빠각!

"켁!"

"이 병신 새끼야! 도망친 연놈들이 자신들을 덮친 게 우리 몰라우 약탈자임을 아느냔 말이다!"

사실 그가 정확히 무엇을 묻는 것인지 말을 해주지 않는 이상 수하가 아는 것은 불가능했다. 하지만 이는 그가 애초부터 흥분한 상태였기에 일부러 트집을 잡은 것뿐이었다. 이런 식으로 억지 명분(?)을 만들어 수하를 개 패듯 패는 것이 그의 본래 성격이었다. 그건 아마도 약탈자들처럼 거친 사내들을 다루는 그만의 노하우인지도 몰랐다.

"그, 그건 모를 것입니다요. 우리라는 표식은 전혀 없는 데다가 그나마 눈치챘던 병사들은 모두 잡아 왔거든요. 도망친 어린 녀석들이 알 리가 없지요.”

“됐다. 다들 이놈들을 모두 끌어내서 독방 굴에 집어 처넣어라. 에잇, 꼴도 보기 싫다!”

“두, 두목님! 한 번만 용서를…….”

몰라우의 말에 창백하게 질린 수하 하나가 무릎을 꿇은 채 싹싹 빌며 그의 앞으로 나섰다. 하지만 그게 몰라우의 심기를 더욱 긁었다.

“뭐어~? 용서? 지금 우리 산채가 완전히 망하게 생겼는데 용서? 어서 이놈들을 끌어내지 못해?! 독방 굴에서 썩어버리라 해!”

“네, 두목님! 어서 가자!”

독방 굴이라는 곳은 말 그대로 음습하고 어두운 굴로 한 사람씩 가두어 놓은 일종의 감방이었다. 아무리 사납고 무서운 인간이라 해도 지독한 고독 앞에서는 한없이 약해지는 법. 더군다나 그곳은 빛이 하나도 들지 않아 하루 이상 갇혀 있으면 대부분 미치광이가 되어 버려서 몰라우 약탈자들은 그곳을 무척 두려워했다.

“두목님! 마로라는 꼬마가 산채 앞까지 와서는 두목님을 찾고 있습니다. 어떻게 할까요?”

“마로? 마로라면 전에 우리 산채에 검을 팔았던 그 꼬마?”

“그 녀석이 맞습니다.”

"어서 이리 데리고 오너라. 그놈이라면 아무리 급박해도 만나볼 필요가 있지."

마로가 찾아왔다는 말에 몰라우는 흥분을 가라앉히고 마로를 불러들였다. 황당하게도 마로는 약탈자들과도 거래한 적이 있는 모양이다. 어린 꼬마치고는 엄청난 마당발이 아닐 수 없었다. 하기사 그 어린 나이에 거금 400골드를 벌었을 정도면 이 정도는 당연한 일인지도 몰랐지만…….

"안녕하세요. 위대한 두목 몰라우 아저씨."

"허~ 그놈 담이 크기는 여전하구나. 아직도 나에게 아저씨라 불러대니……. 껄껄… 어서 와라. 오랜만에 보니 반갑구나."

싱글 웃으며 들어오는 마로를 보며 몰라우는 자신의 의자에 몸을 누이듯 앉았다. 사뭇 여유로워 보이는 모습이었다, 그의 마음과 달리.

"헤헤… 저도 반가워요."

"그런데 오늘은 또 무슨 일로 산채까지 올라온 게냐?"

꼬마지만 뱃속에 능구렁이를 스무 마리쯤은 넣고 다니는 마로가 괜히 심심해서 올리는 없다고 생각한 몰라우는가 단도직입적으로 물었다. 여유로운 척하고 있지만 사실 그는 지금 심리적으로 초조해서 그런지 왠지 서두르고 있었다.

"상황이 급하니 저도 바로 말씀드릴게요. 지금 아저씨네 산채에 심각한 일이 벌어지고 있는데 그 사실을 알고 계세요?"

"심각한 일? 그게 지금 무슨 소리냐?"

몰라우는 마로의 의미있는 한마디에 속으로 뜨끔했지만 일부러 아무것도 모르는 척을 하였다. 어린 녀석이 이런 말을 꺼낼 때는 분명 이유가 있을 것이고 거기에 말려들면 뭐가 되든 지난번 검을 거래할 때처럼 불리해질 것이라는 예감이 들었기 때문이다.

"지금쯤은 위기감을 충분히 느끼고 있으리라 생각했는데 설마 아직도 태연하다는 말인가요? 그렇다면 전 그냥 가야겠네요. 그럼 안녕히 계세요."

휘익~!

하지만 잔머리는 역시 마로가 한 수 위였다. 몰라우의 태도에 마로는 아무런 미련도 없다는 듯 가차없이 돌아서더니 출구 쪽으로 걸어갔다. 그러자 몰라우는 곧 당황한 얼굴로 그를 불렀다.

"이봐, 마로! 넌 왜 그렇게 성질이 급해?! 잠깐 서 봐!"

멈칫.

"할 말도 없게 만드시는데 있어 봤자 뭐하겠어요. 괜히 이곳에 있다가 헤이슈만 백작가의 영지군이라도 몰려오면 저까지 공범으로 몰릴게 뻔한데……."

벌떡!

마로가 여기까지 이야기하자 몰라우는 창백한 얼굴로 자신도 모르게 자리에서 벌떡 일어나고 말았다. 마로가 한 말에 제대로 충격을 먹은 것이다.

"그, 그게 무슨 소리야? 왜 헤이슈만 백작가의 영지군이 이 곳에 몰려온다는 말이지?"

"그건 두목 아저씨께서 더 잘 아실 텐데요?"

"아니야! 그럴 리가 없어. 그 일은 우리 말고는 아무도 모르는데 어떻게 백작군이 쳐들어 올 수가 있냐고! 이 산엔 우리 외에도 수많은 산적과 약탈자들이 있단 말이다. 윽… 이런……."

결국 흥분한 몰라우는 너무 흥분한 나머지 자신들의 잘못을 시인하고 말았다. 그것을 깨닫는 순간, 얼른 입을 다물었지만 마로는 그런 것에는 관심이 없다는 얼굴로 다시 몰라우 쪽으로 걸어갔다. 그리고 몰라우 앞에 놓인 탁자에 손을 얹으며 씨익 웃었다.

"아저씨, 저와 거래를 하나 하시는 게 어때요?"

"무, 무슨 거래를?"

"제가 이 산채의 위기를 모면하게 해드리면 얼마를 주시겠어요? 물론 앞으로도 백작군이 이 인근에는 얼씬도 못하게 해드린다는 조건으로요."

무슨 배짱인지 마로는 이렇게 큰소리를 쳤다. 어린아이의 이런 제안이 쉽게 믿어질 리는 없었지만 워낙 이 영악한 녀석이 자신있게 말하는지라 몰라우는 행여나 하는 마음이 들었다. 그러나 아무리 그렇다 해도 이 일은 그리 쉽게 결정할 일이 아니었다. 그는 다시 한 번 뒤로 몸을 물렸다.

"하지만 난 아직도 백작군이 우리 산채를 치러 온다는 사실을 믿지 못하겠다. 그게 거짓말일 경우 네가 아무리 어리다 해도 난 너를 가만 두지 않을 것이다. 알겠느냐?"

"좋아요. 하지만 그럴수록 시간이 촉박해 진다는 것을 명심하세요. 그러니 어서 확인부터 해보세요. 아마 지금쯤이면 헤이슈만 백작성 내에서 이미 영지군을 소집하고 있을 테니까……."

대체 뭘 믿고 그러는 것인지 마로는 너무도 자신 만만했다. 그는 지금 백작성과 그 어떤 연결도 되어 있지 않았기 때문에 큰소리를 칠 입장이 아니었다. 아니, 백작성에서는 지금쯤 그가 계곡에서 떨어져 죽었다고 생각할 터였다. 그런데도 백작 성안에서 일어나고 있는 일을 들여다보는 것처럼 장담을 하고 있으니 참으로 배짱 하나는 알아줄 만한 꼬마였다.

4

찌릿…….

멀뚱멀뚱…….

한쪽은 삼십대 중반의 덩치 큰 아저씨였고 또 한쪽은 이제 겨우 아홉 살 난 조그만 꼬맹이였다. 하지만 두 사람은 각각 의자에 앉아서 서로를 바라보고 있었다. 덩치의 아저씨는 눈에 힘을 잔뜩 준 채 꼬마를 노려보고 있었고 그에 반해 꼬맹이는 너무도 태연한 안색으로 아저씨를 그저 지켜보고만 있었다.

“마로야. 지금이라도 늦지 않았으니 어서 진실을 말하고 용서를 빌지 그러니? 이 아저씨는 너 같은 꼬마를 혼내주고 싶지 않구나.”

“아저씨나 나중에 후회하지 마세요. 이럴수록 거래 금액은 올라가는 것이니까요. 그 점을 명심해 주세요.”

“알겠다. 그까짓 거 더 주지. 물론 네 말대로 됐을 때 주는 것이지만…….”

“저도 공짜는 사양입니다.”

몰라우는 자신의 말에 한 치의 양보도 없는 마로가 얄미웠지만 지금은 그런 감정에 치우칠 때가 아니었다. 비록 어린아이가 가져온 정보지만 자신들의 산채의 운명과 직결된 일인지라 최대한 냉정해야 했다.

그렇게 두 사람이 잔뜩 신경전을 벌이고 있을 때 마침내 누군가가 급히 두목의 집무실로 달려왔다.

“두목님! 라우라입니다.”

“어서 들어오너라.”

“네!”

라우라는 산채에서 주로 정찰과 정보 분야 쪽을 책임지고 있는 대원이었다.

"저 꼬마의 말대로입니다. 지금 헤이슈만 백작 성으로 파견한 대원들에게 연락이 왔는데 그곳은 지금 난리가 났답니다."

"난리라고? 그게 무슨 소리냐?"

"벌써 무려 천여 명에 가까운 영지군이 집결했다는데 어찌나 사기가 충천해 있는지 보는 것만으로도 오금이 저릴 정도라고 하는군요. 그곳 대원의 말로는 헤이슈만 백작의 분노가 보통이 아니랍니다."

"제기랄~! 이럴 줄 알았다니까. 하지만 그들이 꼭 우리 산채를 노리고 모인 것은 아니잖은가. 다른 산채를 치기 위해 일어났을 수도 있으니……."

라우라의 보고가 이어질수록 몰라우의 몸은 은근히 움츠러들었다. 그 역시 백작가의 공격은 두려웠다. 아니, 자신보다는 자신이 이룩한 이 산채와 산채 식구들이 걱정되어서 더 그런 것이다. 그는 무척이나 사납고 무서운 두목이긴 했지만 그 누구보다 산채 식구들을 챙겨 주는 그런 두목이기도 했다.

"제가 장담하는데 지금 그들은 이곳을 노리고 오는 것입니다. 제가 백작가의 공자님과 공녀님을 구해준 적이 있어서 잘 알죠. 그들은 둘 다 무척 똑똑하던데요?"

"그, 그게 무슨 소리냐? 구출을 해주다니?"

마로는 일부러 루테인과 마유리를 구해준 이야기를 장황하게 늘어놓았다. 원래가 말주변이 좋은 데다가 테루에 관한 부분만 빼면 모두 실제로 있었던 일인지라 그것을 듣던 몰라우의 혼을 빼놓기에는 충분했다.

"저런… 하긴 너라면 충분히 그럴 수 있을 것 같구나. 하지만 정말 대단하구나, 돈을 벌기 위해 목숨을 내던지다니. 거참……."

"정말 대단한 꼬마입니다. 두목님."

"와! 멋져, 마로!"

짝짝짝!

이렇게 마로의 모험담을 듣던 몰라우와 약탈자들은 침까지 꼴깍 삼켜가며 집중하다가 그의 이야기가 끝나자 박수까지 쳐주며 좋아했다. 마로의 구수한 입담이 그들을 사로잡았기 때문이다.

"그럼 백작의 자녀들이 우리가 누구인지 알더란 말이냐?"

"정확히 아는 것은 아니었지만 그 정도 단서라면 백작 성 내에 있는 각종 인재들의 추리로 충분히 이곳을 알아낼 수 있을걸요? 그러니 어서 결정을 하세요. 저도 바쁜 몸이니 더 기다릴 수는 없어요."

마로가 여기까지 이야기하고는 주머니에 손을 넣으며 고개를 살짝 흔들자 몰라우는 결국 항복하고 말았다. 우선 마로의 이야기가 워낙 사실적이어서 아까보다 믿음이 훨씬 더 생긴 데다가 여기서 더 의심만 하기에는 상황이 너무 위험했다.

"좋다. 네 말대로 거래를 한다면 얼마나 받을 것이냐?"

“처음에는 500골드만 받으려고 했는데 이제 시간이 너무 흘러가서 위험이 배가 되었으니 최소 700골드는 받아야 할 것 같네요.”

“뭐, 뭣이! 7, 700골드라고?! 넌 지금 그걸 말이라고 하는 게냐? 700골드가 어린아이 이름이라도 되는 줄 알아?”

몰라우의 입이 쩍 벌어질 만도 했다. 700골드라면 실로 어마어마한 금액 아니겠는가. 앞서 살짝 언급한 바 있지만 20골드면 시골에 집 한 채 장만할 돈이다. 즉, 700골드라면 그런 집을 무려 서른다섯 채나 살 수 있다는 말이니 얼마나 큰돈이 겠는가. 물론 그동안 착실(?)하게 약탈을 해온 몰라우 산채 입장에서는 그렇게까지 큰돈이 아닐 수도 있었다.

“다시 말씀드리지만 전 제 목숨을 걸어야 하는 일이에요. 싫으면 관두세요. 절대 강요하고 싶은 마음은 없으니까요.”

“잠, 잠깐! 너 정말로 백작의 영지군이 우리 산채를 치지 않 도록 할 수 있긴 있는 거냐?”

“제가 그렇게 하지 못할 경우 목을 바치겠어요. 그럼 됐나 요?”

아홉 살배기 꼬마가 목숨을 걸겠단다. 실로 웃기는 이야기 였지만 이 순간, 몰라우는 마로의 그 한마디에 마음을 굳힐 수가 있었다.

“좋다! 700골드를 줄 테니 어서 그 작전이나 말해 보아라.”

“됐어요, 이미 시간 지났어요. 저와 일을 하고 싶으시면 50골드를 더 주세요.”

“뭐라고? 이런 날강도 같으니…….”

“100골드…….”

“그래! 준다, 줘! 그러니 어서 말해 보란 말이다!”

씨익~!

결국 합의는 거금 800골드로 정해졌다. 몰라우의 입장에서는 괜히 의심했다가 100골드나 더 물게 된 꼴이다. 그는 이제 마로가 징그러웠다. 하지만 그 징그러운 꼬맹이는 가증스러울 정도로 환한 미소를 지으며 입을 열기 시작했다.

“우선… 한 가지만 물어 볼게요.”

“뭔데?”

“그때 잡아온 병사들은 아직 살아 있나요? 이건 중요하니 사실대로 이야기해 주세요.”

“물론이다. 혹시 몰라서 살려 두기도 했다만 너도 알다시피 우리들은 함부로 사람을 죽이지는 않는다.”

“정말 잘하셨어요! 그렇다면 제 작전은 백 퍼센트 먹힐 거예요. 하하하!”

대체 어떤 작전이기에 이 꼬마는 이렇게 몰라우 앞에서 큰소리를 펑펑 치는 것일까. 정말로 대범하고도 그 속을 알 수 없는 아이였다.

“대체 무슨 작전인지 어서 말해 봐라. 시간이 없다면서?”

“물론이지요. 그럼 지금부터 제가 하는 이야기를 잘 듣고 그대로 따라야 합니다. 우선 첫 번째로……."

이렇게 시작된 마로의 이야기는 무려 한 시간이 넘도록 계속되었다. 그리고 그의 이야기가 진행되면 될수록 몰라우의 눈은 커질 대로 커졌고 동시에 완전히 우그러져 있던 얼굴에 약간이나마 미소가 피어오르기 시작했다. 뭔가 가능성이 높은 이야기를 들은 것이 분명했다. 아직은 알 수 없는 이야기였지만 말이다.

Chapter 04
기가 막힌 작전

제일좌

DEMON
제일좌
BLOOD

1

음산한 어둠이 깔린 목조 감옥 문이 오랜 만에 열리더니 일단의 무리가 나타났다.

덜컥!

"어서 들어가라. 이 사악한 꼬마야!"

퍼억!

"으악!"

데굴데굴…….

그러더니 이제 겨우 열 살도 안 된 꼬마 아이가 얼굴에 칼자국이 나 있는 험악한 약탈자의 발길에 차여 굴러 들어갔다.

이런 흉악한 꼴을 보게 되자 헤이슈만 백작 성의 자랑스러운

영지군을 자처하는 병사 젤리프의 얼굴이 우그러지고 말았
다.

"이것 보시오. 아직 한참 어린아이인 것 같은데 너무 심한
것 아니오?"

"이 새끼가 제 처지도 모르고 잘난 체를 하네. 난 너 같은
새끼가 제일 밥맛없거든? 너도 좀 맞자."

퍼억! 퍽! 퍽!

"끄윽! 그래, 차라리 죽여라. 이 악랄한 약탈자 놈들아!"

"어이, 자네 너무 흥분해서 포로들을 심하게 패면 몸값을
못 받는다고. 그만하게."

"튀이~! 씩씩… 너 오늘 운 좋은 줄 알아라. 그리고 이 꼬
마가 그렇게 걱정이 되면 네놈들이 돌봐주던지. 옜다!"

번쩍~ 휘익~!

후다닥~ 터억!

한참 매질을 하던 약탈자가 동료의 만류에 씩씩거리다가
바닥에 개구리처럼 뻗어 있는 꼬마를 번쩍 들어 올리더니 젤
리프 등이 있는 옥 안에다가 집어 던졌다. 그나마 그들이 합
심해서 꼬마를 안아주었으니 망정이지, 하마터면 바닥에 그
대로 내동댕이쳐져서 자칫 어딘가 크게 다칠 뻔했다.

"지독한 놈!"

"낄낄… 그 어린놈과 재미있게 놀아 보아라. 자, 우린 어서
가자. 두목님께서 또 어딜 치러 가신다던데……"

“네, 형님!”

어린아이를 막 다루는 것을 보며 젤리프가 욕을 했지만 그들은 그런 것은 신경 쓰지 않고 왁자지껄하게 감옥을 나가버렸다.

“이봐 꼬마야! 괜찮니?”

“끄응… 괜찮겠어요? 아무래도 허리를 다쳤나 봐요. 키잉~”

“이런… 울지 말거라. 허리 쪽이라면 내가 좀 봐줄게. 끙차…….”

우두둑…….

젤리프 옆에 있던 나이가 지긋한 병사가 허리를 다친 꼬마의 허리를 매만져 주자 우두둑 소리가 났다. 그제야 꼬마는 고통이 조금 가시는지 울음을 그치고 힘겹게 일어나 인사를 했다. 그렇게 일어나면서 드러난 얼굴은 바로 마로였다.

“정말 고맙습니다. 이제 좀 덜 아파요.”

“다행히 예전에 뼈를 만졌던 것이 도움이 된 모양이구나. 그래, 넌 그 어린 나이에 왜 이곳에 잡혀 온 것이냐?”

“저도 잘 모르겠어요. 할아버지의 심부름으로 루켄 성에 들렸다가 오던 길에 갑자기 타고 가던 마차가 뒤집어졌다는 것밖엔 기억이 없어요. 훌쩍…….”

마로는 무지 힘든 모습으로 겨우 겨우 대답을 했다. 그런 모습을 보고 옥 안에 있던 여섯 명의 사람들은 저마다 안타깝다는 표정을 짓고 있었다. 물론 그의 이런 모습이 설마 모두 연극임을 눈치챌 자는 단 한 명도 없었다.

"저런… 아무래도 이 몹쓸 약탈자들이 그 마차를 습격한 모양이구나. 쯧쯧… 아무리 나쁜 놈들이라도 그렇지 이런 어린아이까지 잡아 오다니…….'"

"아, 맞아요. 이들이 떠드는 이야기를 들어 보니 자기들이 위대한 스네이크의 화신이라고 하던데 그게 결국 약탈자 이름이었던 모양이군요."

"응? 잠깐… 꼬마야. 다시 한 번 말해 보아라. 이놈들이 몰라우가 아니라 스네이크라고 했다고?"

마로가 너무도 자연스럽게 지나가는 투로 던진 한마디에 이들 가운데 가장 예리한 직감력을 가진 볼튼이라는 자가 나서서 이렇게 물었다. 이 사람이 바로 이곳에 잡혀 있는 헤이슈만 영지군들의 최고선임이었다.

"네, 맞아요. 분명 자기들이 스네이크 중의 스네이크, 독사의 후예라며 겁을 잔뜩 주더라고요."

"이런… 그렇다면 우리가 판단이 틀렸단 말인가. 지금까지 이들이 몰라우 약탈자인 줄 알았는데 설마 스네이크 산적들이었을 줄이야…….'"

몰라우 약탈자도 유명했지만 스네이크 산적단 역시 그에 못지않게 유명한 자들이었다. 아니, 사악하고 잔인한 것으로는 스네이크가 훨씬 악명을 떨쳤다.

비록 꼬마의 생각없는 한마디였지만 이는 지금껏 자신들을 공격한 자들의 정체를 정확히 모르고 있던 헤이슈만 병사들에게 중요한 단서가 되고 있었다.

이들은 습격 이후 정신을 잃었다가 내내 감옥에만 갇혀 있었기 때문에 이곳이 어디인지 정확히 알 수 없는 상태였다. 그런 데다가 간수들이 워낙 자신들과 관련된 이야기는 일절 하지 않아서 이들의 정체를 확신할 수 없었다. 그럴 때 이런 이야기가 나왔으니 솔깃할 수밖에……

"아아… 그나저나 다른 사람들은 어떻게 되었을까요? 너무 무서웠어요. 흑흑……."

"휴우, 차라리 몰라우 약탈자였다면 모르지만 스네이크 산적들이라면 어쩌면……."

"어허~ 자네 함부로 헛소리하지 말게. 아마 다른 곳에 가두어 두었을 것이야."

스네이크 산적들의 악명을 익히 알고 있는 병사 한 명이 아이의 물음에 부정적으로 대답하려 하자 볼튼이 그의 말을 급히 막았다. 다른 사람들이 모두 죽었을 것이라는 소릴 하면 아이가 무섭다며 울고불고 난리를 칠지도 모를 테고 그러면 자신들이 오늘 밤 계획하고 있는 일에 차질이 생길 수 있기 때문이었다. 그만큼 그들이 볼 때 아이는 그저 철부지에 불과했다.

"저는 단지 스네이크 놈들이라면 우리를 가만히 두지 않을 것이니 어서 탈출해야 한다는 말씀을 드리려고 했던 것뿐입니다. 볼튼 조장님.”

그러자 말을 꺼냈던 병사는 볼튼의 의도를 눈치채고 얼른 이렇게 말을 돌렸다.

“아저씨들 이곳을 탈출하실 생각이세요?”

“쉿! 목소리가 너무 커. 누가 듣기라도 하면 어쩌려고. 그렇지만 탈출을 감행하려는 것은 사실이란다.”

어쨌든 꼬마가 같은 공간 안에 들어와 있는 이상 감추는 것보다는 아이를 설득하는 게 낫다고 생각했는지 볼튼은 탈출 계획을 사실대로 이야기했다. 그러자 마로의 눈빛이 더욱 반짝였다.

‘어떻게 탈출을 종용할까 했는데 이들도 탈출을 계획하고 있었다니… 일이 생각보다 쉽게 풀리겠어.’

그는 이런 생각을 하면서 갑자기 생각났다는 듯 손뼉을 쳤다.

짝!

“정말로 탈출하실 거라면 제게 좋은 생각이 있어요.”

“어떤 좋은 생각 말이냐?”

마로가 손뼉까지 치며 이렇게 말을 하자 병사들은 그다지 기대를 하지 않으면서도 일단 물어 보았다.

“제게는 늘 저를 따라 다니는 개가 한 마리 있어요. 이름이 테루라는 개인데 이 녀석이 무척 영특하거든요.”

"그래서?"

"우리 테루를 이용해서 간수장에게 감옥의 열쇠를 훔쳐 오면 탈출이 쉽지 않을까요?"

마로가 여기까지 이야기하자 모든 병사들이 일제히 마로의 곁으로 다가 왔다.

"그, 그게 가능하겠느냐? 개가 지금 어디에 있는데?"

그러더니 마로를 동그랗게 감싸고 작은 목소리로 이렇게 물었다. 누가 듣기라도 할까봐 인의 장막을 친 모양이다.

"마차가 습격 받았을 때 미리 피신해 있다가 지금 근처에 와 있다고 방금 신호가 왔어요. 잘 들어 보세요. 또 들릴 거예요."

[테루… 멋진 목소리로 한마디해 봐.]

[커흠… 알았다, 대장.]

이런 말을 함과 동시에 마로는 곧 테루에게 이렇게 지시했다.

워우~ 워어어어~ 워웅~!(테루는 신사 늑대이다~!)

"아… 정말 들린다. X개가 울부짖는 소리가."

멀리서 들려온 테루의 울부짖음에 다들 고개를 끄덕이며 좋아했다. 그러나 정작 자기 잘났다고 짖은 소리로 인해 졸지에 동네 X개로 전락해 버린 블랙울프 테루였다.

"저렇게 영리한 개라면 아이의 말대로 어쩌면 열쇠를 훔치는 것도 가능할지도……. 그런데 어떻게 개에게 명령을 내릴 수 있지? 개는 밖에 있고 너는 안에 있는데 말이다."

"그건 그리 어렵지 않아요. 이 풀피리만 있음 되요. 어릴 때부터 풀피리로 명령을 가르쳤기 때문에 충분히 소통이 가능하거든요."

한 병사의 질문에 마로는 자신이 가지고 주머니 속에 있던 작은 풀피리 하나를 꺼내 흔들어 보였다.

이제 감옥 안에 있는 모든 병사들은 마로를 점점 더 믿기 시작했다. 이 어린 꼬마가 뭔가 해낼 것 같은 기분이 들었던 것이다. 물론 아직도 넘어야 할 산은 많았지만 그래도 처음 탈출 계획을 세울 때보다는 훨씬 희망적인 부분이 생긴 것 아니겠는가. 그것만으로도 이들은 가슴이 뛰기 시작했다.

2

뎅뎅뎅뎅뎅!

"포로들이 탈출했다! 어서 잡아라!"

갑자기 산채 전체로 요란한 타종 소리와 함께 사방에 횃불이 켜지기 시작했다. 바로 감옥 안에 있는 중요한 포로들이 탈출한 것이다.

"헉헉… 이쪽으로 가셔야 해요. 다행히 이 인근은 테루가 잘 알고 있어서 테루 뒤만 따라가면 익숙한 산길을 찾을 수 있을 거예요."

“알겠다. 우린 이 지역을 전혀 모르겠으니 어서 앞장서
라.”

탈출한 자들은 바로 마로와 헤이슈만 영지군들이었다. 그
들은 지금 개의 모습으로 귀엽게(?) 변신한 테루를 앞장세운
채 그 뒤를 열심히 따라가고 있었는데 마로의 얼굴에 의미심
장한 미소가 떠올라 있어서 이 안에도 뭔가 수상한 꿍꿍이가
있음이 은연중에 드러나고 있었다.

그리고 그 큰 덩치의 테루가 정말로 동네 X개랑 똑같은 모
습으로 변신해 있었다. 이를 봐서 이 블랙울프라는 영물은 변
신도 가능하다는 것을 알 수 있었다. 참으로 알수록 신비한
짐승이 바로 테루였다.

워우~ 컹컹~!(이쪽으로!)

“저쪽이래요. 어서 가요.”

“그래…….”

그렇게 모두가 테루의 뒤를 열심히 따라가는 동안 그들의
뒤를 추격하던 산적들의 기척이 점점 멀어져갔다. 짐작컨대
과연 제대로 된 길을 따라가는 것이 맞는 모양이었다. 최소한
헤이슈만 영지군들은 모두 그렇게 믿으며 그저 마로의 뒤만
열심히 따라갔다. 그렇게 얼마나 갔을까?

“휴우… 드디어 산길이 나왔네요. 여기서부터는 영지까지
찾아가실 수 있을 거예요.”

몇 시간에 걸쳐서 달리고 또 달리고 나자 마침내 모두에게

익숙해 보이는 길이 나타났다. 그러자 마로는 뒤로 한발 물러
나며 이렇게 말을 했다.

"그렇구나. 여긴 나도 아는 곳이구나. 비록 자주 와본 곳은
아니지만 주변 지형으로 봐서 영지까지 가는 데 큰 어려움은
없을 것 같구나. 이제부터는 내가 앞장을 설 테니 너와 네 개
는 편하게 따라오너라."

"아뇨, 전 다시 돌아가야 해요."

"뭐라고? 돌아가다니? 그게 지금 무슨 소리냐?"

마로의 말에 볼튼과 영지군들이 놀란 것은 당연했다. 어쨌
든 이곳까지 올 수 있었던 이유는 마로가 있기에 가능한 것
아니었는가. 그런 만큼 그들은 어느새 이 어린 꼬마에게 깊은
정과 고마움을 느끼고 있었다.

"제가 루켄 성을 갔던 이유는 할아버지의 약을 구하기 위
해서였어요. 그건 무척 비싼 약이거든요. 그런데 그것을 놈들
에게 빼앗겼으니 다시 찾아야 해요. 안 그러면 할아버지께서
위험해요."

"이런… 네가 간다고 그 약을 도로 되찾을 수 있는 것은 아
니잖느냐. 게다가 우리의 탈출 소동으로 인해서 그놈들 소굴
은 더욱 경계가 심해져 있을 테니 더욱 위험하다. 그러니 우
리와 함께 일단 영지로 돌아가서 영주님께 부탁드려 토벌군
과 함께 다시 오도록 하자. 영주님께서도 공자님과 공녀님을
공격했던 놈들이라 흔쾌히 토벌군을 보내주실 것이다. 그럼

그때 약을 찾아도 되지 않겠느냐?"

볼튼의 말은 앞뒤가 맞는 데다가 그 방법 외에는 좋은 수가 없는 게 확실하기에 모두가 고개를 끄덕였다. 백작 성에서 토벌군을 조직해 함께 움직인다면 아무리 악명이 높다 해도 스네이크 산적을 때려잡는 것쯤은 식은 죽 먹기 아니겠는가.

"저도 그런 점은 충분히 납득합니다만 그러기에는 시간이 너무 없어요. 오늘 중으로 약을 되찾아 가지 못하게 되면 할아버지께서 더욱 위독해 지실 거예요. 누가 뭐라든 저에게는 할아버지가 전부예요. 흑흑… 테루와 함께 움직이면 어떤 방법으로든 약을 되찾을 수 있을 거예요. 그러니 아저씨들은 어서 가서서 토벌군과 함께 오세요."

마로는 온 힘을 다해 통곡이라도 할 것처럼 울먹거리며 말했다. 이런 마로의 거짓말에 헤이슈만 영지군들의 표정에는 안타까움이 서렸다. 어째서 그랬는지는 몰라도 마로의 거짓말이 이번에도 통했음을 표정으로 알 수 있었다.

"휴우… 네 뜻이 정 그렇다면 어쩔 수 없구나. 효심이 그런데 어떻게 계속 말리겠느냐. 좋다. 그렇다면 우리가 최대한 빨리 영지로 돌아가 토벌군과 함께 올 테니 혹시 상황이 여의치 않으면 무리하지 말고 반드시 우릴 기다려라. 그건 약속할 수 있지?"

"네, 감사해요, 아저씨. 저도 빨리 죽고 싶진 않으니 그 말씀 명심할게요."

"그래… 기특하구나. 그럼 우린 이만 가보겠다."

그렇게 모두가 헤어지려는 그때, 갑자기 마로가 또 그들을 불렀다.

"잠깐만요!"

"응? 할 말이 있느냐?"

"이게 도움이 되실지 모르겠지만, 볼테르 산 초입에 핸슨 아저씨라는 산사람 한 분이 계세요. 오랜 산행을 하신 분이라 지리를 훤히 알고 계세요. 그분의 안내를 받으면 가장 정확하게 찾아오실 수 있을 거예요. 우리가 있던 그곳이 제가 알기론 독사봉이라는 곳이었어요."

"오! 그거참 중요한 정보로구나. 그리고 보니 우리는 그곳에서 빠져 나왔으면서도 도로 찾아갈 방법을 제대로 생각지 못했는데……. 너무 고맙구나, 마로야."

친절하게 스네이크 산적들의 소굴까지 알려준 다음 마로는 테루의 등에 올라탔다. 그와 헤이슈만 영지군들이 빠져 나온 산채는 분명 몰라우 약탈자 산채였다.

하지만 마로는 산을 빙 둘러서 스네이크 산적 소굴 앞길로 내려왔고 환기시켰다. 이는 곧 그가 스네이크 산적들에게 누명을 씌우는 작업이 분명했다. 어째서 그가 아무 죄도 없는 스네이크 산적들을 옭아매는지는 몰라도 아직은 일이 완전히 끝난 것이 아니었다. 사람들이 멀어지자 마로는 자신의 곁에 있는 테루의 머리에 손을 얹으며 돌아섰다.

“테루야, 가자!”

[어디로 가는데 대장? 방금 왔던 곳으로 다시 가는 거야?]

영물 테루는 이미 인간들의 언어를 모두 알아들을 수 있기에 이렇게 되물었다.

“아차, 미안. 거기가 아니라 스네이크 산적 놈들 소굴로 가자. 할 일은 그곳에 있거든.”

[할 일? 어떤 일?]

“거참 우선 가기나 해. 가면서 이야기해 줄 테니까.”

[오케이~! 꽉 잡아라. 대장!]

슈우우욱~!

또다시 바람을 가르며 테루가 달리기 시작했다. 그러자 마로는 그 바람을 온몸으로 맞이하며 잠시 생각에 잠겨 들었다.

'후후… 이놈들… 이번에야말로 멋진 복수를 해주마……. 네놈들은 나를 이미 잊었겠지만 나는 단 하루도 네놈들을 잊은 적이 없어. 세상에 대한 증오를 알게 해준 네놈들이 첫 번째 제물이다. 그리고 그 다음이 내 부모님을 죽인 놈들이지. 아무리 시간이 걸려도… 원수들을 반드시 찾아내 내 손으로 처리하리라. 이번에 걸린 네놈들은 그저 연습용일 뿐이다. 내가 진짜 복수를 하기 위해 거쳐 가는 연습 말이다. 네놈들은 딱 그 수준에 불과하거든.'

그는 섬뜩하게도 지금 이런 생각을 하고 있었다. 이 어린 꼬마는 지금까지 복수를 위해서 그렇게 악착같이 살아온 모

양이었다. 그는 아주 어릴 때 부모를 잃었지만 희미한 기억
에 의하면 그들이 절대 평범하게 죽은 것이 아님을 알고 있
었다.

하지만 아직도 스네이크 산적 소굴에 대체 누가 있기에 복
수를 운운하는 것인지는 누구도 짐작조차 할 수 없었다.

3

둥둥둥둥…….

거대한 진격의 북소리와 함께 마침내 헤이슈만 백작 성의
문이 활짝 열렸다. 그러자 헤이슈만 백작 가문을 상징하는 깃
발이 가장 선두에 나섰다.

그 뒤로 헤이슈만 영지군을 상징하는 깃발과 모두의 자랑
인 폭풍기사단의 깃발이 나란히 나타났다.

"와아아~ 백작님 만세~!"

"산적들과 약탈자들을 혼내주십시오!"

"폭풍기사단 만세~!"

성문 앞에서 이런 장엄한 광경을 구경하기 위해 모여든 영
지민들은 영지군이 성문을 열고 등장하자마자 환호를 내지르
며 모두 만세를 불러댔다. 아무리 산적들과 약탈자들이 사람
을 잘 해치지 않는다지만 이 인근에 사는 사람들 치고 그들에
게 피해를 입지 않았던 자가 없기에 이들의 진심 어린 환호는

당연했는지도 모른다.

이 인근에서 가장 세력이 크고 군사력이 막강한 헤이슈만 영지군이 떨치고 일어났으니 꽤나 많은 약탈자들과 산적들이 사라질 것은 확실했기 때문이다.

"늘 꺼림칙하게 생각했던 일이었는데 결국 아이들로 인해서 결행하게 되었군."

"언젠가는 해야 할 일이기도 합니다. 각하."

산에 가까워질 무렵 마상에서 헤이슈만 백작이 조용히 읊조리자 그의 옆에 있던 부관이 답했다.

"그렇지. 이 지역의 백성들에게 왕권이 살아 있음을 보여주려면 반드시 해야 할 일이긴 했지. 하지만 완전한 소탕은 아직 우리들만으로도 부족하다. 그러기엔 볼테르 산이 주는 위압감이 너무 크거든."

헤이슈만 백작 역시 이 지역에서 태어나고 성장한 사람인지라 볼테르 산의 무서움을 그 누구보다 잘 안다. 물론 그가 마음을 다져 먹고 전심전력을 다해서 볼테르 산을 청소하려 마음먹는다면 가능할지도 모른다.

하지만 그가 아무리 하이로드에 막강한 군사력을 가지고 있다고는 해도 그 역시 왕국 내부에 정적이 존재했고 또한 그를 시기하고 질투하는 무리가 있었다. 그것을 잘 알고 있었기에 함부로 병력을 모두 움직일 수는 없었다.

“아버지… 그런데 정말 마로는 죽었나요? 도무지 믿을 수가 없어서요.”

“나도 믿기지 않는다만 사고를 직접 목격한 기사가 하는 말이니 뭐라 할 말이 없구나. 휴우… 네게도 많은 도움이 될 수 있는 좋은 아이가 될 것 같았는데…….”

토벌군 사이에는 헤이슈만 백작의 아들인 루테민도 끼어 있었다. 그는 아직 올해 열다섯 살밖에 안된 소년이었지만 어차피 가문의 대를 이어야 하는 존재인지라 백작은 늘 그를 데리고 다니는 편이었다.

그런데 지금 루테민의 기분은 썩 좋지 않았다. 마로가 절벽 아래로 떨어져 사망했으리란 이야기가 다시 떠올랐던 것이다. 환하게 웃으며 자신과 여동생을 구해주었던 그 천진난만(?)한 어린아이를 잊을 수가 없었기 때문이다.

그는 마로에게 친동생 같은 감정도 느꼈다. 그렇기에 더욱 그가 보고 싶어졌는지도 몰랐다. 어쨌든 루테민이 이런 생각을 하면서 이동하고 있던 그때, 갑자기 선두에서 달리던 기사 한 명이 다가와서는 곧 헤이슈만 백작에게 넙죽 인사를 하며 보고했다.

“각하! 앞쪽에 실종되었던 우리 영지군들이 나타났습니다!”

“뭣이? 그렇다면 일단 행군을 중단하고 그들을 데려오너라!”

“알겠습니다!”

잠시 후 거지를 방불케 하는 누더기 차림의 일행이 기사의 안내를 받아 백작 앞으로 모습을 드러냈다.

“충성~! 영지군 제5백인부대 소속 선임병사 볼튼과 3조 대원들이 위대하신 각하께 인사 올립니다!”

“인사 올립니다!”

그들은 차림새와는 달리 우렁찬 목소리로 백작에게 인사를 했다. 그 모습에서 과연 이들이 정예 영지군이구나라고 생각할 수 있을 군기와 절도가 베어 나왔다.

“오, 그래. 그대들이 살아 있었다니! 정말 고마운 일이로구나! 그래 어떻게 그 흉악한 곳에서 탈출을 할 수 있었느냐? 내 정보를 듣자 하니 그놈들은 볼테르 산에서도 가장 악독하다는 스네이크 산적들이라 하던데…….”

“과연 각하십니다! 맞습니다. 그들은 바로 스네이크 산적들이었습니다. 그놈들이 저희들을 이용해 몸값까지 챙기려고 해서 살려둔 것이지, 그런 흑심이 아니었다면 벌서 죽었을 것입니다. 또한 막판에 영악한 꼬마를 만나지 못했다면 탈출도 불가능했을지도 모릅니다.”

“영악한 꼬마?”

꼬마에 관한 이야기가 나오자 뒷전에 있던 루테민이 앞으로 나서며 곧바로 이렇게 물었다. 뭔가 퍼뜩 느껴지는 것이 있었기 때문이다.

“아, 공자님도 오셨군요. 무사한 모습을 보니 너무도 감격
스럽습니다.”

“그대들이 무사한 모습을 보니 나 또한 기분이 좋구나. 그
렇지 않아도 걱정을 많이 했는데. 나와 미유리를 구해줘서 고
맙다.”

“별 말씀을요. 당연히 해야 할 일인걸요. 그런데 방금 꼬마
에 관해서 물으셨습니까?”

루테민과 미유리 입장에서는 이 병사들에게 고마움을 느
끼지 않을 수 없었다. 당시 이들이 목숨을 내걸며 자신들을
막아주고 도망치게 하지 않았다면 정말 끔찍한 일을 겪었을
지도 모르기 때문이다. 탈출해 온 영지군들은 사선을 넘어왔
음에도 이 젊은 미래의 성주가 자신들에게 고맙다는 표현을
해주자 그동안의 고생이 눈 녹듯 사라지는 기분을 맛보았다.

“그래… 갑자기 어울리지 않게 꼬마 이야기가 나오니 궁금
하구나.”

“하긴 그럴 만도 하실 것입니다. 저희도 그렇게 영악하고
대범한 꼬마는 본적이 없었으니까요. 그 녀석이 데리고 다는
X개도 그렇고요.”

“개? 개를 데리고 다니던가?”

“네, 그 꼬마 이름이 마로라 하던데요? 개는 테루였고. 아
무튼 그 둘의 활약이 아니었으면 저희는 꼼짝없이 그곳에서
죽었을 것입니다.”

후다다닥~!

덥석!

마로라는 이름이 나오자마자 루테민은 번개가 무색할 만큼 빠른 속도로 말에서 내리더니 곧장 볼튼의 코앞까지 다다가 그의 멱살을 덥석 잡아 올렸다.

"그 꼬마 이름이 정녕 마로라는 말이더냐?"

"헉! 제, 제가 무슨 잘못이라도……."

"이, 이런… 미안하다. 내가 좀 흥분해서 실수를 했구나. 그런데 그 마로라는 아이가 혹시 금발에 초롱초롱한 녹색 눈동자를 가진 꼬마가 맞나?"

루테민은 자신이 잠깐 이성을 잃었다는 것을 상기하고는 곧 볼튼의 멱살을 놓아주며 사과부터 했다. 이런 행동으로 보아 그는 진심으로 마로를 좋아하는 것이 분명했다.

"맞습니다. 나이는 아직 열 살도 안 된 것 같은데 말주변도 좋고 또 할아버지를 위하는 효심이 대단한 꼬마였습니다."

"오오~ 우리 마로가 맞구나. 가우라 신이시여 감사합니다! 감사합니다! 그것 보십시오, 아버지. 그 녀석은 그렇게 쉽게 죽을 녀석이 아니라니까요! 이보게 볼튼. 그 아이는 지금 어디에 있는가? 뒤에 따라왔는가?"

"그, 그것이… 휴우… 사실 그 녀석은 아직 스네이크 산채에 있습니다. 할아버지를 위한 약초를 되찾아야 한다면서 아무리 말려도 말을 듣지 않았습니다. 공자님께 그렇게 중요한 녀석인줄 알았다면 기절시켜서라도 데리고 올 것을 그랬습니다. 죄송합니다.”

“아니다. 과연 그 녀석다운 행동이다. 그나저나 약초라… 결국 구한 걸까?”

루테민의 입가로 희미한 미소가 감돌았다. 마로가 살아 있다! 열기가 가슴에 밀려드는 기분이 들었다. 루테민은 시선을 백작에게 돌렸다.

“아버지. 행군 속도를 올려야 할 것 같습니다. 어서 가서 그 놈을 꼭 구해야 합니다. 제게는 한 명 밖에 없는 남동생 아닙니까! 부탁드립니다!”

지금까지 내내 풀이 죽은 모습으로 행군하던 루테민의 태도가 이 정도로 달라진 것을 보면서 헤이슈만 백작은 미소를 짓고 말았다. 아들의 이런 인간적인 모습이 기꺼웠던 모양이다. 그리고 이제 스네이크 산적들의 산채 위치를 정확히 아는 사람이 나타났으니 굳이 느리게 갈 이유도 없었다. 물론 백작의 진영에는 볼테르 산의 지리를 잘 아는 자들이 수도 없이 있는 상황이었다. 그들에게 독사봉을 찾게 하는 일은 그야말로 식은 스프 먹기보다 쉬운 일이었다. 하물며 가장 좋은 길을 알고 있는 산사람까지 소개받는 상황 아니던가.

4

꿀꺽꿀꺽~!

몰라우는 대낮인데도 술을 정신없이 들이켰다. 마음이 워낙 초조했던 모양이다. 당연한 것이 이미 수하들 보고에 의하면 백작 성에서 무려 일천 명의 병사가 나섰다는데 아직 그들이 어디를 노리고 오는지가 정확히 파악이 안 되고 있었기 때문이다.

"두목님. 방금 새로운 소식이 들어 왔습니다!"

"크으~! 이야기해 봐라."

"백작군이 마침내 나니엘의 갈림길 앞에 도착했다 합니다."

"그으래? 결국 우리 산채로 오는 것이냐 아니면 그 꼬마가 장담한 대로 스네이크 놈들의 산채로 갈 것이냐 정해지는 순간이로구나. 으음… 일단 그들의 움직임을 더 철저히 체크하고 수시로 보고하도록!"

"알겠습니다!"

나니엘의 갈림길이라는 명칭은 이 인근 산적들과 약탈자들이 정해 놓은 지명이었다. 이곳은 모두 다섯 갈래로 길이 갈라지기 때문에 나니엘의 갈림길이라는 명칭이 붙었는데 신기하게도 각각의 길 끝에는 모두 산적들과 약탈자들의 산채가 위치해 있었다.

그렇기에 만에 하나 헤이슈만 백작군이 동북쪽으로 방향

을 잡는다면 볼테르 산에서 몰라우 약탈자는 영원히 사라질
터였다. 하지만 서쪽으로 간다면 마로의 말대로 스네이크 산
적들이 작살 날 것이다.

"내가 미친 것도 아니고 그 꼬마를 너무 믿은 건 아닐까?
하지만 그 녀석의 작전이 워낙 절묘해서 믿지 않을 수가 없
었다. 아니, 안 믿는다 해도 어차피 우린 빠져 나갈 구멍이
없었을 터. 제발 그 녀석의 작전대로 되기만을 바랄 수밖
에……"

일 초… 일 분… 그리고 십 분… 한 시간…….

지금 몰라우에게는 흘러가는 시간 자체가 힘겨운 고통이
었다. 왕국의 몰락과 함께 기사라는 명예를 버린 지도 벌써
십오 년이다.

그 짧으면 짧고 길면 긴 시간동안 그가 자신의 모든 것을
바쳐서 이룩한 기업이 바로 이곳 산채였다. 비록 약탈자의 무
리로 낙인 찍혔지만 그에게는 실로 소중한 삶의 터전인 것이
다.

그런 곳을 잃고 싶지는 않았다. 아니, 더 정확히 말한다면
이곳에서 함께 울고 웃었던 동료들이 죽는 꼴을 보고 싶지는
않았다.

"마로야, 이번 일이 정말 네 말대로 된다면… 나는 너를 평
생 은인으로 삼겠다. 하지만 그것이 거짓말이었다면… 내 죽
어서 귀신이 되는 한이 있더라도 반드시 네 녀석에게 복수를

하고 말 것이다."

"벌컥벌컥~!"

그가 또다시 술을 퍼 마시며 이렇게 중얼거릴 때 그렇게 기다리던 소식이 마침내 전해졌다.

"두목님! 두목님! 가, 갔습니다! 백작군이 스네이크 놈들의 산채를 향해 움직였습니다!"

"오오… 그래? 그랬단 말이지! 으하하하! 그렇다면 우린 살았다, 살았어! 그 꼬마의 작전대로 돌아가고 있는 게 확실하구나!"

평상시라면 같은 남자의 손만 스쳐도 인상을 벅벅 쓰던 몰라우가 방금 희소식을 가지고 들어온 수하를 얼싸안으며 이렇게 마구 웃고 좋아했다. 피 말리는 시간 뒤에 찾아온 달콤함인 만큼 그는 웃을 자격이 충분히 있었다.

같은 시각, 마로는 스네이크 산채의 입구 근처에서 테루에게 무엇인가를 지시하고 있었다.

[자, 이게 마지막 물건이다. 아까 말했듯이 이 물건들은 은밀하게 놓아두되 쉽게 찾을 수 있는 곳에 놔둬야 한다. 알겠지?]

[걱정마라, 대장. 이 테루가 이렇게 쉬운 일도 못할까 봐 걱정이냐? 이미 대장이 준 물건들은 이곳 두목의 방에는 물론 소두목들 거처에 하나씩 놓아두었다. 물론 백작군이 들

이닥치면 한눈에 찾을 수 있는 위치에 놓아두었으니 걱정 마.]

치밀한 마로는 헤이슈만 백작의 자녀들이 몰라우 약탈자들에게 빼앗겼던 물건들을 고스란히 가져 와 스네이크 산채 안 이곳저곳에 뿌려 놓는 작업을 하는 중이었다.

이렇게 해놓으면 스네이크 산적들은 빠져 나갈 수 없는 완벽한 함정에 걸려들 것이 확실했다. 이들이 백작가 자녀들을 공격하고 병사들을 납치했다는 것을 증언하는 증인(?)들도 있는 데다가 이젠 물증까지 등장할 판이니 어디로 빠져 나갈 수 있겠는가. 소름이 끼칠 정도로 마로의 작전은 빈틈이 없었다.

휘리릭~!

[모두 끝났다. 대장!]

모든 작업을 끝마친 테루가 마로의 근처로 다가와 입을 열었다.

[좋아, 그럼 넌 이제부터 인근에 은신해 있어라. 나는 안으로 들어갈 것이다.]

[조심해, 대장. 만일 위험한 상황이 발생하면 자존심 내세우지 말고 바로 날 불러. 알겠지?]

테루는 마로가 늘 걱정이었다. 그가 마로를 주인으로 인정한 이래 마로는 단 한시도 편안하게 사는 법이 없었다.

마로는 위험과 모험을 즐기는 것 같았으며 어떨 때는 영물인 테루 자신보다 더욱 대범하고 겁없어 보였다. 인간 꼬맹이가 겁이 없으면 그 결과는 언제나 뻔했다. 때문에 그는 더 걱정을 하는 것이다.

[후후… 걱정 마. 저놈들은 날 바로 어떻게 할 수 없어. 그러기에는 내가 내세우는 미끼가 너무도 탐날 테니까 말이야.]

테루의 걱정에 마로는 녀석의 머리를 쓰다듬으며 답했다.

[난 대장을 믿지만 늘 조심하라는 뜻에서 한 말이야. 대장이 잘못되면 테루도 살기 싫어질 테니까.]

테루는 이제 마로와 한 몸이나 마찬가지였다. 그에게 마로가 없는 삶은 아무런 의미가 없었다. 이것은 단순히 주인과 종의 관계가 아닌 더 높은 차원의 문제였다.

[녀석, 알았으니 어서 숨기나 해. 산적 놈들이 내려온다.]

스르르……

이미 스네이크 산적들을 완벽한 함정에 집어넣은 것 같은데도 마로는 뭔가 아쉬운 모양이었다. 그는 어느 순간부터 숨어 있던 곳에서 나와 당당히 걷기 시작했다.

"거기 서라, 꼬마야!"

"깜짝이야! 절 부르신 거예요?"

"여기 그럼 너 말고 이 산중에 꼬마가 또 있단 말이냐. 넌 여기까지 어떻게 온 것이냐?"

그가 숲에서 나와서 길을 따라 걷기 시작하자 곧바로 산적

두 명이 나타나 그의 앞을 가로막으며 이렇게 물었다.

"전 이곳에 계신 풀그랑 부두목님을 만나러 왔는데요. 꼭 드릴 말씀이 있어서요."

"잉? 풀그랑 부두목님을 아느냐?"

"물론이죠. 그분은 절 잘 기억 못할지 몰라도 전 너무도 생생하게 기억하거든요. 그러니 그분께 데려다 주세요."

산적들은 아무리 어린 꼬마라 해도 잔인한 것으로는 산채 제일인 풀그랑 부두목을 안다고 하니 섣불리 대할 수가 없었다. 정확한 관계를 모른다 해도 괜히 꼬투리 잡힐 일을 만들 필요는 없었다.

"알겠다. 그럼 부두목님께 데리고 갈 것이니 따라와라. 대신 거짓말이면 그 자리에서 경을 칠 터이니 각오하는 게 좋을 것이다."

"저 같은 꼬마가 이렇게 무서운 곳에서 설마 거짓말을 하겠어요?"

"하긴. 이봐, 둠스. 내가 이 녀석을 부두목님께 데리고 갈 테니 자네는 교대할 때까지 이곳에 있으라고."

"알았으니 어서 갔다 오게."

이렇게 해서 결국 마로는 산채 안으로 너무도 떳떳하게 들어갈 수가 있었다. 스네이크의 산채는 몰라우 산채와는 분위기가 완전히 달랐다. 우선 산채 주변에서 뿜어져 나오는 살기가 달랐으며 여기저기에서 경비를 서고 있는 구성원들의 표정이 많이 달랐다. 몰라우 산채의 구성원들은 대부분 웃거나 밝은 표정을 짓고 있는 것에 비해 여기 사람들은 오만가지 인상을 다 쓴 채 누구든 시비만 걸면 가만두지 않겠다는 듯한 태도를 하고 있었던 것이다. 비록 검술은 대단하지 않아도 마나 수준이 꽤 높은 마로는 이런 점을 쉽게 간파했다.

"파벨, 그 꼬맹이는 뭐냐?"

"네, 조장님! 이놈이 부두목님을 뵙겠다고 찾아 왔는데 이유는 직접 부두목님께 말한다고 합니다."

"부두목님을?"

산채 안으로 들어서자 이번에는 마로를 데리고 함께 가는 자보다 직급이 높은 자가 가로막았다. 그는 산채 내부의 경비를 책임지고 있는 듯했다.

"네……."

"흐음… 알겠다. 지금 부두목님께서는 마침 돌아와 계시니 안으로 들어가 봐라."

"알겠습니다. 가자."

"네, 아저씨."

똑똑…….

"부두목님! 파벨입니다. 웬 꼬마가 부두목님을 뵙고 싶다 합니다. 어떻게 할까요?"

"꼬마? 일단 들어와 봐라!"

"네!"

삐걱…….

파벨을 따라간 마로는 마침내 부두목이 있는 집무실로 들어갈 수가 있었다. 그리고 그곳에는 오 년 전 그에게 끔찍한 기억을 안겨 주었던 한 사람이 날카로운 눈을 번뜩이며 안으로 들어서고 있는 그를 유심히 바라보았다.

Chapter 05
후련한 복수

1

　오 년 전, 겨우 네 살밖에 되지 않은 아이를 혼내주었던 기억 따위는 그에게 아무런 도움도 되지 않을 터… 그러기엔 그가 괴롭힌 인간들이 많아도 너무 많았다. 하지만 그런 자에게 철저하게 당했던 어린아이의 입장에서는 전혀 달랐다.

　"넌 누구냐, 꼬마야?"

　"전 마로라고 해요. 기억 안 나시나요? 전 부두목님이 생생하게 기억나는데……."

　"바쁜 내가 너 같이 별볼일없는 꼬마까지 기억해야 하나? 무슨 용건인지 몰라도 여기까지 온 걸 보면 중요한 일인 것 같은데 어서 말해 보아라."

　마로는 끓어오르는 분노를 간신히 참으며 최대한 냉정한 마음으로 말을 꺼냈다. 그에 비해 풀그랑은 귀찮다는 태도로 그를 대하고 있었다. 당연한 것이 그의 입장에서는 이런 꼬맹이와 보낼 시간이 아까운 것이다. 그리고 그런 그의 태도를 더욱 부채질하는 사람이 나타났다.

　딸칵…….

　"오빠, 아직 멀었어? 오늘 호수로 놀러가자면서."

　"어서 와라, 낸시. 그렇지 않아도 막 나가려던 참이었는데 갑자기 요 꼬맹이가 나타나서 말을 거는 바람에……."

　"어? 정말 꼬마가 있었네? 와아~ 이거 신기하다. 산적들 소굴에서 꼬마 녀석을 다 볼 줄이야. 호호호……."

　"어허~ 산적들이라니. 우린 산중 영웅이라니까!"

　놀랍게도 나타난 사람은 언젠가 빵 때문에 만났던 그 거리의 아가씨였다. 그때 그 독한 낸시라는 아가씨 말이다. 어쨌든 두 사람은 지금까지 연인 사이로 만나는 모양이었다. 마로는 그녀를 보는 순간 둘 다 심성이 악독해서 잘 어울린다는 생각을 했다.

　'이 여자도 이곳에 있을 줄이야……. 어떻게 찾아야 하나 했는데 잘 됐어. 너희들은 내가 누구인지 기억조차 못하겠지. 그때 내 심정이 어떠했는지는 더더욱 말이야. 하지만 오늘 똑똑히 보여주겠어. 아무리 어린아이라 해도 함부로 대하면 어떤 결과가 나타나는지를…….'

오 년 전, 정확히 그가 네 살 무렵 겨우 빵 한 조각 때문에
그는 풀그랑의 패거리에게 죽을 정도로 얻어맞았다. 그때 만
일 어르신을 만나지 못했다면 이미 죽었을 것이 분명했다. 자
신을 천대했던 세상과 부모님을 죽인 원수에 대한 복수를 하
지도 못한 채 죽을 것 같아 느낀 절망은 생각보다 컸다.

그리고 이제는 이들에게 복수할 시간이 온 것이다. 그것도
겨우 아홉 살이 된 오 년 만에 말이다.

하지만 그는 끝까지 침착했다. 여기서 흥분하기엔 그가 살
아온 짧은 인생이 너무도 혹독했다.

"아마 잘 생각해 보시면 제가 누구인지 아실 거예요. 지금
부터 사 년 전, 루켄 성 외곽에 있는 캐인 마을에서 빵을 구걸
하던 아이가 기억나지 않으세요?"

"사 년 전 캐인 마을이라고?"

풀그랑은 마로의 말에 눈을 부릅떴다. 잊을 수 없는 일이
떠올라 극도로 분노한 것이다. 그런 풀그랑의 태도를 보고 낸
시 또한 마로를 기억해냈다.

"아, 그때 그 보기만 해도 토할 거 같던 더러운 거지 꼬마!"

유난히 깔끔을 떤다고 설치는 성격 때문에 낸시는 그 성격
에 맞게 당시의 거지 아이를 기억해 낼 수 있었다.

"낸시, 너도 기억나?"

"우리가 캐인 마을에서 급속도로 가까워지게 되었던 사건
이 설마 기억 안 나세요?"

"흐흐흐, 맞아. 내 새끼손가락을 씹었던 그 빌어먹을 놈! 짐승 밥이 되었을 줄 알았는데, 용케 살아서 다시 나타났구나. 제 발로 이곳까지 찾아오다니 간이 부었군."

이들은 아마도 그때의 일이 계기가 되어서 연인 사이로 발전한 모양이다. 어린아이를 죽기 직전까지 두들겨 패는 순간에 반해 연인이 되다니……. 실로 가증스러운 인간들이 아닐 수 없었다.

"크크… 내가 죽어가고 있을 때 당신들은 신나 있었겠군요. 뭐, 상관없어요. 어차피 오늘은 운명이 뒤바뀔 테니까요."

점점 마로의 온몸에서 불길한 기운이 흘러나오기 시작했다. 그러나 풀그랑도 또 낸시도 아직 아홉 살 밖에 안 된 꼬마가 무슨 짓을 할 수 있을 거라는 생각은 전혀 하지 못했다.

"하, 망할 녀석이 뭐라고? 그래서 또 덤비겠다고? 불만이 있으면 덤벼보든지……."

"호호… 오빠도 참. 그런 농담도 저런 꼬마에게 하면 자칫 심장마비로 죽을지도 모른……."

"좋아요."

"응? 얘야, 너 방금 뭐랬니? 설마 그 유명한 스네이크 산적단 부두목이신 풀그랑 오빠에게 덤비겠다고 한 건 아니겠지?"

웃으면서 말을 하던 낸시의 말을 자르고 마로가 대뜸 좋다고 하자 그녀는 어이가 없어졌다. 아니, 자기가 지금 뭔가 잘못 들었다고 생각했다.

"맞아요. 전 지금 풀그랑님께 도전하는 거예요. 다시 말할게요. 나 마로는 풀그랑님께 정식으로 도전하겠습니다!"

"도… 전? 푸… 푸픕… 푸하하핫! 저놈이 기껏 살려두었더니 아주 기고만장하구나! 꼬마야. 우리 산채에서 이 어른에게 도전을 한다는 뜻은 그야말로 목숨을 내놓겠다는 뜻이다. 그런데도 해보겠시겠다?"

"물론이에요. 전 이날만 기다렸는걸요. 정정당당하게 복수하고 싶었어요."

"크하하! 베짱 한 번 마음에 드는군. 하지만 난 대결을 하게 되면 추호도 봐주질 않으니 행여 죽거나 병신이 되도 날 원망하지 마라."

"그건 저도 마찬가지로 해주고 싶은 이야기로군요."

"요런 시건방진 놈 같으니라고! 불쌍해서 애교로 받아주려고 했더니 간이 우주로 날아간 모양이로구나. 좋다. 그렇다면 나가자. 네놈을 혼내주고 낸시랑 놀러가야겠다."

풀그랑이 시선을 돌려 낸시를 슬쩍 본 뒤에 말했다.

"피를 본 다음 나가면 훨씬 재미있을 거야. 안 그러냐, 낸시?"

"호호호… 당연하죠. 특히, 어린아이의 피라면 좀 더 신선하지 않을까요? 물론 너무 쉽게 끝나서 시시하긴 하겠지만."

과거의 복수라 해도 마로는 사건을 너무 키웠다. 하지만 이건 아무래도 키워도 너무 키운 듯 문제가 심각해 보였다. 만에 하나 정말로 정면 대결을 하게 되면 테루가 도와줄 틈조차 없을지 모르는데 어째서 이렇게 일을 크게 벌이는지 이해가 가지 않는 장면이었다.

둥둥둥둥!
스네이크 산채로 북소리가 울려 퍼졌다. 북소리를 들은 산적들은 모두 북이 놓인 곳을 향해 모여들었다.
"모두 들어라. 지금 산채의 연무장에서 부두목님이 재미있는 일을 보여주신다 하니 어서 집합해라!"
웅성웅성…….
마침내 둘의 대결은 성사되었다. 비록 풀그랑 입장에서는 잠깐의 유희에 불과했지만 이 순간 마로의 입술은 꼭 다물려 있었다. 그는 진심으로 할 생각인 모양이었다.
그리고 이들이 이렇게 한때의 유희를 준비하는 동안 테루는 바쁘게 움직이고 있었다.
휘리릭~!
슈슉~ 퍼억!
"끄륵……."
털석!
테루는 놀랍게도 스네이크 산채 인근에 숨어서 경계를 서고 있는 산적들을 하나씩 처치했다. 이는 혼자서 산적들을 혼내려는 목적이 아니었다. 단지 이제부터는 산채로 접근하는 그 어떤 존재에 대해서 산채 안 그 누구도 알 수 없도록 정보를 차단하는 것이다. 그리고 지금도 시시각각 헤이슈만 영지군은 스네이크 산책을 향해서 착실하게 행군하고 있었다.

아직은 거리가 워낙 멀어서 금방 나타나지는 않겠지만 설서 코앞에 다가온다 해도 산채 안에서는 아무도 모를 것이 분명했다. 최소한 테루가 인근을 바람처럼 돌아다니는 이상에는 말이다.

2

스네이크 산적단의 산채에는 각종 무기가 다 있었다. 검은 기본이요, 창과 둔기류 그리고 심지어 작살이나 자동석궁과 같은 특수 무기도 있었다.

그런 무기들은 훈련장 주변에 착실하게 걸려 있었는데 그런 훈련장 중앙으로 지금 겨우 아홉 살 밖에 안 된 꼬마가 등장했다.

터벅터벅… 스윽…….

"이 검을 좀 빌려 써도 되죠?"

마로는 등장하자마자 훈련장에 세워져 있는 무기 진열장 앞으로 가더니 검 한 자루를 꺼내 들며 근처에 선 산적에게 물어 보았다. 그 검은 일반 검 보다 더 짧고 작은 쇼트 소드였지만 그가 들자 롱 소드보다도 크게 보였다.

"허허… 너 정말로 부두목님과 싸우려는 거냐? 그러다 죽을 지도 모르는데?"

"그놈은 이미 죽을 각오를 했다 하니 쓸데없는 것은 묻지 마라. 끼어드는 놈들은 내 손에 먼저 죽는다!"

아무리 선량한 사람들을 괴롭혀서 먹고 사는 산적들이라 하지만 그들에게도 아이는 있을 터. 이제 겨우 아홉 살이면 한참 부모에게 재롱이나 부리며 투정을 부릴 나이라 할 수 있었다. 그런 아이에게 검을 들이댄다는 것은 그들로서도 내키는 일이 아니었다.

하지만 단 한사람, 당사자인 부두목 풀그랑 만큼은 달랐다. 그는 벌써부터 어린아이의 피 맛을 볼 수 있다는 기대와 과거의 치욕을 해소할 생각에 흥분이 되었는지 말리려는 산적을 슬쩍 밀어 내며 이렇게 소리쳤다.

"누가 혼이 날지는 두고 봐야겠지요. 자, 전 준비 됐으니 어서 나오세요."

"크흐흐. 네놈이 정말로 살기가 싫어진 모양이구나. 여기까지 와서 죽을 생각을 한 것을 보니……. 좋다, 내 친히 불필요해 보이는 네 모가지를 깨끗하게 잘라주마."

휘리릭~!

말이 끝남과 동시에 풀그랑의 신형이 허공을 날아 훈련장에 서 있는 마로의 반대편으로 내려섰다. 이는 그의 검술 실력이 상당함을 알려주는 한 수였기에 마로의 표정에는 살짝 긴장감이 감돌았다.

'지금은 흥분할 때가 아니다. 최대한 시간을 끌다가 결정적일 때 기습을 노려야 한다. 기회는 한 번. 그때를 놓쳐서는 안 된다. 후우… 후우……'

마로는 심호흡을 다시 길게 하면서 이렇게 자신을 다잡아갔다. 아직 어린 몸인 데다가 단검 쥐는 법외엔 싸우는 방법을 모르는 그로서는 무엇보다도 최대한 냉정하고 침착해야만 했다. 그래야 결정적인 찬스를 잡을 수 있는 것이다.

스르릉~!

"자 어서 검을 뽑아라!"

"잠깐만요. 검이 좀 이상해요. 아무래도 검을 바꿔야겠으니 잠시만 기다려 주세요."

풀그랑이 자신의 검을 꺼내 들면서 이렇게 말하자 마로는 살짝 겁을 먹은 듯 움찔했다. 그러곤 검을 살펴보는 척을 하다가 곧 다시 무기 진열장 쪽으로 갔다.

"좋다. 네가 가장 마음에 드는 검으로 바꿔 와라. 시간은 충분히 주마."

"아… 이건 너무 무겁고… 이건 너무 기네. 이런… 이게 딱이구나. 저기요! 질문이 하나 있어요."

한창 검을 고르던 마로가 갑자기 큰 소리로 외쳤다.

"뭐냐?"

"이곳은 진검 대결을 펼칠 때 단검을 써도 괜찮은가요?"

"흥~! 빨리 죽고 싶은걸 누가 말리겠느냐? 단검을 쓰든 목검을 쓰든 그건 자기 마음이다."

미치지 않고서야 검술 대결에서 단검을 쓰는 경우는 없을 터였다. 단검이 기습은 유리할지 모르지만 이런 대결에서는 길이 차이 탓에 장검을 이길 수가 없기 때문이다. 그래서인지 풀그랑은 콧방귀까지 뀌며 이렇게 대꾸했다.

"고마워요. 전 아무래도 단검을 써야 할 것 같네요."

"곧 후회할 텐데? 물론 장검을 쓴다고 해서 결과가 바뀌지는 않겠지만……."

평상시 풀그랑이라면 상대가 이렇게 멍청한 짓을 하면 아무 소리 하지 않고 자신의 유리함을 최대한 이용했을 것이다. 하지만 지금은 상대가 어린 꼬맹이인 데다가 수많은 수하들이 모여서 보고 있는 상황인지라 일부러 상대를 배려해 주는 척하는 것이다.

속이 뻔히 보이는 수작이었지만 그의 잔학성을 잘 알고 있는 수하들은 속으로만 욕을 했지 겉으로는 아무 말도 하지 못한 채 이 어처구니없는 대결을 바라보고만 있었다. 그런데 바로 그때……

"재미있는 구경거리가 생겼다고?"

"충성! 두목님을 뵈옵니다!"

　스네이크 산적들의 두목 발탁이 등장했다. 그는 왼쪽 얼굴이 이마에서부터 턱까지 길게 찢어진 상처를 가지고 있는 사십대 초반쯤의 사내였는데 눈매가 어찌나 무섭던지 과연 스네이크라는 별명이 잘 어울려보였다.

　"어서 오십시오, 형님. 꼬맹이 녀석이 저에게 복수하고 싶다면서 대결을 요청했습니다. 저도 이 꼬마를 혼내줄 이유가 좀 있고요. 또 우리 스네이크의 원칙이 도전해 오는 적을 피하지 말라이기 때문에 따끔하게 혼을 내주려 이런 자리를 마련했습니다. 죄송합니다."

　"복수를 하기 위해 온 녀석이라면 나이와 상관없다. 스스로 그만한 자신이 있어서 온 것일 테니까. 내 신경 쓰지 말고 어서 하던 일이나 마저 해라."

　유유상종이라던가. 스네이크 두목이나 풀그랑이나 둘 다 그놈이 그놈 같았다. 겨우 아홉 살짜리 꼬마를 대상으로 살기를 드러내는 풀그랑이나 그것을 뻔히 보면서도 말리지 않는 발탁이나 같은 인간이니 이렇게 모여 있는 것이겠지만…….

　"네! 흐흐… 꼬마야 들었지? 이젠 넌 죽은 목숨이야. 하지만 무척이나 자비로운 이 어르신이 마지막 기회를 한 번 주지. 지금이라도 잘못했다고 빌어라. 그리고 내 앞에 무릎을 꿇고 발을 핥는다면 매우 큰 아량을 발휘해 내 생애 처음으로 용서란 것을 해주겠다."

　"당신은 뭔가 착각하고 있군요. 전 지금 이곳에 잡혀 온 것이 아니라 복수를 하기 위해서 스스로 온 거예요. 그 더러운 발을 핥으라니……. 차라리 잘라 달라고 하는 게 맞는 거 아닌가요?”

“뭣이라고! 이 역시 뒈지려고 환장을 했구나!”

마로가 약올리듯 말하자 성격이 급한 풀그랑이 발끈하며 검을 치켜들었다. 만에 하나 대결의 공정성을 위해 세워 놓은 심판이 말리지 않았다면 곧장 마로를 두 동강 낼지도 모르는 상황이었다.

“자자… 부두목님, 흥분을 가라앉히시고 정식 대결을 시작하시는 것이 어떻겠습니까?”

하지만 다행히 형식적으로 세운 심판이지만 나름 양심은 있었던 모양이었다.

“꼬맹아, 어서 검을 들어라. 아주 검면으로 때려 죽여주마. 크흐흐흐…….”

“잠깐만요. 이 단검은 처음 만져 보는 건데 손에 약간은 익숙해져야 하잖아요.”

빙글빙글…….

화가 날대로 난 풀그랑이 정말로 패 죽일 듯 노려보며 이렇게 겁을 주고 있었지만 마로는 이상하다는 생각이 들만큼 여유를 부리며 은근히 시간을 끌고 있었다.

[대장, 백작군이 다가오고 있다. 앞으로 삼십 분 후쯤이면 도착할 것 같아.]

[알았다. 계속 잘 지켜보면서 보고해라.]

테루의 목소리가 들려오자 마로의 표정이 살짝 달라졌다. 어딘지 모르게 섬뜩한 기운이 스멀스멀 피어올랐던 것이다. 하지만 그 누구도 그의 이런 변화를 알아차리지 못하고 있었다.

3

쏴아아아~

무더운 여름날 나무가 우거진 산속에서 만나는 바람은 정말로 시원했다. 특히 지금 한창 긴장해 있는 소년 루테민은 지금 불어오는 바람이 그렇게 고마울 수가 없었다.

비록 대단한 위용을 가진 영지군들과 함께 가고 있기는 했지만 그는 마로를 괴롭히는 무리들과 손수 싸울 생각을 하고 있었기에 생각보다 많이 긴장해 있었던 것이다.

"하아~ 바람이 참 시원하네. 산에서 맞는 바람이 이렇게 시원할 줄이야……"

"공자님께서는 공식 토벌 전에 처음 참석하는 것이지요?"

루테민의 독백을 듣고 그의 마음을 어느 정도 감지했는지 영지 마법사 이글스가 다가와 이렇게 물어 보았다. 그 역시 루테민이 토벌군에 참가한 적이 없었음을 알고 있었지만 그의 긴장감을 풀어 주기 위해 일부러 이런 식으로 말을 걸었던 것이다.

"네, 제가 아주 어렸을 때 이후로는 산적이나 약탈자들 토벌이 없었잖아요. 그러니 처음일 수밖에요. 이글스 마법사님께서는 자주 참여해 보셨나요?"

"허허, 제가 백작 각하의 영지 마법사가 된 지가 벌써 삼십 년입니다. 전대 백작님 때부터 근무한 것이니 꽤 오랜 세월을 이곳 영지에서 함께했다고 할 수 있지요. 물론 그동안 몬스터와 약탈자 토벌도 상당히 많았고요."

"그런데 약탈자들이나 산적들은 모두 자신의 소굴 안에 숨어 있잖아요. 지리적으로 유리한 상황에서 방어만 할 경우 토벌이 쉽지 않을 것 같은데……. 안 그런가요?"

역시 이제 겨우 열다섯 살 소년이라 그런지, 루테민의 생각은 아직 단순하다는 생각을 하며 이글스는 미소와 함께 입을 열었다.

"아무리 그놈들이 잔머리를 쓰고 지형의 이점을 이용한다 해도 우리는 정예 영지군입니다. 기사만 일백 명이 넘고 기초 체력 단련은 물론 산악 전투 기술까지 철저하게 훈련한 우리 영지군 앞에서 약탈자들과 산적들은 결코 적수가 될 수 없지요. 우리 백작 각하께서 늘 우려하시는 것은 결코 약탈자들과 산적들이 아닙니다. 아니, 이 인근에 있는 모든 영지들이 볼테르 산 청소에 적극성을 띠지 못하는 이유는 바로 몬스터들 때문이라 할 수 있습니다."

그는 잠시 숨을 고른 후 산 듬성듬성의 숲들을 가리키며 손자에게 이야기하듯 친근한 목소리로 말을 이어나갔다.

"여기에 출몰하는 몬스터들은 실로 대단한 놈들이지요. 우리도 최대한 빠른 시간 안에 스네이크 산적들을 토벌하고 회군해야 합니다. 피 냄새가 번지기 시작하면 곧 엄청난 몬스터 떼가 몰려들 게 분명하거든요."

"아, 저도 몬스터들에 관해서는 들었습니다만 그놈들이 그렇게 무섭나요?"

"사실 우리 영지군이 큰 피해를 감수하면서까지 싸운다면 물리치지 못할 정도는 아닙니다. 하지만 겨우 몬스터 떼를 물리치겠다고 나섰다가 영지군의 피해가 커질 경우 백작 각하의 정적들에게 뒤통수를 맞을 가능성이 농후합니다. 알고 보면 귀족들이 얼마나 하이에나 근성이 강한지 정도는 공자님께서도 아시겠지요?"

곧 아버지의 뒤를 이어야 하는 차기 영주인 이상 루테민이 알아야 할 일이 많았다. 그렇기에 영지 마법사 이글스는 일부러 이런 이야기들을 해주었다. 이글스의 질문에 루테민이 고개를 끄덕여 답했다.

"물론이에요. 이제야 어째서 아버지께서 산적들 토벌에 적극적으로 나서지 않으셨는지 이해가 되네요. 어쨌든 전 사실 그런 문제보다는 지금 당장 새로 생긴 동생이 걱정입니다. 그러니 더 서둘렀으면 좋겠어요."

하지만 지금 마로에게 모든 신경이 가 있는 루테민의 입장에서 이글스의 말은 큰 의미가 없었다. 최소한 아직은 말이다.

그들이 이런 대화를 나누고 있던 그때, 갑자기 길 안내를 위해 가장 선두에서 산사람과 함께 이동하던 정찰대가 큰 소리로 외쳤다.

"저기 독사봉이 보입니다!"

"모두 독사봉 앞까지 빠른 속도로 행군하라!"

"네! 전원 급속 행군!"

드디어 독사봉을 발견한 모양이었다. 그러자 헤이슈만 백작은 행군 속도를 더 빠르게 하였다. 일단 최대한 빠르게 산적 소굴 근처까지 간 다음 그곳에서 부터는 은밀하게 움직인다는 것이 기본 작전의 골자였다.

"와, 정말 저 봉우리는 독사가 독이 올라 대가리를 바짝 치켜 든 것처럼 생겼네요. 신기하네."

"저들이 스네이크 산적단이라는 이름을 지은 이유가 바로 자신들의 산채 앞에 저 봉우리가 있어서라고 하지요. 게다가 들리는 소문에 의하면 그 산적단에는 진짜 독사가 둘이나 있다더군요, 바로 인간 독사가. 하나는 두목이고 또 하나는 부두목이라던데…… 둘 다 심상이 독사 이상으로 독할 뿐더러 생김새도 그 이상으로 독해 보인답니다. 물론 소문일 뿐입니다만……."

루테민이 감탄하면서 독사봉을 바라보고 있자 그 옆에 있던 이글스가 이렇게 대꾸했다. 과연 그는 이 인근의 소문에 대해서도 아는 것이 많았다.

"모두 정지하라! 이곳에서 일단 잠시 쉬면서 적 동태를 파악해 본 다음 은밀하게 이동할 것이다! 특수 부대원들은 지금 즉각 인근에 분포되어 있을 가능성이 많은 적 정찰대원들을 색출하라!"

"알겠습니다!"

마침내 토벌군이 모두 독사봉 앞에 이르렀을 때 헤이슈만 백작은 노련하게 다음 지시를 전달했다. 목표물 근처에 왔으니 숨고르기를 하면서 기습을 노릴 생각인 모양이었다. 그렇기에 적의 눈이라 할 수 있는 정찰대부터 찾는 것 아니겠는가. 하지만 잠시 후 특수 부대원들은 약간은 허탈한 얼굴로 산적으로 보이는 인물 하나를 둘러메고 되돌아왔다.

"이자처럼 곳곳에 산적의 파수꾼으로 보이는 이들 넷을 발견했습니다."

"그래, 결과는 어떻게 됐지?"

"전부 기절해 있었습니다. 그것도 무서운 짐승한테 당해서 기절한 게 분명해 보였습니다."

"짐승에게 당해? 아니, 짐승이 사람을 해친 것도 아니고 기절만 시킨다는 게 말이 되는가!"

헤이슈만 백작은 특수부대장 알투만의 보고에 노기를 띠

며 이렇게 되물었다. 상식적으로 짐승이 인간을 기절만 시킨다는 것은 말이 되지 않았다. 배가 부른 짐승이라면 아예 거들떠보지도 않고 갈 것이고 배가 고팠다면 잡아먹으려 했을 게 분명했기 때문이다. 더군다나 짐승이 사람을 경계하지 않고 체계적으로 노린다니. 절대 말이 될 수 없다.

"각하! 고정하시고 여기를 보십시오. 이곳은 짐승에게 물린 자국이 분명하지 않습니까? 그리고 만약 이들을 기절시킨 자가 인간이라면 절대 이런 흔적이 날 리가 없습니다."

"어디… 흐음… 자네 말이 사실이었군. 확인도 안하고 화부터 내서 미안하네. 어허… 이런 일이 다 있다니……."

알투만이 기절한 자를 직접 앞에 놓고 웃통을 벗기자 그의 목덜미 근처를 짐승이 꽉 물었던 흔적이 확연히 보였다. 이를 본 백작은 알투만에게 사과부터 했다. 이런 행동을 보면 그는 과연 보통 인물이 아니었다.

이 당시 귀족들 가운데 수하에게 사과를 하는 귀족은 전혀 없다고 해야 옳을 터였지만 그는 이처럼 수하라 해도 자신의 잘못을 시인할 줄 알았다.

"그런데 각하, 제가 볼 때 이 짐승은 인간의 급소를 정확히 알고 물었던 것 같습니다. 목덜미에서 혈관이 타고 내려가는 이 지점을 꽉 누르면 상처 없이도 인간이 기절한다는 것을 미리 알고 물었다는 말이지요."

"허어… 그게 말이 되나? 아무리 영악한 짐승이라 해도 인간의 급소를 아는 짐승이 있다는 소릴 들어본 적이 없다네. 그건 자네가 너무 확대 해석한 것 같네.”

특수 부대는 적의 암살과 교란 그리고 고문을 통한 정보 입수 등 각종 특이한 기술을 다 알아야 한다. 알투만은 그런 부대의 부대장이니 인간의 급소 정도는 줄줄 꿰고 있었다. 하지만 자신이 이야기를 하면서도 이 믿기 힘든 현상을 이해할 수 없었다. 그렇기에 백작의 말에 결국 한 발 물러서고 말았다.

“하긴 우연일 수도 있겠지요. 단지 우연치고는 네 명이나 되는 인간들의 목덜미가 모두 같은 곳만 물렸다는 것이 걸리지만요. 분명한 점은 지금 산적들은 아직 우리의 등장을 모른다는 것입니다. 이 인근 그 어디에도 더 이상의 정찰대원은 없었으니까요.”

“좋아! 그럼 이제 모두 공격 준비를 하라. 봉우리를 넘어서는 순간, 일제히 함성과 함께 산채를 칠 것이다.”

“네! 각하!”

이제는 더 이상 기다릴 필요가 없었다. 사실 급습이 아니라 해도 겨우 산적 소굴 하나 소탕 못할 토벌군은 아니었지만 백작은 기왕 치는 거 스네이크 산적들을 완전히 일망타진하려고 마음먹었다. 그렇기에 이처럼 조심스럽게 움직이는 것이었다.

4

헤이슈만 영지의 토벌군이 독사봉에 도착했을 즈음 마로
는 풀그랑과 숨 막히는 대치를 하고 있었다. 물론 숨 막히는
긴장감은 그만 느낄 뿐이었지만…….

꿀꺽.

"헤헤… 저도 이제 준비 다 된 것 같네요. 이제 본격적으로
시작하죠?"

"정말로 어린 나이에 안됐군. 미쳐도 곱게 미치지, 하필 여
기까지 와서 미친 짓을 할 게 뭐냐. 하지만 그런다고 대드는
놈을 살려둘 만큼까지는 착하진 못하다. 게다가 내 자비를 걷
어찬 건 너니까. 아참! 그나마 마지막이니 내 생전 처음으로
자비를 베……."

이미 마로는 상황이 어떤 식으로 돌아갈 것인지를 예측하
고 있었다. 하지만 예측만으로 목숨을 거는 모험을 하기에는
그는 너무나도 영리했다. 때문에 일부러 풀그랑의 말을 자르
고 이런 질문을 던졌다.

"자비요? 그게 뭔데요?"

"네가 먼저 공격할 수 있는 기회를 주겠다는 말이다. 그러
니 어서 먼저 공격해… 끄악~!"

푸슉~!

쎄에에엑~! 푹!

풀그랑의 말이 끝나기도 전에 이미 마로의 손에 들려있던

단검이 힘차게 날았다. 그는 아직 마나를 제대로 다룰 줄 모르고 있었지만 호흡법을 배우기 시작할 때부터 단검 쥐는 법도 같이 수련하기 시작했다. 그래서인지 단검을 손에 쥐게 되면 자연스럽게 마나가 단검에 스며드는 황당한 일이 벌어지곤 했었다.

그는 이것이 우연이거나 아니면 잘못된 마나 운용법이라 생각했었다. 하지만 며칠 전 그가 어르신에게 단검으로 하는 공격법을 익히면서 들은 내용은 전혀 달랐다. 애초부터 단검 쥐는 법을 익히게 되면 마나가 단검으로 흡수되는 것이 정상이라는 말을 들었다.

즉, 어르신은 이미 마로에게 무서운 검술을 받아들일 준비를 시키고 있었다, 단검술은 그것을 위한 하나의 단계인 셈이고. 또한 단검술의 위력을 깨달은 순간 마로는 자신의 계획을 실행할 자신을 얻었다.

헤이슈만 백작가의 자녀들이 멍청한 몰라우 약탈자들에게 당한 것을 알게 된 때부터 그는 이미 복수를 계획했다. 하지만 그 계획에는 자신이 직접 풀그랑을 혼내주자는 내용은 들어 있지 않았다. 자신이 힘이 없어도 이런 기회를 잘 이용하면 복수가 가능할 거라고 판단했기 때문이다. 그러나 방금처럼 단검 공격법을 배운 이후에 그 방법을 급히 바꾸었다.

우선 백작가 자녀들을 공격한 자들이 스네이크 산적이라는 거짓 정보를 다크스타에게 흘린다. 그 정보는 비싼 값에 헤이슈만 백작에게 팔릴 것이고 백작으로 하여금 스네이크 산적을 쳐야겠다는 결심을 가지게 만들어 줄 것이다.

그런 다음 몰라우와 거래를 하면서 그 안에 갇혀 있는 헤이슈만 영지군들을 철저하게 세뇌시킨 다음 극적으로 탈출시킨다. 그들이 탈출해서 백작을 만나게 되면 스네이크 산적들 짓인지 약간이라도 남아 있던 의심마저 완전히 사라질 터였다. 더군다나 길마저 빙 돌아 나갔기에 스네이크 산적들에게 향하는 길목만 기억할 것이 확실하다.

마지막으로 모든 증거물을 쥐도 새도 모르게 스네이크 산채 안으로 흘려 놓는다. 그 모든 게 끝난 후 자신은 스네이크 산적들을 흥분시킨 다음 자연스럽게 산채 감옥 안에 갇히면 모든 일이 끝나는 것이다. 이게 바로 그의 스네이크 산적들에 대한 복수 계획이었다.

하지만 이 계획에는 자신이 할 수 있는 일이 전혀 없었다. 자신의 손으로는 복수의 대상을 털끝 하나 건들지 못한 채 복수가 완성되기 때문이다. 이건 그다지 통쾌한 보복이 아니었다. 그러던 차에 극적으로 기술 한 가지를 터득하게 되니 그것이 바로 방금 집어던진 마나를 주입한 비검술이었다.

이 비검술은 일단 발동되면 그 누구도 피할 수 없다는 것이 어르신의 말씀이었다. 그리고 그것은 실전에서 확실히 증명되고 있었다.

"끄륵… 이, 이, 이 개자식이… 끄르륵……."

바로 그의 단검이 정확히 풀그랑의 목을 꿰뚫고 지나간 것이다. 나름 산채에서 두 번째 실력을 가지고 있던 풀그랑이 검 한 번 놀려 보지 못하고 죽어가자 산적들은 모두 그 자리에서 얼어 버리고 말았다. 도무지 방금 무슨 일이 일어났던 것인지 잠깐 동안 판단이 서지 않았던 것이다.

"꺄아아아아악~! 오빠! 풀그랑 오빠가 죽었다. 어서 모두 저 꼬마를 죽여요!"

낸시의 찢어지는 것 같은 외침이 터져 나오자 그제야 산적들은 제정신을 차리기 시작했다. 특히 그 가운데 두목 발탁은 마로가 마법 아티팩트로 풀그랑을 공격한 것으로 생각하고는 그것부터 뺏을 생각을 했다.

"꼬마를 잡아라. 저놈은 마법 아티팩트가 있는 게 분명하다! 어서 잡아라!"

우르르르…….

"서라!"

하지만 이런 혼란이 벌어진 가운데서도 마로는 냉정을 잃지 않고 있었다. 그는 날카로운 눈매로 사방에서 다가오는 산적들을 이리저리 피하더니 곧장 한곳으로 이동했다. 바로 그곳은 풀그랑의 연인 낸시가 서 있는 근처였다.

"아직 한 명이 남았다. 낸시… 네년도 가라! 타핫!"

푸슉~!

"컥! 개… 개느… 음… 꺼억!"

정녕 소름끼치는 꼬마가 아닐 수 없었다. 그는 기어코 소매 안에 몰래 숨겨둔 단검으로 낸시마저 즉사시키고 말았다. 애초부터 그가 검을 고르는 척하면서 단검을 챙긴 것은 애초부터 복수 대상 안에 낸시도 포함되어 있기 때문이었던 것이다.

"낸시마저 죽었다. 이놈은 꼬마가 아니라 악마다! 어서 잡아라!"

겨우 아홉 살 밖에 안 된 꼬마가 두 사람이나 죽였으니 악마 소리가 나오는 것도 어찌 보면 당연했다. 하지만 이 순간 마로는 자신이 잘못했다는 생각이 전혀 없었다. 그의 사고방식 속에는 이미 풀그랑이나 낸시는 살아 있을 가치가 전혀 없는 인간이었다. 살아봐야 훨씬 더 많은 사람들을 해칠 자들이었다.

어쨌든 마로에게 닥친 위기는 계속 되고 있었다. 여기서 만일 산적들에게 잡힌다면 그는 도망칠 방법이 전혀 없었다. 마로의 단검술 실력은 한 사람이라면 몰라도 두 명 이상이 되면 별 쓸모가 없기 때문이다.

"이놈! 서라!"

휘리릭~!

"미쳤어요? 서란다고 서게?"

그걸 누구보다 잘 아는 마로였기에 그는 있는 힘을 다해서 산채의 울타리 쪽으로 도망쳤다. 그러다가 하마터면 솥뚜껑 만 한 손을 가진 산적에게 잡힐 뻔했지만 그는 마치 미꾸라지처럼 그 손길을 살짝 피했다. 그래도 다행인 것은 그의 체구가 워낙 작은 데다가 몸에 마나가 충만했기에 도망치는 데에는 상당히 유리했다는 점이었다.

"조금만 더… 조금만……."

"이쪽이다! 이놈이 울타리를 넘어서 도망치려는 것 같으니 모두 이쪽을 막아라!"

우르르르…….

그러나 작은 꼬마가 도망치기에는 산채에 산적들이 많아도 너무 많았다. 이제 그는 곧 잡힐 위기까지 몰리고 있었다. 그런데 바로 그때…….

워우우우~ 워어어어~ 컹컹컹컹!

우지끈~ 콰앙!

갑자기 울타리 밖에서 사나운 개 짖는 소리와 함께 송아지만 한 개 한 마리가 울타리를 부수며 들어왔다. 바로 X개로 변신하고 나타난 테루였다.

[어서 타라 대장!]

휘익~

[휴우… 왜 이렇게 늦었어? 하마터면 잡힐 뻔했잖아.]

[미안… 토벌군이 독사봉을 넘는 것까지 보고 오느라 조금 늦었어. 이크~!]

마로가 테루의 등에 올라타자마자 부서진 울타리를 통해 나가려 하자 어느새 활을 꺼내든 산적들이 곧바로 그들을 향해 활을 쏘기 시작했다.

피핑~ 핑! 핑~!

아무리 테루가 빠르다 해도 자칫하면 마로가 맞을 수도 위험천만한 그때…….

둥둥둥둥!

"산적들을 토벌하라!"

"와아아아아~!"

엄청난 함성과 함께 헤이슈만 영지군들이 산채 안으로 밀려들어 오기 시작했다.

5

가장 선두에서 미친 듯이 검을 휘두르며 달려 들어온 사람은 바로 루테민이었다. 그는 마로가 살아 있다는 사실에 흥분한 데다가 그가 위험에 처해 있다는 것을 들으니 서두르지 않을 수 없었던 것이다.

"마로야! 마로~! 어디 있냐? 이놈들 비켜라!"

쉬이익~!

"커헉!"

지난 번 몰라우 약탈자들에게는 동생도 옆에 있는 데다가 워낙 실전 경험이 없어서 당했지만 지금은 달라도 한참 달랐다. 어쨌든 명문 집안에서 태어나 어릴 때부터 검을 배운 솜

씨이니 조금만 신경 쓰면 산적들 따위가 어찌할 수준이 아니었다.

"마로야!"

"루테민 형님?"

"이런… 거기 있었구나. 어서 비켜라!"

슈칵!

"커헉!"

한참 흥분한 채 산적들만 공격하던 루테민의 눈에 마침내 마로가 보였다. 그러자 그는 더욱 젖 먹던 힘까지 끌어 올려서 방해하는 자들을 처치해 나가며 다가갔다. 그의 눈에 보인 마로는… 한마디로 비참해 보였다.

이 어린아이가 얼마나 고생을 했는지 눈은 퀭한 데다가 눈물이 가득 고여 있었으며 온갖 눈치를 봐가면서 바닥을 기어 다난 것처럼 무릎과 팔꿈치는 피투성이가 되어 있었다. 물론 이것은 모두 마로가 일부러 연출한 것이지만 루테민은 물론 헤이슈만 백작까지도 잔뜩 화나게 하기에 충분했다. 테루는 이미 숲 안쪽에 숨은 지 오래였다.

"이런 어린아이를 이렇게 괴롭히다니……! 모두 사정 두지 말고 이놈들을 혼내주어라!"

"네! 각하!"

"멈추시오!"

그렇게 헤이슈만 백작이 더욱 무서운 명령을 내리자 한쪽에 숨어 있던 스네이크 산적 두목 발탁이 참지 못하고 나섰다.

"넌 누구냐?"

"내가 이 산채의 주인인 발탁이오. 대체 우리가 무엇을 잘못했다고 이러시는 것이오? 그거나 알고 당합시다!"

"허어… 이놈들이 아직도 우리를 바보 취급하는구나. 네놈들이 감히 나의 아들과 딸을 공격해서 약탈해 놓고 이제 와서 발뺌을 하려는 게냐?"

"그, 그게 무슨 말씀이시오? 우린 절대 그런 적이 없소."

발탁은 지금 정말 미치고 팔딱 뛸 노릇이었다. 물론 산적인 이상 영지군들에게 당할 수도 있겠지만 아무리 그렇다 해도 지금 상황은 납득할 수 없었다. 아무리 생각해 보아도 백작군에게 이 정도로 당할 만한 잘못을 하지 않았던 것이다. 그런데 바로 그때…….

"각하! 이게 저쪽 처소에서 나왔습니다."

"아버지! 저건 제 검이 분명합니다. 으득. 이 나쁜 놈들!"

"각하! 이쪽에서는 공녀님 물건으로 보이는 것이 나왔습니다."

빠르게 산채를 점령하던 토벌군들의 각 지휘관들이 들고 온 것은 바로 루테민과 미유리가 습격 받아 잃어버린 물건들이었다. 모든 사태의 흐름이 불리하게 흐름을 느낀 스네이크 산적 두목 발탁은 고개를 푹 수그리고 말았다. 자신들이 철저한 함정에 빠진 것을 이제야 인식한 것이다.

'이, 이럴 수가… 대체 어떤 놈이 우리를 함정에 빠뜨린 것일까? 오늘 악마 같은 어린아이가 나타나더니 이런 재수없는 일까지……. 가만, 꼬맹이! 그 꼬맹이다! 그 꼬맹이가 틀림없다.'

오늘 일어난 일을 곰곰이 되짚어 보던 발탁은 무엇인가 중요한 것을 깨달았다. 바로 사악한 꼬마 마로가 이번 일에도 중요한 단서라는 점을 말이다.

그것을 깨닫는 순간 그의 시선은 급히 마로를 찾았다. 곧 루테민의 등에 가려져 있던 마로와 눈이 딱 마주쳤다.

씨익~!

그때 마로의 입가에 실로 사악하기 그지없는 미소가 피어 올랐고 그것을 보는 순간, 발탁은 이성을 완전히 잃어버리고 말았다.

"모든 게 네놈 때문에……! 죽어랏!"

다다다다다~!

그는 들고 있던 검에 모든 마나를 주입해서 있는 힘을 다해 마로를 향해 달려갔다. 단칼에 마로를 쳐 죽일 심산인 것이다. 그러나…….

"미친놈! 타핫!"

까깡~!

슈칵!

"컥!"

털썩… 툭…….

그 위험한 순간, 얼마전 마로의 뒤를 미행했던 기사 돌프가 어디선가 나타나 순식간에 발탁의 목을 쳐내 버렸다. 실로 전광석화 같은 솜씨인지라 토벌군은 물론 산적들까지 입을 딱 벌린 채 굳어 버렸다.

"이놈들을 모조리 잡아가라. 내 성안에 가서 이들의 죄를 묻겠노라!"

"네! 각하!"

이미 부두목은 마로에게 죽었고 이제 두목마저 단 일 검에 목이 달아나 버렸으니 남은 산적들에게 저항의 의사가 남아 있을 리 만무했다. 여기서 더 버텨 봤자 죽음밖에 없는 것 아니겠는가.

이렇게 해서 스네이크 산적은 완전히 끝장이 났다. 볼테르 산 일대를 장악했던 무시무시한 산적들치고는 그야말로 허무한 종말이 아닐 수 없었다. 이게 다 어린 꼬마 마로와의 악연 때문이었지만 이제 이곳에는 그 사실을 아는 이가 아무도 없었다.

"마로야. 이제 걱정하지 않아도 된다. 어디 다친 곳은 없니? 아니 이런… 여기에 상처가 났구나! 이글스 마법사님! 이글스 마법사님! 이쪽으로 좀 오셔서 마로의 상처 좀 치료해

주십시오!"

두목이 죽은 이후 루테민은 마로를 품에 안은 채 서둘러 이글스 마법사를 찾았다. 마로에 대한 걱정 탓이었다.

"형님, 그건 그냥 조금 긁힌 상처일 뿐이에요. 걱정하실 정돈 아니에요."

"아니다. 이런 사소한 상처도 덧나면 큰일 나는 법. 다행히 이글스 마법사님께서 와 계시니 깨끗하게 치료하자꾸나."

오늘로서 겨우 세 번째 만남이다.

테루를 이용해서 볼 때가 처음이요, 성안에서 만난 게 두 번째이고 오늘이 세 번째인 것이다. 하지만 루테민은 진심으로 마로를 걱정하고 있었다.

처음 그가 등장해서 자신의 이름을 애타게 부를 때부터 마로는 그것을 느낄 수 있었다. 뿐만 아니라 자신을 급히 안아들 때 마로는 루테민의 총명해 보이는 눈망울에 눈물이 맺혀 있는 것을 보았다.

그것을 보는 순간, 마로의 코끝이 찡했던 것은 그 누구에게도 말할 수 없는 창피한 감정이라 할 수 있었다. 하지만 그래도 좋았다. 지금 귀족의 고귀한 품안에 안겨 있는 지금 마로는 사람의 정이 따뜻하다는 것을 진실로 느껴볼 수 있었다.

'루테민 형님… 당신은 정녕 제 걱정을 하셨군요. 그저 떠돌이 평민 꼬마에 불과한 절 위해서 눈물까지 보이며 찾다니……. 오늘의 이 일은 앞으로 절대 잊지 않을 것입니다.'

마로는 가슴 깊이 울고 있었다. 그가 아무리 똑똑하고 섬뜩한 아이라 하지만 결국 이제 겨우 아홉 살 난 꼬마일 뿐이었다. 때문에 이런 단순한 생각을 하게 된 것인지도 모른다. 하지만 이 순간이 불러올 파장은 그리 작지 않으리라.

"각하! 모두 묶었습니다!"

정신없이 돌아가던 산채 잔당을 처리하는 일이 마무리되자 한 기사가 백작에게 보고를 올렸다.

"그럼 산적들의 근거지를 불 지르고 서둘러 성으로 되돌아갈 준비를 해라! 더 지체하다가는 피 냄새를 맡고 몬스터들이 몰려올지도 모른다."

"알겠습니다!"

헤이슈만 백작의 명령이 떨어지자 일천 명이나 되는 토벌군은 일사천리로 움직이기 시작했다. 그러자 마법사 이글스의 치료로 피로감까지 싹 사라진 마로가 루테민을 바라보며 입을 열었다.

"형님… 전 이만 가봐야겠습니다. 약재를 찾았으니 어서 할아버지께 가야합니다."

"으음… 다른 일도 아니고 할아버지 때문이라니 어쩔 수 없구나. 미유리가 널 너무 보고 싶어 해서 함께 성에 갔으면 좋겠는데……. 미유리는 네가 죽은 줄 알고 요즘 식사도 제대로 안하거든."

“식, 식사를요?”

“그래… 나 역시 네가 죽었다는 소릴 듣고 얼마나 놀랐는데… 미유리는 겉으로는 강해 보여도 워낙 정이 많은 아이라 더 했던 거지.”

“아… 저 같이 별볼일없는 녀석을 걱정해 주시다니… 너무 감사해요.”

미유리를 떠올리자 마로는 갑자기 그녀가 보고 싶어졌다. 성에 있을 때 그녀가 그에게 보여준 정성이 떠올랐던 것이다.

“할아버지께서 이 약재를 드시고 조금 나아지시면 꼭 성으로 찾아 갈게요.”

“정말이지? 그 약속 절대 잊으면 안된다. 알겠지?”

“네, 형님.”

지금이라도 루테민을 따라 성으로 가고 싶었지만 마로는 꾹 참았다. 그에게는 아직 할 일이 남아 있었다. 때문에 아쉬움을 뒤로 한 채 마로는 루테민과 작별을 했다.

Chapter 06
비싼 검술

제일좌

1

　마로가 몰라우 산채에 다시 나타난 것은 정확히 이틀 뒤였다. 그렇게 방문한 마로를 기다리고 있던 것은 열렬한 환호였다.

　이전에는 그나마 얼굴을 알던 사람들만 아는 척을 했는데 지금은 그가 송아지만 한 개를 타고 달려오는 모습을 발견하자마자 환호성부터 질러대는 것이다.

　"와아아아~ 마로 만세!"

　"꼬마 영웅 만세!"

　움찔……

　"깜짝이야. 대체 이게 무슨 일이죠?"

아무 생각 없이 그저 계약대로 보수를 챙기기 위해 오던 마로는 이 얼토당토 않은 약탈자들의 반응에 놀랄 수밖에 없었다. 그만 그런 것이 아니라 테루도 놀라서 움찔할 정도였다.

“환영한다, 마로군. 우리가 널 이렇게 환대하는 것은 고마움의 표시이다. 어쨌든 네 덕분에 우리 산채가 살았으니 당연한 것 아니겠느냐.”

“그거야 그냥 계약 이행을 한 것뿐인데 고마워할 것까지야 있나요. 전 그저 약속대로 돈만 받아 가면 되요.”

“허허… 과연 너답다. 좋아. 일단 안으로 들어가자. 내 기꺼이 너와의 계약을 이행하겠다.”

“역시 제 눈이 틀리진 않았군요.”

호탕한 웃음을 지으며 산채 안으로 들어가려던 몰라우는 이 대목에서 걸음을 멈추고 말았다. 마로의 마지막 말에 왜 그런지는 몰라도 뭔가 기분이 섬뜩했던 것이다.

“네 눈이 틀리지 않았다는 말은 무슨 뜻이지?”

“아… 계약을 제대로 지키실 분이라고 판단했는데 역시 맞았다는 말이었어요. 별거 아니니 신경 쓰지 마세요.”

“으음… 알겠다. 어서 들어가자.”

몰라우는 뭔가 더 말을 하려다가 어차피 들어가서 이야기하는 게 낫다고 생각했는지 안으로 먼저 들어갔다.

“테루야. 넌 여기서 기다려라. 말썽 피우지 말고. 알겠지?”

키잉… 컹컹!

마로는 테루를 마치 진짜 개인 양 머리를 쓰다듬으며 이렇게 속삭였다. 그러자 테루는 불만스럽다는 듯 한 외침을 토하더니 곧 얌전하게 자리에 앉았다. 마로에 맞춰서 이 녀석 역시 연기를 그럴싸하게 하는 것이다.

"댄디, 어서 그걸 가져 와라."

"네! 두목님!"

마로가 몰라우 두목의 집무실에 들어서자마자 몰라우는 산채의 살림을 맡아 하는 총관 댄디에게 뭔가를 가져오게 하였다.

"마로군."

"네, 두목 아저씨."

"혹시 말이야……. 우리 산채에서 머물고 싶은 마음 없나? 네가 있다면 내가 해달라는 건 다해 줄 테니. 나중에 산채 두목 자리를 줄 수도 있어. 어때?"

잠시 댄디를 기다리는 동안 몰라우는 마로에게 이런 제안을 했다. 그 역시 마로의 미래를 보고 그를 잡으려는 것이 분명했다. 그는 한때 왕국에서 정식 기사로 있던 사람이기 때문에 수많은 인재들을 만나보았다.

하지만 그 어떤 사람도 이 마로처럼 어린 나이에 이처럼 놀라운 능력을 보여주지는 못했다. 만에 하나 마로에게 산채의 미래를 맡긴다면 몰라우 약탈자들은 볼테르 산 뿐만 아니라 인근에서 가장 세력이 강력한 약탈자 집단이 될 게 분명하다고 그는 판단했던 것이다.

"두목 아저씨."

"응?"

"지금 통째로 주신다면 모르지만 나중에 주는 건 별로 반갑지 않아요. 그러니 그 이야기는 그만하세요. 죄송해요."

"으음… 지, 지금은 좀… 알겠다. 일단 그 이야기는 나중에 하자. 대신 혹시 또 너에게 부탁할 일이 있으면 그때는 또 도움을 줄 수 있겠지?"

몰라우는 자신의 직감을 믿었다. 이 어린아이와는 이번 거래가 끝난 이후라 해도 반드시 인연을 맺어 두는 것이 좋다는 생각이 들었다.

"전 두목 아저씨께 도움을 드린 적은 없어요. 단지 거래를 했을 뿐이에요. 그때 가서도 제가 시간이 가능하다면 거래는 가능할 거예요. 전 아직도 돈이 많이 필요하니까요."

"끄응… 그것도 맞긴 맞는 말이로구나. 하긴 그게 더 나을지도 모르겠구나."

"두목님. 여기 가져 왔습니다."

두 사람이 이런 대화를 나누는 사이에 댄디가 웬 작은 보따리를 하나 들고 나타나더니 그것을 몰라우 앞에 내려놓았다.

"수고했다. 자……."

촤르르르~

몰라우가 그 보따리를 받자마자 탁자 위에 쏟아부었는데 그 안에서는 번쩍번쩍하는 황금의 돈이 쏟아져 나왔다. 바로 마로에게 약속했던 돈이었다.

"하나, 둘, 셋… 560… 790… 800… 어라? 더 있는데요?"

"고마움의 표시로 100골드를 더 넣었다. 그러니 걱정 말고 모두 가져가라."

스윽…….

"아니요. 거래는 거래예요. 더 받을 수는 없죠. 전 약속대로 딱 800골드만 가져가겠어요. 그러니 남는 돈은 이번에 마음고생을 많이 하신 산채의 아저씨들에게 술과 고기나 좀 돌리세요. 알겠죠?"

이 대목에서 몰라우는 다시 한 번 마로를 유심히 살펴보았다. 이리 보고 저리 보아도 분명 아홉 살박이 꼬마가 분명하지만 대체 저 작은 머리 어디에서 이런 생각이 나오는지 이해할 수가 없었다. 어른이라 해도 거금 100골드를 이리 쉽게 물리치진 못할 것이다. 사실 말이 그렇지 산채 식구 이백여 명이 하루 종일 배 터지게 고기와 술을 마신다 해도 겨우 10골드 안팎이면 될 터였다.

"허허… 허허허… 그래, 좋다. 네 말대로 이 돈은 모두 수하들을 위해서 쓰마. 대신……."

"……?"

어처구니없다는 듯 웃던 몰라우가 말을 끊자 마로도 궁금했는지 고개를 갸우뚱하며 그에게서 시선을 떼지 못했다.

"모든 산채 식구들에게는 네가 베푸는 것으로 하겠다. 그건 불만 없겠지?"

"아무튼 두목 아저씨도 참 고집이 세요. 그게 매력이긴 하지만요. 알겠어요. 그런 거야 저도 불만 가질게 없죠. 그건 아저씨께서 알아서 하세요. 전 그럼 이만 가볼게요."

"왜 벌써 가려고? 곧 산채에서 잔치를 열 생각인데 같이 놀다가 가라. 우리 식구들이 좀 거칠긴 해도 나름 유쾌하고 재미있거든."

"저도 그러고 싶긴 한데 할아버지께서 기다리고 있어서요. 아마 지금쯤 무척 걱정하고 계실 거예요. 벌써 사흘이나 못 들어갔으니……."

마로는 애초부터 몰라우를 나쁘게 보지 않았다. 그가 비록 약탈자들의 두목이긴 하지만 몰라우 약탈자들은 일반 불쌍한 서민들을 괴롭히는 자들이 아니었다. 이들은 주로 부자들이나 돈만 많은 만만한 귀족들을 대상으로 일을 벌이는 자들이었다. 마로가 자비로운 성품은 아니지만 자신이 워낙 힘겨운 삶을 살아왔기에 그는 약자를 괴롭히는 자들을 병적으로 미워했다.

마로의 그런 성향이 결과적으로 몰라우에게는 큰 다행이었던 것이다.

"으음… 그렇다면 어쩔 수 없지. 그럼 다음에 꼭 다시 들려

다오. 한 가지 더 거래를 하고 싶은 게 있거든. 급한 것은 아
니니 네 볼일을 다 보고 와도 괜찮다."

"그럴게요. 그럼 전 이만 갈게요. 안녕히 계세요."

꾸벅…….

할 이야기가 끝나자 마로는 조금의 망설임도 없이 산채를
떠났다. 그가 거대한 테루를 타고 사라지자 몰라우는 여전히
아쉽다는 표정으로 중얼거렸다.

"절대 저 녀석과 인연이 끊어지게 해서는 안 돼. 왠지 그래
야 한다는 예감이 든단 말이지."

그는 마로와 자신이 운명적으로 이어진 것 같다는 얼토당
토않은 생각을 했다.

2

모옥은 여전히 고즈넉했다. 사방이 완전히 트여 있었지만
짐승이나 몬스터가 왔다간 흔적은 전혀 없었으며 그저 조용
하기만 한 것이다.

그런 조용한 모옥의 한가운데 너무나도 왜소한 노인네가
정좌를 한 채 앉아서 눈을 감고 명상에 잠겨 있었다. 그런데
어느 순간 영원히 감겨 있기만 할 것 같은 노인의 눈이 번쩍
뜨여졌다.

"어허… 어서 들어오지, 밖에서 왜 서성이고 있는 게냐!"

삐— 꺽…….

“헤헤… 일어나셨어요? 전 아직 주무시는 줄 알고…….”

노인의 호통에 방문이 살짝 열리면서 작은 아이 한 명이 조용히 들어왔다. 바로 마로가 나타난 것이다.

“벌써 100골드를 벌어올리는 없을 테고……. 왜 방문 앞에서 얼쩡거리느냐? 할 일이 없으면 마니커스의 샘에 가서 호흡법을 수련하든지 아니면 단검술을 연마하지 게으름만 피울게냐?”

“돈… 준비해 왔는데요?”

“커흠~ 그, 그래? 벌써 그 큰돈을 준비한 게냐?”

“네…….”

노인은 돈이 준비됐다는 소리를 듣자마자 또다시 태도가 돌변했다. 마로의 말에 노인의 눈동자가 아주 살머시 떨렸다. 그러나 그 티를 내지 않고 차분히 말했다.

“벌써 그 큰돈을 준비한 게구나.”

“네…….”

노인은 다시 한 번 마로를 바라보았다. 노인은 설마 이 조그만 꼬맹이가 불과 며칠 사이에 총 900골드나 되는 어마어마한 돈을 벌었으리라고는 상상도 하지 못했다.

솔직히 900골드면 평민 같은 경우 평생 모아도 모으는 게 불가능한 거금이라 할 수 있었다. 그 정도 돈이면 평생 먹고 살 수도 있는 세상 아니던가.

그런 엄청난 돈을 겨우 아홉 살 난 꼬맹이가 며칠 만에 벌었으니 실로 기절한 만한 이야기라 할 수 있었다.

물론 어르신에게는 100골드만 더 주면 되는 상황이니 나머지는 고스란히 그의 몫으로 남을 터였다.

"그렇다면 이제 약속한 돈을 다 모은 셈이로구나. 어서 내놓아 보거라."

"여기 있습니다."

촤르르르…….

마로가 100골드를 바닥에 쏟아내자 노인의 눈에 아쉬워하는 빛이 가득했다. 돈돈 하던 것에 비해 그다지 즐거운 반응이 아니었다.

"허어… 너는 내 예상보다 정확히 육 년이나 빠르게 500골드를 다 모았다. 하지만 어쨌든 약속은 약속이지. 너에게 오늘부터 검술 한 가지를 가르쳐 주마. 이게 필연인가 보구나."

"감사합니다. 감사합니다. 어르신!"

쿵쿵…….

노인의 말에 마로는 눈가에 이슬까지 비치면서 고개를 바닥에 연신 찧어댔다. 그만큼 마로가 지금 감격을 한 것이다. 하긴 지난 오 년동안 이 노인에게 검술을 배우기 위해 얼마나 많은 노력을 하였던가. 처음에는 아무것도 할 줄 몰랐던 그에게 세상의 이치와 장사하는 요령을 가르쳐 준 사람도 바로 어르신이라는 노인이었다. 세상에 대한 증오로 가득하던 그의

마음이 지금 정도로까지 차분해진 것도 모두 노인 덕분이었
다.

　본래부터 영특한 그가 노인을 만난 것은 그야말로 천행이
라 할 만했고 그로 인해 마로는 하루가 다르게 무섭게 성장할
수 있었다. 그리고 그로 인해 어린 마로는 이 노인네가 보통
이 아님을 깨달았다. 그 사실을 인지하고선 다른 그 누구보다
노인에게 검술을 배우겠노라 다짐한 바 있었다. 그렇기에 이
처럼 감격을 하는 것인지도…….

　"그렇게 감사할 일만은 아니다."

　"네?"

　"너에게 검을 가르쳐 준다는 뜻은 이제부터 너의 고생이
본격적으로 시작된다는 것을 뜻한다. 내가 너에게 가르칠 검
술은 고급스러운 검형의 검법이 아니기 때문이다."

　"……."

　어르신이라는 노인이 고생한다는 말의 의미는 다른 사람
과 달라도 한참 다르다. 다른 사람이 고생할거라고 했다면 마
로는 콧방귀도 안 뀌었을 것이다. 왜냐하면 그 정도는 그에게
는 새 발의 피라고 할 만큼 별게 아니기 때문이다. 하지만 노
인이 고생할 거라는 말은 목숨을 내걸라는 말과도 같다고 할
수 있었다.

　그러니 어찌 쉽게 냉큼 대답을 할 수 있겠는가.

　"하루에도 수십 번씩 살이 갈라지고 터질 것은 물론 뼈가

부러지는 정도는 예사일 터. 거기에 두려움과 절망감이 널 수시로 괴롭힐 지도 모른다. 그래도 해 보겠느냐?"

"어차피 어느 정도 각오하고 있습니다. 그런데 한 가지만 여쭤 보아도 될까요?"

"말해라."

"그렇게 온몸이 부서질 것을 각오하고 검법을 배운다면 대륙 제일이 될 수 있습니까?"

"……"

마로의 직설적인 질문에 이번에는 어르신이 침묵을 지켰다. 그는 눈을 동그랗게 뜬 채 자신을 빤히 바라보는 마로를 물끄러미 바라보기만 하더니 이윽고 다시 입을 열었다.

"최소한 일대일로는 널 이길 수 있는 자가 없을 것이다."

"그 말이 듣고 싶었습니다. 배우겠습니다. 배우다가 온몸이 터져 나가서 죽는 한이 있어도 끝까지 배울 것입니다. 가르쳐 주십시오. 어르신!"

쿠웅!

아홉 살의 마로는 어르신 앞에 또다시 무릎을 꿇었다. 하지만 그 모습이 어찌나 당당하게 느껴지는지 어르신의 얼굴에도 얼핏 감탄의 표정이 떠올랐다.

'이 아이는 정말로 두렵다. 내가 과연 올바른 선택을 하는 것인지 아직도 겁이 날 만큼. 인간의 아이가 어찌 이토록 집요하고 무서울 수가 있다는 말인가. 하지만 이제 와서 그만둘

수는 없다. 그러기에는 이 아이와의 정이 너무 깊게 들었
어…… 나중에 이 아이로 인해서 세상에 혼란이 온다면 그때
는 내가 직접 이 아이의 목숨을 거두리라. 마로야… 부디 강
해져라. 네 내면에 있는 악을 억누를 수 있을 만큼 강해져라.
그것만이 네가 당당하고 떳떳하게 세상을 살 수 있는 유일한
길이란다. 그때까지는 날 원망하고 미워해라.'

그는 이 순간 속으로 이런 생각을 하고 있었다. 아직 이 어
르신의 정체가 정확히 밝혀진 것이 아닌지라 그의 이런 독백
이 무엇을 뜻하는지는 알 수 없었지만 한 가지 만큼은 분명했
다. 그 역시 마로를 몹시도 아끼고 있다는 것 말이다.

"좋아. 오늘부터 널 가르칠 것이다. 그러니 일어나라. 가야
할 길이 멀다."

"이곳에서 배우는 것이 아닙니까?"

이 모옥 일대만 해도 검술을 연마하기는 최적의 장소라 할
만했다. 하지만 어르신이라는 노인은 다른 곳에서 마로를 단
련시키려는 모양이었다.

"이곳은 마니커스의 샘이 있어서 여러 가지로 편하기는 하
다만 제대로 된 검술을 연마하기는 어렵다. 네가 만 명 중에
가장 강한 검사가 되길 원한다면 이곳에서 가르쳐도 된다. 하
지만 대륙 최고가 되고 싶다면 군소리하지 말고 따라와라."

"네! 어르신!"

벌떡!

일만 명 중에 최고의 검사라 해도 충분히 출세가 가능한 세
상이지만 마로는 그런 정도로 만족할 아이가 아니었다. 그는
어르신의 말이 떨어지기 무섭게 벌떡 일어나더니 곧장 그의
뒤를 따르기 시작했다.

3

언제나 느끼는 것이지만 엄마의 품은 너무나도 따뜻했다.
그 안에 안겨 있는 동안에는 세상이 모두 내 것 같았으며 엄
마의 미소를 보는 순간 느껴지는 행복감은 그 무엇으로도 비
교가 안 될 정도였다.
'엄… 마… 히~'
부비부비…….
아가는 그렇기에 늘 웃을 수 있었다. 아가에게 엄마는 가장
든든한 울타리였으며 온 세상 전부였다. 아가는 언제나 엄마
품에 있고 싶었으며 잠시도 떨어지기 싫었다. 그런데…….
와장창 쿵쾅!
"꺄아아아아~!"
"으앵 으앵~!"
어느 순간, 그렇게 평화롭고 조용하던 공간이 엄청난 폭발
음과 함께 부서지기 시작했다. 그와 동시에 언제나 화사하게
웃던 엄마의 얼굴이 고통으로 일그러졌으며 그 고운 입에서

날카로운 비명성이 터져 나왔다.

이런 상황에서 아이가 할 수 있는 일은 그저 목청껏 우는 일 밖에 없었다.

한 가지 이상한 것은 분명 자신이 울고 있지만 지금 보이는 장면 속의 아이는 왠지 다른 사람 같다는 희한한 기분이 든다는 것이었다. 느낌은 자신인데 아이는 다른 아이라니……. 이 괴상한 상황 중에도 사태는 심각해지고 있었다.

"아가… 아가야, 아가야."

낯선 손길이 자신에게 다가와 안아들고 엄마는 그런 자신을 보면서 고개를 끄덕였다. 아가는 멀어지는 엄마의 모습에 절규를 했다.

"엄마, 엄마. 엄마아~!"

검은 복장에 섬뜩한 검을 지닌 자들이 결국 아이의 엄마를 베었다. 그러자 그녀는 피투성이가 되어 가며 검은 복장의 자들의 단검을 빼앗아 그들과 싸워갔다. 그 결과 누구도 아이의 곁으로 다가서지 못했고 피칠갑을 한 채 엄마는 계속해서 적들과 싸우고 또 싸워나갔다.

"엄마… 엄마, 엄마……."

"미유리! 정신 차려라! 오빠다. 오빠가 옆에 있잖아, 어서 정신 차리고 일어나봐."

벌떡~!

그렇게 비명을 지르던 아이의 귓가에 익숙한 목소리가 들렸고 그로 인해 아이는 벌떡 일어날 수 있었다. 그런데 그 아이는 알고 보니 헤이슈만 백작가의 외동딸 미유리 아니던가. 하지만 미유리가 꿈속에서 보았던 아이는 분명 사내아이였다.

사실 그녀 역시 아주 어릴 때 엄마가 죽었기 때문에 처음에는 자기의 엄마라고 여겼다. 하지만 아니었다. 일어나서 생각해 보니 꿈속의 엄마는 초상화 속에서 인자한 미소를 짓고 있는 엄마와는 많이 달랐다. 그걸 깨닫는 순간, 꿈속의 아이가 누군지 불현듯 알 수 있었다.

"아 오빠… 나 꿈을 꿨나봐. 흑흑……."

"원래 한참 자랄 때는 악몽을 꾸게 마련이란다. 하지만 이제 오빠가 옆에 있으니 울지 마라."

"아니, 아니야. 악몽이 아니라 꿈속에서 마로를 봤단 말이야. 그것도 지금보다 더 어린 마로를……."

"더 어린 마로를? 그게 무슨 소리냐?"

루테민은 일시 미유리의 말을 이해하지 못했다. 미유리가 마로를 안 지가 얼마 안 되었는데 더 어린 마로를 어찌 안다는 말인가.

"아주 어린 마로의 엄마가 이상한 자들에게… 죽었어……. 그래서 마로가 너무 슬프게 울었단 말이야. 엉엉~!"

"에휴, 이런……. 그건 아마 네가 상상을 많이 해서 꾼 꿈일 거야. 그러니 그렇게 슬퍼하지 마라. 꿈은 꿈일 뿐이니까.
그리고 참 마로가 우리에게 편지를 보냈더구나."

"마로가 편지를?"

지난번 산적 토벌 이후에 마로가 살아 있음을 알게 된 미유
리는 이제나 저제나 마로가 오기만을 기다리고 있었다. 그래
서 더 마로 꿈을 꾼 것인지도 모른다. 그런 정도로 미유리는
마로가 좋았다. 아직 이성적인 감정은 아니었지만 이상할 정
도로 마로가 보고 싶었다.

"그래… 그것도 다크스타를 통해서 보내왔더구나. 아무튼
연구할 가치가 많은 녀석이라니까."

"다크스타가 뭐하는 사람들인데?"

"참, 너는 잘 모르겠구나. 다크스타는 정보를 사고파는 사
람들인데 매우 은밀하게 움직이는 자들이라 할 수 있지."

사실 백작 가문의 후계자인 루테민조차도 다크스타를 알
게 된지는 얼마 안 되었다. 워낙 은밀한 조직인 데다가 특별
한 경우가 아니라면 접촉할 일이 거의 없기 때문이다. 그나마
루테민 같은 경우는 차기 영주인지라 다크스타 측에서 미리
인사를 왔기에 알게 되었다.

"오빠, 난 그런 건 모르겠고 어서 편지나 읽어주라. 너무
궁금해."

"그래. 아니, 여기 있으니 네가 그냥 읽어봐라."

"응……."

　루테민이 편지를 꺼내서 건네주자 미유리는 그것을 낚아
채듯이 뺏어 들고는 급히 읽기 시작했다. 꿈이 워낙 특이해서
더욱 궁금했던 모양이다.

　"어머나… 이런……."

　"왜 그래?"

　"마로가… 언제 올지 모르겠대……."

　편지에는 마로가 할아버지 병을 고치기 위해서 멀리 갔다
와야 한다는 내용이 적혀 있었다. 미유리는 성안에서만 곱게
자란 소녀인 데다가 지금까지 만나본 또래의 소년이라고는
대부분 고리타분하고 답답한 귀족 소년들뿐인지라 마로처럼
특이한 아이를 만나볼 기회가 없었다. 그래서 그런지 그를 간
호해 주던 그 짧은 시간에 그에게 준 정이 상당했다.

　게다가 그 어린아이는 목숨을 내걸면서까지 그녀를 구해
주지 않았던가. 겨우 열한 살의 소녀의 눈에 비춰진 마로는
그때 이미 어린 영웅으로 인식되어 버렸는지도…….

　"어디 줘봐. 음… 정말 그러네. 대체 병든 할아버지를 모시
고 얼마나 멀리 갔기에… 자기 한 몸 주체하기도 힘든 그 어
린아이가……. 쯧……."

　"오빠, 뒤를 쫓아가서 우리 성안으로 데리고 오면 안 될까?
다른 곳을 헤매고 다니는 것보다 그게 훨씬 나을 것 같아. 우
리 성에는 이글스 마법사님은 물론 유능한 치유사들도 많이
있잖아."

미유리는 아이다운 생각으로 이렇게 말했다. 그녀는 아직까지도 성안에서라면 뭐든지 가능할 것이라고 생각했다. 그녀가 성장하는 동안에 필요했던 일들은 아버지에게 말만 하면 뭐든지 가능했기 때문에 더 그럴 수밖에 없었다.

"그건 이미 늦은 것 같구나. 이 편지를 보낸 곳이 루켄 성이었는데 거기서 여기만 해도 거리가 꽤 되거든. 그리고 너도 느꼈겠지만 마로 그 녀석 자존심이 대단하잖아. 아마 설혹 만난다 해도 할아버지를 고치기 전에는 절대 이곳에 오지 않을 게 분명해. 그러니 그냥 돌아올 때까지 기다리자. 차라리 기다리면서 그 녀석이 오면 깜짝 놀랄 만한 선물을 준비하는 게 어떨까?"

"아… 오빠 말을 들어 보니 그게 낫겠네. 나는 마로를 위해 아주 예쁜 옷을 준비할거야. 내가 가슴에 수를 놓아서 만든 그런 옷 말이야."

"그거 정말 끝내주겠는걸? 우리 예쁜 공주님이 직접 수를 놓은 옷을 입는다면 최고의 기사가 될 거야. 하하하."

어린 소녀 미유리는 길어야 한두 달이면 마로를 볼 수 있을 것이라 생각했다. 하긴 그녀의 오빠인 루테민 조차도 길어야 일 년 이내에는 마로가 성으로 올 것이라고 판단했을 정도니 그녀의 생각이 잘못된 것이라 할 수도 없었다. 하지만 마로는 한두 달이 지나고 일 년이 지나도 전혀 돌아올 기미가 보이지 않았다.

4

미유리가 꿈속에서 어린 마로를 보던 바로 그 시각, 마로 역시 꿈에 시달리고 있었다.

자상하게 웃던 여자는 갑자기 표정을 바꾸고 싸늘한 모습으로 아기의 모습인 자신을 바닥에 내팽개쳤다. 그리고 그곳은 피투성이가 된 사람들로 가득한 공간이었다. 마로 또한 그중 하나가 되기 직전인 것이다.

"아가… 아가야, 아가야."

"엄마, 엄마. 엄마아~!"

"어허… 일어나라. 마로야!"

벌떡!

어째서 두 사람이 같은 시간에 꿈을 꾸게 된 것인지는 모른다. 서로에 대한 그리움이 이런 식으로 나타난 것인지 아니면 애초부터 두 사람이 어떤 인연으로 닿아 있기에 그런 것인지는 알 수 없었지만 미유리가 오빠 루테민 때문에 잠을 깬 것처럼 그도 다행히 아주 참혹한 상황을 보기 직전에 어르신 때문에 잠에서 깨어날 수 있었다.

"같은 악몽을 또 꾸었느냐?"

"네, 어르신."

"그게 다 아직 네가 네 마음을 다스리지 못해 일어나는 현상이니라. 하긴 앞으로 검술을 연마하는 동안에는 그런 꿈조차 꾸지 못할 것이다. 육체가 너무 피곤해지면 그럴 시간도 허용이 안 되니까. 어서 일어나라. 아직도 가야 할 길이 멀다.”

“네!”

어르신과 마로가 자다가 일어난 곳은 하위켄 마을이라는 곳이었다. 이곳은 볼테르 산 중에서도 가장 높은 봉우리인 ‘니들 탑(needle top)’이라는 곳으로 통하는 길목에 위치해 있다.

니들 탑은 연중 내내 만년설로 뒤덮여 있는 봉우리로 그 높이만 해도 해발 사천여 미터가 넘는 까마득한 봉우리였다. 게다가 봉우리 전체가 깎아지른 바위와 절벽으로 이루어져 있어 난다 긴다 하는 산사람들조차 정상을 정복하기가 불가능하다고 여길 만큼 험난했다.

“헉헉… 그런데 우리는 지금 어디로 가는 것입니까? 이쪽으로 가면 니들 탑으로 가는 것 아닌가요?”

산행을 시작한 이후 처음으로 마로가 어르신에게 물었다.

“맞다. 니들 탑이 바로 네가 검술을 익혀야 하는 장소이다.”

“네? 그, 그렇게 높은 봉우리가요?”

“왜? 싫으냐?”

“그, 그건 아니지만…….”

아무리 험난하게 살아왔다 하나 산악 전문가들도 오를 수 없다는 봉우리에서 검술을 익혀야 한다는 소리를 듣고도 태연할 수는 없었다. 도대체 저 노인네가 또 무슨 고생을 시키려고 그러는지 벌써 부터 불안했지만 그가 큰소리친 대로 대륙 제일이 될 수만 있다면 무조건 이겨내야겠다는 결심을 다시 한 번 했다.

하지만 대꾸가 떨떠름해지는 것은 어쩔 수 없었다.

“하악… 하악… 오르면 오를수록 숨이 점점 더 가빠지는 것 같아요.”

“이 녀석이 벌써부터 엄살이네. 아직 봉우리 초입도 도착하기 전인데 뭐가 그리 힘들다고 난리야?”

“하, 하지만… 헉헉… 지금 제 등에 매고 있는 짐이 자꾸 눌러서… 헉헉헉… 숨쉬기가 너무 불, 불편해요.”

어르신이라는 노인은 하위켄 마을에서 생필품들을 잔뜩 사서는 그 많은 것을 모두 어리디 어린 마로가 짊어지게 했다. 말이야 간단하지, 한동안 먹고 살아야 하는 생필품을 모두 샀으니 그 부피가 얼마나 크겠는가.

지금 마로는 자신의 몸뚱이보다 두 배 이상 큰 짐을 지고 있었고 노인은 달랑 지팡이 하나가 전부였다.

딱!

“아야! 갑자기 왜 때려요?”

"이놈! 이게 모두 수련의 일부임을 모르겠느냐? 내가 설마 힘들까봐 너에게만 짐을 지게 했다고 생각하느냐?"

"네!"

"커흠! 흠흠… 고연 놈. 이 어르신을 뭐로 보고……. 어두워지기 전에 중간 오두막까지는 가야 하니 어서 서둘러 올라가기나 해라."

마로가 노골적으로 네라고 대답하자 노인도 양심은 있었는지 헛기침을 하면서 길을 재촉했다. 물론 노인이 정말로 자신만 편하려고 마로를 혹사시키는 것은 아니었지만 뭔가 미안한 감정을 느끼기는 했던 모양이다.

두 사람은 이후로도 끝없이 산을 오르고 또 올랐다.

보통 아이였다면 빈손으로 산을 올라도 이쯤 가면 벌써 지쳐서 주저앉거나 최소한 투정이라도 부렸을 것이다. 아니, 아예 이만큼 산을 올라오는 것도 불가능했을 터였다. 하지만 마로는 호흡을 헐떡거리면서도 입술을 꽉 깨물어가며 악착같이 노인의 뒤를 따르고 있었다.

"후아… 후아… 어, 어르신! 좀 쉬었다가 가요… 하악 하악……."

"곧 어두워지면 이 인근은 짐승들과 몬스터들로 가득 차게 될게다. 그래도 좋으냐?"

"몬, 몬스터들까지요?"

볼테르 산 인근에서만 살았던 마로가 몬스터들의 무서움

을 모를 리는 없었다. 하지만 대부분 산길을 달릴 때는 늘 옆에 블랙울프 테루가 있기에 큰 위험을 겪어보진 않았다.

하지만 이번 훈련 동안에는 테루와 함께할 수가 없었다. 어르신이 테루의 접근을 차단시켰기 때문이다. 가끔 볼 수는 있어도 마로의 훈련에 전혀 개입하지 못하는 이상 몬스터의 위협을 본다 해도 참견할 수 없는 상황이다. 그걸 잘 알고 있는 마로로서는 몬스터가 두려울 수밖에……

"그래. 볼테르 산의 다른 곳 보다 이 지역 몬스터들은 특히 더 사납지. 그러니 최대한 빨리 니들 탑 안쪽으로 가야 한다. 거긴 몬스터들이 접근을 안 하거든."

"어째서 그렇지요?"

"간단한 이치다. 니들 탑은 워낙 경사가 심해서 몬스터라 해도 쉽게 오를 수 없는 데다가 봉우리 전체가 바위와 절벽이라 짐승들조차 거의 없다. 그러니 먹을 것도 없는 셈이지. 아무리 한가한 몬스터라 해도 그런 곳을 뭐하러 가겠느냐?"

이야기가 계속 되면 될수록 마로의 표정이 뭐 씹은 사람처럼 일그러져만 갔다. 몬스터조차 접근하지 않는 봉우리에서 대체 무슨 짓을 시킬지가 벌써부터 걱정이 된 것이다. 지금까지 어르신이라는 노인네가 자신에게 시킨 일들을 생각해 보면 답은 뻔했다.

"휴우… 알겠어요. 어서 가기나 해요. 벌써 해가 서산으로 넘어가고 있네요."

"조금만 더 가면 이 산을 오르는 사냥꾼들이 쉬기 위해 마련해 놓은 오두막이 나올 것이다. 오늘밤은 거기서 보낼 것이니라. 힘들어도 빨리 서둘러라."

"네……."

힘들다고 쉴 수도 없는 상황임을 깨달았으니 멍청하게 시간만 보낼 수는 없었다.

마로는 그런 꼬마였다. 일단 결심이 서면 조금도 망설이지 않는 실천력과 상황이 나쁘다고 불만이나 토하고 있는 짓을 하지 않는 그런 꼬마 말이다. 그럴 시간이 있으면 차라리 더 열심히 산을 오르는 게 낫다고 판단한 이상 그는 열심히 발을 놀리기 시작했다. 짐의 무게가 더해가고 호흡은 점점 더 가빠오고 있지만 그 무엇도 이 어린 꼬마의 의지를 꺾지는 못했다. 그러기에는 검술을 배우기 위해 지불한 돈이 비싸도 너무 비쌌다.

Chapter 07
목숨을 내건 수련 (1)

제일좌

DEMON
제일좌
BLOOD

1

천신만고 끝에 가까이 다가가서 만나본 니들 탑의 인상은 한마디로 웅장했다. 가운데는 거대한 주 봉우리가 떡 하니 서 있었는데 마치 깎아 놓은 탑을 떠올릴 만큼 그 모습이 강렬해 보였다.

'와~ 정말 대단해. 어찌 산봉우리가 이처럼 칼날 같이 생겼을까? 그리고 저건 눈이잖아? 세상에 한여름에도 눈이 쌓여 있는 곳이 있다니……. 저 봉우리는 누군가의 발길을 거부하는 봉우리 같아. 아무래도 신께서는 인간들에게 저 봉우리를 바라보며 당신의 위대함을 느끼라고 만들어 놓으신 게 분명해.'

마로는 생전 처음 보는 거대하고 높은 봉우리를 바라보면서 이런 생각을 하고 있었다. 그만큼 니들 탑의 첫 인상은 강렬했다.

"동서남북으로 솟아 있는 저 작은 봉우리들은 뭘까? 마치 니들 탑의 새끼들처럼 보이는 게⋯⋯. 새끼치고는 그 위용이 만만치 않기는 하지만⋯⋯."

"그놈들부터 시작이다."

"네? 뭐, 뭐가요?"

마로가 니들 탑과 그 주위를 둘러싸고 있는 작은 봉우리들을 보고 감탄하고 있자 바로 그 옆에 있던 어르신이 갑자기 끼어들었다.

"네가 앞으로 수도 없이 올라가야 할 봉우리 중 하나가 바로 그 새끼 봉우리들이라는 말이다."

"에이, 설마요. 인간이 어떻게 저렇게 가파른 봉우리를 탈수가 있어요? 그리고 여기는 너무 높아서 가만히 서 있기만 해도 호흡이 가쁜 걸요. 이런 상태에서 봉우리를 오르는 것은 그야말로 자살 행위라고요!"

딱!

"켁! 왜 자꾸 때려요!"

"고연 놈. 내 말이 말 같지 않으면 혼자 검술을 익히거라. 난 그렇게 버르장머리 없는 놈을 가르치고 싶은 마음은 없느니라."

어느 곳을 살펴보아도 올라갈 수 있는 길이 보이지 않는 봉우리를 무조건 올라가야 한다고 하니 기가 막혀서 한 소리한 것뿐이었는데 의외로 어르신의 진노는 컸다. 마로는 어르신이 평소와 달리 너무 민감하게 반응하자 당황했는지 얼른 그자리에 무릎부터 꿇었다.

"죄, 죄송합니다. 어르신. 잘못했으니 용서해주십시오. 무엇이든 시키는 대로 따르겠습니다."

"정말 시키는 대로 할 것이냐?"

"그렇습니다. 이제 다시는 불평불만을 하지 않겠습니다."

"좋다. 그럼 우선 오늘은 저녁을 충분히 먹고 내일 아침부터 수련을 시작할 것이니 그렇게 알고 있어라."

니들 탑 바로 아래쪽에는 그야말로 아무것도 없었다. 수련을 하며 이곳에서 지내려면 최소한 먹고 잘 수 있는 집이라도 있어야 하는 것 아니겠는가.

"그런데 잠은 어디서 자야 하죠?"

"잉? 어디… 진짜 여긴 잘 곳이 마땅치 않군. 마로야."

"네, 어르신."

"지금부터 우선 집짓기부터 하자."

"네? 집, 집을요? 연장도 없고 아무것도 없는데 어떻게 집을 지어요? 그리고 여기서는 나무를 구하려면 한참 내려가야 한다고요."

말을 잘 듣는 것도 정도가 있지 완전히 아무것도 없는 민둥

벌거숭이 같은 산속에서 무슨 수로 집을 짓는다는 말인가. 마로로선 이 노인네가 슬슬 망령이 드는 게 아닌가 의심스러울 정도였다.

"연장은 내가 준비해 주도록 하지. 내 아랫마을까지 다녀올 테니 너는 요 아래에서 토끼라도 잡아서 저녁 준비를 하도록 해라."

"토, 토끼요? 휴우… 알겠습니다. 찾아보죠."

다 늙은 노인네가 마을까지 갔다 오겠다고 하는데 겨우 토끼를 잡아서 요리하라는 말에 불평할 수는 없었다.

말이 아랫마을이지, 여기서 마을까지는 일반인 걸음으로 따지면 왕복 삼일은 족히 걸릴 거리였던 것이다. 거기에다가 산세는 또 얼마나 가파른가. 그야말로 마을을 다녀온다는 말은 개고생을 한다는 말과 같은 이야기인지라 마로는 입술을 내밀고 싶은 것도 참아가며 얌전히 대꾸할 수밖에 없었다.

"어험… 그럼 내 다녀오마. 저녁 식사 전까지는 꼭 돌아올 것이니 혼자 식사하지 마라."

"네? 저, 저녁 식사 전까지 오신다고요? 오늘 저녁예요?"

"어허… 당연히 오늘 저녁이지 그럼 내일 저녁이겠느냐?"

"하지만 마을을 다녀오신다면서요?"

위에서 말했듯이 이곳에서 마을을 반나절 만에 오가는 것은 말도 안 되는 소리였다. 물론 한편으로는 혹시 테루를 타고 다녀오지 않을까 싶었지만 테루는 이미 모옥을 떠날 때 그

곳을 지키라고 지시하고 온 터라 이 근처에 있을 리가 만무하
다는 생각이 들었다.

"그건 내가 알아서 할 문제이니 넌 어서 가서 저녁거리나
잡을 궁리를 해라. 그리고 받아라."

"어르신, 이건……?"

마로는 어르신이 건넨 작고 앙증맞아 보이는 단검을 받아
들고 의아해하며 그를 바라보았다.

"그걸 꼭 쥐고 사냥에 임해라. 여기는 사나운 짐승은 물론
몬스터들도 상당히 어슬렁거리고 다니는 곳이니까 말이다.
우리 모옥 근처와는 다르다는 것을 꼭 명심하도록."

어르신이 이렇게 말을 하자 마로는 갑자기 두려운 생각이
밀려들었다. 그는 지금까지 마니커스 샘이 근처에 있었고 또
늘 테루가 함께했기 때문에 그렇게 과감한 행동을 할 수가 있
었던 것이지, 원래부터 간이 배 밖으로 나와서 겁없이 행동했
던 바보가 절대 아니었다.

오히려 위험에 누구보다 민감한 아이였다. 어쨌든 자신이
건강하게 살아남아야 원하는 걸 이룰 수 있다고 늘 생각했기
때문이다.

"정, 정말로 몬스터들도 돌아다니나요?"

"그건 네가 직접 겪어 보아라. 그럼 난 이만 간다. 이따 보
자꾸나."

휙휙~

말이 끝나기 무섭게 어르신은 빠른 걸음으로 산을 내려가기 시작했다. 워낙 바위투성이의 민둥산이다 보니 그가 아래쪽에 있는 숲으로 사라질 때까지는 그 모습이 훤히 보였다. 그러나 결국 어느 순간 완전히 사라졌고 그것을 느낀 마로 역시 빠르게 내려가기 시작했다. 산짐승을 잡으려면 숲으로 가야 했다.

구구… 구구구구…….

퍼드드득~

"아흐 깜짝이야… 뭐야? 겨우 새 한 마리였잖아? 에잇 괜히 놀랐네. 그런데 일반 짐승이라면 그래도 이길 자신이 있지만 과연 몬스터를 상대할 수 있을까? 휴우… 될 수 있으면 피하는 게 현명하겠지?"

숲에 들어서자마자 지금까지는 느끼지 못했던 각종 소리가 마로의 기분을 묘하게 만들기 시작했다. 너들 탑 인근은 모두 바위투성이의 민둥산이었지만 바로 아래 숲은 그야말로 밀림을 방불케 할 만큼 숲이 깊고 음습했다.

태곳적부터 사람의 발길이 닿지 않은 것처럼 그렇게 이곳의 분위기는 섬뜩했던 것이다. 그런 가운데 있다 보니 새 한 마리에도 마로의 감각이 예민해질 수밖에 없었다.

조심조심…….

"그나저나 어떤 짐승을 잡아야 하지? 사냥을 안 해 본 것은 아니지만 여기서 사냥은 절대 쉽지 않겠구나. 사냥을 하기에는 나무들이 너무 많고 빽빽해.”

마로는 혹시라도 몬스터가 나타날까봐 매우 조심스러운 발걸음으로 움직였다. 이 깊은 산속에 아무도 의지할 수 없다는 것이 그로 하여금 모처럼 진짜 아이는 아이구나 하는 행동을 하게끔 만들었다. 그런데 바로 그때…….

커헝… 커허허허허헝~! 허허헝~!

“으악! 이, 이게 무슨 소리지?”

푸드드드득~!

꺄오 꺄오~!

꾸에에엑~!

숲 한참 멀리서부터 실로 온몸에 소름이 쫘악 돋게 만드는 살벌한 외침이 들려왔다. 어찌 들으면 인간의 외침 같기도 했고 또 어찌 들으면 최강의 몬스터가 지르는 듯한 그런 무서운 외침이 울려 퍼지자 숲은 미친 듯이 요동치기 시작했다.

2

휘적휘적…….

멀리서 지켜보면 노인은 그저 가볍게 걷는 것처럼 보였다. 워낙 키가 작아 얼핏 보기에는 이런 산중을 걷는 자체가 잘 보이지 않을 정도였지만 가까이서 지켜보면 그야말로 경악을 금치 못할 터였다.

그는 그냥 걷는 것이 아니라 한걸음에 무려 수십 미터씩 이 동했던 것이다.

한 걸음에 수십 미터를 움직이려면 마법사가 블링크 마법 이나 플라이 마법을 쓸 때 가능했다. 그렇다면 이 노인은 지금 그런 마법을 쓴다는 것일까? 하지만 블링크나 플라이 마법도 움직임이 끝날 때 마다 주문을 외워야 하는데 노인은 주문은커녕 입술조차 움찔하지 않은 채 이동하고 있었다. 실로 괴이할 따름이었다.

"날씨 좋고! 이제 여름도 거의 다 지나가는 모양이로군. 딱 좋아. 이쯤이 수련을 하기에는 최고라 할 수 있지. 클클… 녀석 아마 고생 좀 될 것이야. 새끼봉을 마음껏 오르내리는 것만 해도 최소 몇 년은 걸릴 테니까……."

그는 바로 마로와 헤어져서 마을로 가고 있는 어르신이라는 노인네였다. 확실히 이 노인은 신비한 구석이 많았다. 체구도 작은 노인의 몸에서 뿜어 나오는 기세는 둘째 치고라도 지금 숲 여기저기에는 사나운 짐승들과 몬스터들도 섞어 있었지만 그 어떤 놈도 노인 근처로는 아예 접근도 하지 않았다. 아니, 오히려 노인이 그 근처에 가까이 가면 낑낑거리며 꼬리를 말고 달달 떨 정도였다.

하긴 영물인 테루조차 노인을 극히 두려워 할 정도이니 일반 짐승들과 몬스터야 오죽하겠는가.

"자… 이쯤이면 충분하겠지? 일단 숲 전체에 위협을 조금

가해야 그 아이가 안전해질 게야. 아직은 직접 싸우기엔 무리니 이 정도는 배려를 해줘야겠지.”

어르신은 이렇게 중얼거리더니 잠시 눈을 감았다. 숲 주변에 분포되어 있는 각종 짐승들과 몬스터들의 움직임을 파악하기 위해서였다. 그리고 어느 순간, 갑자기 눈을 확 뜨고는 입을 있는 대로 벌렸다.

“커헝… 커허허허허허헝~! 허허헝~!”

그리고는 실로 무지막지한 괴성을 지르는 게 아닌가. 그 소리가 어찌나 크고 우렁차던지 근처에 있는 작은 짐승들은 물론이고 맹수들과 몬스터들까지 일시 기절할 정도였다.

마로가 숲속에서 들었던 정체불명의 괴성은 알고 보니 바로 어르신의 입에서 터져 나온 소리였던 것이다. 그것도 마로를 멀리서라도 보호해 주기 위해 지른 고함이라니……. 기가 막힐 일이었다.

이런 사실을 알 리 없는 마로는 그 시간에 놀란 가슴을 겨우 가라앉히고는 열심히 토끼를 찾고 있었다.

“방금 그 소리가 뭔지는 몰라도 최대한 서둘러서 사냥을 끝내고 올라가는 것이 좋을 듯싶은데? 예감이 좋지 않아. 그런데 대체 짐승들이 어디에 숨어 있는 거지?”

마로는 최대한 자세를 낮춘 상태에서 숲 이곳저곳을 헤매고 다녔지만 아무리 다녀도 토끼는커녕 다람쥐 한 마리도 만나보지 못하고 있었다. 그러다가 그가 커다란 바오 나무(밤나무 종류) 옆을 지나려는 순간, 갑자기 기척이 느껴졌다.

부시럭…….

"누구냐!"

휙~!

탁탁탁탁…….

"앗 저건… 봄푸라 같은데? 이런… 이러다 놓치겠다. 어서
쫓자."

봄푸라는 산에서 주로 서식하는 산양의 종류였다. 이놈들
은 암벽 색깔과 흡사한 털을 가지고 있기 때문에 주로 암벽으
로 이루어진 산에 많이 있었다. 보통은 열 마리 이상이 무리
를 짓고 다니는데 방금 그 놈은 영역 표시를 하기 위해 돌아
다니는 수컷인 모양이었다.

봄푸라는 토끼보다 고기가 훨씬 맛있고 영양도 높은 데다
가 털가죽도 쓸모가 많기 때문에 잡기만 하면 큰 소득을 얻는
것이라 할 수 있었다.

그것을 잘 아는 마로가 봄푸라가 도망치는데 구경만 할 리
가 없었다. 그는 있는 힘을 다해서 방금 등장한 봄푸라를 쫓
기 시작했다.

"헉헉… 거기 서라! 이얍!"

패엥~!

어느덧 봄푸라는 니들 탑 방향으로 달렸다. 마로 역시 자연
스럽게 그쪽 방향으로 뛰었는데 그다지 많이 뛴 것도 아니었

지만 호흡이 왜 그렇게 가빠오는지 알 수가 없었다. 하지만 죽을 맛인 상황에서도 그의 눈은 봄푸라에게서 조금도 떨어지지 않았으며 두 다리 역시 쉬지 않고 달렸다.

그러다가 어느 순간 봄푸라가 바위 위에서 움직이지 않고 잠시 멈춘 틈을 이용해 몇 개 주어서 들고 있던 돌멩이 하나를 있는 힘껏 집어 던졌다.

퍼억~!

"캥~!"

"맞았다!"

다다다…….

평소에도 늘상 단검 던지기를 하며 지내는 마로인 만큼 돌팔매 실력도 대단했다. 물론 가만히 서 있던 표적인지라 맞추기가 어렵진 않았지만 던진 거리를 보면 어린이아이가 맞출 수 있는 거리는 절대 아니었다. 게다가 그 돌은 정확히 봄푸라의 우측 견골 아래 급소를 맞추었기 때문에 녀석은 제대로 움직일 수가 없었다.

마로는 녀석이 절뚝거리는 것을 눈으로 확인하며 또다시 달려가 마침내 버둥거리는 그놈을 잡을 수가 있었다.

"불쌍하기는 하다만 나도 먹고 살아야 하니 어쩔 수 없구나. 어차피 자연은 약육강식의 법칙대로 살아가는 것이니 네가 희생해라."

스팟!

꾸억!

　마로는 어린아이답지 않게 냉정한 얼굴로 단검을 치켜들더니 조금의 망설임도 없이 봄푸라의 목덜미를 끊었다. 이럴 때는 최대한 빨리 죽여주는 게 가장 큰 자비임을 알기 때문이다.

　하지만 아홉 살 밖에 안 된 어린아이가 자신의 두 배 가까운 봄푸라의 목덜미를 끊는 모습은 절대 쉽게 볼 수 있는 모습은 아닐 터였다.

　"끙끙… 이놈 진짜 되게 무겁네. 아무래도 여긴 산이 너무 높아서 호흡이 불편한 것 같아. 그렇지 않으면 겨우 이 정도 움직였다고 힘들 리가 없어. 어르신에게 마나 호흡법을 배운 이후로는 지치는 법이 없었는데… 후아… 후아… 진, 진짜 미치게 힘드네."

　땀이 비 오듯이 쏟아지고 숨이 턱턱 막혔지만 마로는 쉬지 않고 그 무거운 봄푸라를 메고 산을 오르고 있었다. 어르신이 저녁때까지 온다 했으니 무슨 수를 써서라도 그 시간은 지켜야만 했다. 만에 하나 어길 경우 돌아오게 될 보복은 실로 끔찍할 게 분명했기 때문이다.

　엉금엉금…….

　"끙차… 조, 조금만 더… 끄으으……."

　질질… 지익…….

　고지대만 아니라면 이렇게까지 힘들지는 않았을 것이다.

하지만 지금은 호흡이 너무 불편해서 십 미터를 이동하는 것
이 평지에서의 백 미터를 가는 것보다 힘든 상황이었다.

"후아 후아… 이렇게 마구잡이로 갈 것이 아니다. 어르신
이 이곳으로 끌고 온 것은 이런 악조건도 포함되어 있을 거
야. 고도가 너무 높아서 호흡이 어려운… 가만… 호흡이라…
그렇지! 높은 곳에서는 더욱 깊고 느리게 호흡하라. 쉬지 말
고 명상하라. 차분히 상상하라."

처음 호흡법을 배울 때 나오는 한 부분이다. 여기에서 높은
곳이 어딜까 했는데 정말 간단히 이곳임을 확신 할 수 있었던
것이다.

그야말로 생활 속에서 호흡법을 활용하는 방법을 깨닫게
된 것이다. 그리고 한번 뭔가를 깨달으면 망설이는 법이 없는
마로였다. 그는 천천히 호흡을 느리게 하면서 명상을 하기 시
작했다.

그러자 가빴던 숨이 편안해졌다. 뿐만 아니라 왠지 기운이
더욱 샘솟는 것을 마로는 느꼈다.

"됐다. 그럼 이제 다시 움직여 볼까? 끙~ 차!"

그렇게 무겁던 봄푸라가 갑자기 가벼워진 건 아니다. 하지
만 조금 전보다 이동이 훨씬 쉬워진 것은 사실이었다. 때문에
마로는 기분이 좋아져서 휘파람까지 불며 산을 올랐다.

3

　모든 것이 그렇듯 첫 번째는 어렵지만 두 번째부터는 쉬워
지는 법이다.

　다음날이 되어 다시 사냥에 나선 마로는 첫날에 비해서 갈
수록 사냥이 쉬워짐을 느꼈다. 하지만 그의 고난은 겨우 이게
전부는 아니었다.

　"이얍!"

　쿵! 쿵!

　어르신이 마을에 내려가서 가져온 도구는 달랑 도끼 한 자
루와 낫 하나가 전부였다. 음흉한 그의 변명에 의하면 이 마
을에는 하필 톱이 모두 떨어져 어쩔 수없이 도끼로 나무를 해
야 한단다. 하지만 집을 지을 수 있을 정도의 나무를 자르는
데 도끼만 이용한다는 것은 상식적인 생각은 절대 아니었다.

　"헥헥… 에잇, 제기! 욕이 절로 나오네. 이렇게 큰 나무를
도끼로 자르라니……. 정말 미치고 팔짝 뛰겠구나."

　첫날은 노인이 마을에서 가져온 텐트를 치고 잤지만 마로
는 밤새 잠을 제대로 잘 수가 없었다. 사방에서 짐승들의 울
음소리와 부스럭거리는 소리가 들려오는 데다가 가끔씩 몬스
터들의 섬뜩한 괴성이 들려왔기 때문이다.

　또 하나 그를 잠 못 들게 하는 것 중 하나는 밤이면 찾아오
는 추위였다. 아직 여름이 다 간 것도 아니었지만 이곳은 워

낙 고지대라 그런지 추위도 너무나 추웠다. 아주 어릴 때부터 온갖 고생을 다 해본 마로라 해도 이런 추위 속에서 느긋하게 자기란 그리 쉬운 게 아니었다.

하지만 자신의 옆에 누워있는 어르신이라는 노인네는 그런 추위 속에서도 너무나 편안한 얼굴로 자고 있었다. 그야말로 괴물은 괴물인 모양이다. 결국 마로는 지난밤 텐트 속에서 밤새 호흡법만 익힐 수밖에 없었고 오늘 아침부터는 무슨 수를 써서라도 따뜻한 집을 만들자고 결심했다.

니들 탑 인근은 모두 바위로 되어 있었다. 하지만 조금만 아래로 내려가면 사방에 온통 거대한 나무들이 빽빽했다. 만일 그것을 베어서 통나무집만 지을 수 있다면 벽난로까지 설치해 그야말로 따뜻하게 잘 수 있다는 희망에 불타올랐다. 최소한 어르신이 달랑 도끼와 낫만 던져 주기 직전까지는 그랬다.

쿵! 쿵! 쿵! 삐끗…….

"켁! 또 놓치다니… 으으……."

그가 아무리 대단한 호흡법을 익히고 또 온몸에 마나를 돌릴 수 있는 육체를 지니게 되었다 해도 겨우 도끼 하나로 자신의 허리 네다섯 배는 족히 되는 아름드리나무를 벤다는 것이 쉬울 리 없었다. 더군다나 아무리 강성하다 해도 고작 아홉 살 꼬마였다. 게다가 그는 제대로 된 도끼질을 해본 적이 없었다. 때문에 열심히 집중해서 나무 밑동을 치는 데도 도끼를 놓치기 일쑤였다. 힘을 주고 있다가 갑자기 놓치게 되면 온몸이 중심을 잃게 마련. 그는 나무를 하다가 하마터면 코가 다 깨질 뻔했으니 입에서 욕이 나오는 것은 아마도 자연스러운 현상일 것이다.

"쯧쯧… 미련한 녀석. 나무를 힘만으로 자를 수 있다고 생각하다니……."

"어서 오세요, 어르신. 그런데 그게 무슨 말씀이신지……."

그가 한창 욕지기를 하며 도끼질을 하다가 자빠지고 나동그라지는 등 쪽팔린 행동을 하고 있을 때 어르신이 나타나 혀를 차며 이렇게 말했다.

"세상 모든 만물에는 결과 급소라는 것이 존재한다. 그리고 도끼는 물론니거니와 네가 배우고 싶어 하는 검이나 도처럼 인간이 만들어낸 도구는 휘두르는 방법과 요령이 있다고 할 수 있지. 결국 요령을 익혀서 나무의 급소랑 결을 찾아 치면 될 것이야."

어르신은 고개를 주억거리며 말했다. 그가 도끼와 낫만 가져온 것은 사실 마로를 수행시키기 위해서였다. 손목과 팔의 순발력과 힘을 기르고 근력을 키우는 것은 검술의 기본과 연결이 된다.

또한 모든 인간의 움직임이란 결국 서로 통하게 마련이기에 이는 엄연한 수련이었다. 단지 이를 말하지 않을 뿐.

"도끼로 나무 자르는 요령과 급소를 찾는 방법이요? 그런 것도 있습니까?"

마로가 눈을 똥그랗게 뜨며 물었다. 그러자 어르신은 자신의 몇 가닥 없는 머리칼을 쓸어 보이며 말을 이었다.

"나무는 머리칼처럼 결로 이루어져 있지. 또 결과 결 사이에 급소도 존재한다. 처음에는 그것을 찾아내기 힘들지만 나무를 자세히 살펴보고 자꾸 도끼질을 하다 보면 그것을 발견해 낼 수 있느니라. 물론 쉽지는 않지. 그리고 도끼는 사선으로 내려쳐야 가장 큰 힘을 발휘할 수가 있다. 도끼를 이리 줘 봐라."

"여, 여기 있습니다."

어르신의 말속에서 뭔가 실마리를 발견한 것 같은 기분을 느끼던 마로는 그가 도끼를 달라고 하자 잽싸게 도끼를 다시 주어서는 어르신의 손에 건네주었다. 그러자 어르신은 그 도끼를 한손에 들더니 나무를 노려보기 시작했다. 그러던 어느 순간,

"타핫!"

퍽!

찌지직… 드드드드…….

"와아~ 이, 이럴 수가……."

마치 장난처럼 내려친 도끼 한 방에 그 큰 나무가 서서히 넘어가는 것 아닌가. 노인의 체구는 기껏해야 마로 정도. 그 작은 체구에서 이런 놀라운 힘을 보이다니……. 마로의 입이

있는 대로 벌어지는 것도 무리는 아니었다.

"보았느냐?"

끄덕끄덕…….

"나는 지금 나무의 급소를 노리고 도끼를 사선으로 내려쳐 단숨에 나뭇결의 이음새를 끊어 놓은 것이다. 너도 드래곤의 숨결을 연마하면서 최대한 집중력을 높이면 가능한 일이니라. 자, 다시 해보아라."

말은 쉬웠다. 하지만 마로는 이때부터 무려 한 달 내내 도끼질만 해댔는데도 어르신의 경지를 흉내조차 낼 수 없었다. 단지, 손아귀만 찢어지고 갈라졌으며 눈은 얼마나 나무를 노려보았는지 튀어나올 지경이었다.

그렇게 자꾸만 시간은 흘러갔고 어느새 마로가 그 작고 초라한 텐트 생활을 한지도 벌써 사 개월이 흘러버렸다.

휘익~!

다다다다…….

"게 서거라. 네까짓 놈이 뛰어봤자 벼룩이다! 타핫!"

위잉~!

픽!

"켕!"

이제 마로는 사냥할 때가 가장 즐거웠다. 그렇게 높은 지대임에도 달리는데 아무런 지장도 받지 않고 있는 데다가 단검 던지기가 더욱 익숙해져서 한 번 던지면 반드시 짐승 한 마리를 즉사시키는 놀라운 명중률을 자랑했다. 뿐만 아니라 그렇게 날아갔던 단검은 간단하게 되돌아와 마로의 손에 잡혔다. 겨우 사 개월 사이에 그의 사냥 솜씨는 그야말로 신기에 가까울 정도로 대단해져 버린 것이다.

게다가 달리기는 이제 평지를 달리는 것보다 빠르고 날렵했다. 이렇게 높고 깊은 산중에서 매일 같이 마나 호흡법을 쉬지 않고 한 것이 점차 그의 육체를 새롭게 변모시키고 있었다.

이곳은 확실히 다른 지역보다 마나의 농도가 짙고 풍부한데다가 그가 밤낮을 가리지 않고 죽어라 수련에 수련을 거듭하고 있기 때문에 그의 마나양은 하루가 다르게 늘어만 가고 있는 중이었다.

지글지글…….

숲에서 장작불을 지펴 놓고 구워서 먹는 봄푸라 고기의 맛은 그야말로 환상적이었다.

"우적우적……. 아직도 나무 자르기는 진전이 없는 게냐? 이제 곧 혹독한 겨울이 시작될 것인데 언제까지 텐트 생활을 할 셈이냐?"

마로가 구워온 봄푸라 고기의 뒷다리 하나를 척하니 들고 씹으며 어르신이 물었다. 하지만 마로의 반응은 썩 좋지 못했다.

"쩝쩝쩝… 그, 그게 이제 열 번 정도 때리면 나무 하나 정도는 잘리니까 곧 가능해질 거예요……."

어르신의 물음에 마로는 아직까지는 자신없는 목소리로 대답할 수밖에 없었다. 하지만 그의 이런 대답에 어르신은 속으로 기겁을 하고 말았다.

'허… 벌써 열 번 이내에 그 큰 나무를 자를 수 있게 되었다니……. 정말 이놈은 알수록 나를 놀라게 하는구나. 통나무집을 짓기 위해 필요한 나무를 하는 데만 족히 이 년은 걸릴 거라고 예상했는데 그 반도 안돼서 끝나겠군. 하지만 그 정도로는 아직 멀었지. 흐음…….'

하루하루 미친 듯이 열심히 수련하고 있었지만 아직도 마로가 가야 할 길은 멀기만 했다.

4

"타핫!"

척!

까마득하게 높은 니들 탑 중턱에 놀랍게도 검은 그림자 하나가 움직이고 있었다. 니들 탑이 생긴 이래 이 산을 올랐던 존재는 거의 아무도 없다고 해도 과언이 아니다. 그럴 수밖에 없는 것이 이곳은 높이도 높을 뿐더러 워낙 경사가 심해 설혹 실력이 대단한 기사가 오르려고 한다 해도 불가능했다.

그런 험난한 봉우리를 오르고 있다니……. 그것 하나만으로도 대단한 존재임은 분명했다.

와르르…….

"이크… 웃샤!"

하마터면 발을 헛디뎌서 아래로 떨어질 뻔한 그림자의 주인은 초록빛의 눈을 가지고 있는 잘생긴 소년이었다. 패도적인 장군상을 떠올리게 하는 소년은 대략 열다섯 살쯤 되어 보였고 얼굴은 나이에 비해 무척이나 귀엽다는 느낌을 주었다. 하지만 소년의 몸집은 건장했고, 드러난 팔다리는 온통 근육질이라 그가 상당한 수련을 거쳤음을 한눈에 알 수 있게 해주었다.

그는 방금 전 하마터면 아래로 떨어져 죽을 뻔했는데도 별로 놀란 기색도 없었다. 그저 태연하게 바위벽의 이곳저곳을 더듬거리며 다음 경로를 모색하고 있어 참으로 강심장을 가진 소년임을 보여주고 있었다. 소년은 바로 마로였다.

"젠장… 이게 벌써 열여섯 번째 도전인데 오늘도 또 실패할 수는 없지. 닷새 후 쯤에는 어르신께서 오신다 했으니 그 전에 반드시 정상을 정복해야 한다."

차갑고 매서운 바람 속에서 그는 위태롭게 니들 탑을 오르고 있었다. 그가 니들 탑 초입에 도착해서 통나무집을 짓고 수련을 시작한 지도 벌써 육 년이나 흘렀다. 그동안 얼마나 변했는지 아직은 알 수 없었지만 한 가지만큼은 분명했다. 바로 그의 온몸이 모두 근육으로 이루어져 있다는 사실 말이다.

지난 육 년 동안 그는 니들 탑 주변에 있던 새끼봉을 모두 정복했다. 매 끼니를 위해 빠짐없이 뛰어다니며 사냥한 것은 물론, 어르신의 닦달에 못 이겨 쉬지 않고 나무를 해와서 장작을 팼다. 이와 같은 일이 말은 쉽지만 알고 보면 거의 죽을 만큼 힘든 일이라 할 수 있었다.

물론 고생한 만큼 그의 육체가 거의 완벽에 가깝게 재구성되는 소득도 있었지만.

"야압!"

턱!

휘이이잉~

마로가 있는 힘을 다해서 위쪽에 살짝 튀어나와 있는 바위 턱을 잡았다. 그 순간, 또다시 살벌한 바람이 달려들었다. 일순 마로의 몸이 바람에 살며시 밀려 두 발이 공중에 떠 버렸다.

이런 위험천만한 상황에서는 간이 배 밖으로 나온 사람이라 해도 겁에 질린 바람에 그대로 떨어질 확률이 높았다. 하지만 그 어떤 경우에도 마로의 표정은 달라지지 않았다. 겨우 나이 열다섯 살에 자신의 진짜 표정을 감출 줄 알게 되었으니 그동안 그의 고생이 어느 정도였는지 짐작할 만했다.

"침착하자. 지난번에도 이쯤에서 실패했잖아. 오늘은 기필코 정상에 오르고 말 테다!"

마로는 양손으로 바위 턱을 잡은 채 허공에 매달린 상태로 호흡을 깊게 내쉬었다. 일단 마음부터 안정시켜야 실수를 줄일 수 있기 때문이다.

이곳부터 약 오백 미터 위쪽으로는 거의 발을 디딜 수 있는 곳이 없기 때문에 오로지 순수한 팔 힘으로만 올라가야 한다. 그런 만큼 이제껏 축적한 힘을 모두 사용할 수밖에 없었고 그러기 위해서는 반드시 드래곤의 숨결을 활용해야 했다.

"차아~!"

휘릭~! 뱅글뱅글… 처억!

어느 정도 힘이 모이자 마로는 있는 힘을 다해서 양팔을 당겼다가 빠르게 퉁겨 오르더니 멋지게 몸을 회전시키며 위쪽으로 날아올랐다. 이 몸놀림은 그가 새끼봉을 오르면서 혼자 터득한 수법이었는데 실로 절묘하고 유연해서 전투 중 쓸 수 있을 만큼 실전적인 몸놀림이라 할 수 있었다.

아무튼 그 한 동작으로 무려 오 미터 이상을 위로 떠오른 마로는 곧 또 다른 턱을 움켜잡으며 멈출 수 있었다.

"휴우… 이렇게 열 번 정도면 가장 난코스를 벗어날 수 있을 것이다. 힘을 내자."

마로는 잠시 숨을 고르며 이렇게 중얼거리곤 이후 몇 번에 걸쳐서 같은 동작을 반복했다. 한두 번은 턱을 잡지 못해서 아래로 떨어지기도 했지만 그때마다 민첩한 몸놀림으로 위기를 모면했다.

그의 이런 모습을 통해 그동안 얼마나 철저하게 육체를 단련해 왔는지가 물씬 느껴졌다. 누군가가 그의 지금 모습을 보았다면 아마 먼저 기절했을지도 모른다. 그만큼 아슬아슬해 보였다.

휘이이잉~! 쎄에엑~!

봉우리를 타느라 땀으로 목욕을 할 정도였지만 곧장 불어 닥치는 바람으로 인해 그 땀은 금세 얼음으로 변해갔다. 그 정도로 이 봉우리 주변에 부는 바람은 지독하게 차가웠다.

"이번이 마지막이다. 야아~ 압!"

그렇게 찬바람과 싸우며 마침내 마로는 가장 난코스라는 지역을 벗어났다. 그러나 일단 그 오백 미터를 통과하면 나머지는 쉬울 것이라 생각했는데 그의 판단은 잘못되어도 한참 잘못되었다.

마지막 부분을 통과하고 난 후 약 일 킬로미터 정도는 확실히 편하긴 했다. 하지만 문제는 그 이후에 발생했다.

지금까지는 아무리 어려운 코스라 해도 그나마 손으로 잡을 수 있는 곳이라도 있었지만 이곳에서부터는 아예 바위 턱조차 보이지 않았던 것이다. 마로가 눈에 온 힘을 집중해서 한참 위까지 자세히 관찰했지만 그 어디에도 확실히 턱은 없었다.

"빌어먹을. 아직도 정상은 한참인데 여기서 또 포기해야 한다는 말인가? 그렇게 할 수는 없지. 절대로! 끙차!"

팟! 팟! 팟!

이제 정상까지는 기껏해야 일 킬로미터도 남지 않았다. 사실 이런 가파른 봉우리에서 일 킬로미터라는 거리는 엄청난 거리긴 했지만 지금까지 사 킬로미터 이상을 올라온 마로 입장에서 볼 때는 어떻게 해서든지 올라가야 할 판이었다. 여기서 포기한다면 언제 다시 이곳까지 올라올 수 있을지도 불투명했다.

그래서 결국 그는 소매 속에 넣고 다니던 단검을 꺼내서 얼음과 눈으로 덮여 있는 절벽 면에 홈집을 내기 시작했다. 여기서부터는 바위도 전혀 보이지 않았다. 모두 꽁꽁 얼어붙은 눈으로 뒤덮여버렸기 때문이다.

그런 빙산에 겨우 단검으로 홈집을 내서 그걸 밟고 올라간다는 것은 거의 자살행위나 마찬가지였다. 하지만 아직 마로가 믿는 것이 하나 있었다.

"아무리 높은 곳에 있다 한들 내 마음이 머무는 곳이 낮은 곳이라면 높이는 의미가 없다. 또한 눈에 보이지 않는 공기 속에 마나가 머무나니… 후아… 후아……."

드래곤의 숨결 속에 숨어 있는 특별한 마나 활용법이 바로 그것이다. 그가 지난 육 년 동안 익혀온 드래곤의 숨결 속에는 실로 무궁무진한 묘리가 수없이 들어 있었다. 그 가운데 하나가 자신의 온몸에 마나를 돌려서 육체를 가볍게 하는 방법도 포함되어 있었던 것이다.

그는 드래곤의 숨결 가운데 바로 그런 부분을 떠올리면서

서서히 방금 전 만들어 놓았던 흠집 위로 몸을 실었다. 그리
고는 놀랍게도 결국 위로 올라가기 시작했다. 적절한 위치에
흠집을 계속 만들며 올라가는 데다가 바람이 계속 방해를 하
는지라 속도는 비록 느렸지만 그는 한걸음, 한걸음 그렇게 위
로 올라갔다. 어릴 적 그 지독한 꼬마 마로가 이제는 한 단계
더 발전한 모습으로 이렇게 조금씩 성장하고 있었던 것이다.

Chapter 08
목숨을 내건 수련 (2)

DEMON
제일좌
BLOOD

1

　보름달이 높게 뜬 차가운 겨울의 어느 날, 어르신은 얼큰하게 취해서 딸기코가 된 모습으로 산을 올라왔다. 며칠만의 귀가였다. 그리고는 의기양양한 태도로 니들 탑 아래쪽에 홀로 초라하게 세워져 있는 통나무집의 문을 활짝 열었다.

　"에헴~! 마로야. 나 왔다."

　"……."

　"어허… 이 녀석이 어딜 간 게지? 난로도 꺼진지 한참된 걸 보니 설마 이 추위 속에서 니들 탑에 또 오르는 건가?"

　어르신은 아무 생각 없이 실내로 들어섰다가 마로가 보이지 않자 고개를 갸웃거렸다. 물론 자신이 혹독하게 훈련에 임

하도록 괴롭히긴 했지만 설마 이렇게 춥고 바람이 심한 날씨에도 봉우리를 타러 나가리라고는 예측하지 못한 탓이었다. 이미 새끼봉을 정복한 지는 꽤 됐기 때문에 분명 니들 탑을 올라갔을 터인데 그의 판단으로 이런 날씨에는 절대 등정이 불가능했다.

"설마 아무리 지독하고 고집이 강한 녀석이라지만 이런 날에 그런 미련한 짓을 하진 않겠지. 뭔가 대단한 사냥감을 발견하고 며칠 집을 비우고 있는 걸 거야."

어르신이라는 노인은 이렇게 중얼거리면서도 왠지 불안해했다. 사실 그만큼 마로에 대해 잘 아는 사람도 없을 것이다. 그러니 말로는 부정하면서도 이미 가슴으론 마로가 니들 탑에 오르기 위해 집을 나간 것임을 알고 있었다. 한동안 말없이 있던 노인은 결국 자신의 가슴 속 목소리를 받아들였다.

"정녕 간 모양이군. 아무래도 나가 봐야겠어. 사고나 나지 않을는지, 녀석……."

어르신은 이렇게 중얼거리면서 결국 찬바람 속으로 다시 나갔다. 그 역시 어느새 마로에게 든 정이 상당했던 것이다.

그 시각 마로는 이미 니들 탑 정상에서 수련에 몰두하고 있었다.

휘이이잉~

아무도 밟아 보지 못했다고 알려진 니들 탑의 정상은 실로 장엄했다. 놀랍게도 니들 탑의 최정상은 우선 넓이가 엄청났다. 작은 마을 하나가 만들어져도 충분할 만큼 넓고 정중앙에는 지름이 최소한 사 킬로미터쯤은 될 것 같은 신비로운 호수가 자리 잡고 있었다.

마로가 처음 이곳에 올라왔을 때 느낀 감동은 감히 그 누구도 알 수 없을 것이다. 사방이 온통 하얀 눈으로 덮여 있는 가운데 신기하게도 얼지 않는 중앙의 녹빛 호수는 그에게 자연의 경이로움을 다시 한 번 생각하게 해주었다. 대체 어떻게 이런 추위 속에서도 빙결되지 않을까. 그는 그것이 가장 희한했다.

하지만 호수를 열심히 살펴보다가 그 이유를 알게 되었다. 놀랍게도 이 호수의 중앙에서는 더운 김을 뿜어내는 온천수가 올라오고 있었던 것이다.

어릴 때부터 견문을 꽤나 넓혔던 마로라 해도 어째서 이런 현상이 일어날 수 있는지는 알 수 없었다.

만에 하나 저명한 과학자나 고위급 마법사가 이곳을 보았다면 태고부터 화산이 분출되었던 봉우리임을 눈치챘을 터였다. 어쨌든 중요한 것은 사방이 얼음인 세계의 한복판에서는 뜨거운 물이 솟아오르고 있다는 사실이었다.

마로가 정상을 정복한 지도 어느덧 나흘이 되었다. 손에 잡힐 듯한 보름달 아래 그는 웃통을 완전히 벗어 던진 상태로 깊은 호흡을 하고 있었다. 호수가 전부 내려다보이는 큰 바위 위에 앉아서 바로 드래곤의 숨결을 수련하고 있는 것이다.

"후… 하… 후… 하……."

온 천지에서 몰려드는 음의 기운이 마나로 바뀌면서 그의 몸속으로 유입되고 있는 지금 그는 전혀 추위를 타지 않았다. 처음에는 너무 추워서 내려갈까 생각도 했지만 그것을 꾹 참고 드래곤의 숨결을 수련하다 보니 자연은 거역하려 하기보다는 순응할 때 인간에게 더 많은 것을 준다는 점을 깨우쳤다.

이는 지난 나흘간 살갗이 찢어지고 터질 듯한 추위 속에서 스스로 터득해낸 또 하나의 깨달음이었다.

"휴우 이제야 추위가 물러가는구나. 며칠 전에 비하면 실로 놀라운 발전이야. 그럼 이제 단검술을 시도해 볼까?"

마로는 약 한 시간 정도를 호흡에 매달려 있다가 눈을 뜨더니 이렇게 중얼거리며 옆에 두었던 단검을 집어 들었다.

벌써 육 년이라는 세월이 흘렀음에도 그가 꺼낸 단검은 하나도 변하질 않았다. 처음 어르신이 준 모습 그대로였다. 모양은 어디서나 흔하게 볼 수 있는 그런 모양이었는데 그 단검이 지닌 내력을 생각하면 절대 일반 단검은 아닌 것 같았다.

일반 단검이었다면 아무리 잘 관리를 한다 해도 벌써 이가 빠지고 망가졌을 것이다. 그만큼 마로가 단검을 사용하는 횟수와 용도는 지독했다. 짐승을 사냥할 때나 그것을 잡아서 해체할 때도 이 단검을 사용했고 심지어 이곳을 오를 때 절벽에

박는 데도 사용하지 않았던가. 그럼에도 단검의 날은 여전히 새것처럼 날카롭고 빛나 보였다.

어쨌든 마로는 이제야 신기하게 느껴지는 단검을 오른손에 쥐더니 곧장 호수 쪽을 향해 던졌다.

"타핫!"

패엥~! 슈우욱~!

단검은 실로 무서운 속도로 허공을 갈랐다. 그런데 그 단검이 되돌아오는 것을 지켜보던 마로의 눈빛이 갑자기 반짝거렸다. 뭔가를 발견한 모양이다.

턥!

"웃차! 가만… 방금 그건 뭐였지? 난 분명 하나의 단검을 던졌을 뿐이었는데……. 어디 다시 해볼까? 이얍~!"

피잉~!

두 번째 던진 단검 역시 빨랐다. 그런데 마로가 던지는 단검은 단순히 빠른 것만은 아니었다. 날아가는 내내 단검이 빠르게 회전을 하고 있어서 그것을 막기도 힘들 것처럼 보였다.

하지만 지금 그는 단검의 그런 변화를 보는 것이 아니었다. 오히려 단검의 궤적 아래 호수를 유심히 보고 있었다. 지금 호수는 끊임없이 중앙에서 뿜어져 올라오고 있는 온천수 때문에 계속해서 큰 파문과 작은 파문을 일으키며 움직이고 있었다. 그런 파문을 대체 왜 그렇게 유심히 바라보는 것일까?

그가 혼잣말을 중얼거렸다.

"틀림없어. 호수의 물결 때문에 비친 단검의 움직임은 실로 무궁무진한 변화를 보여주고 있다. 만에 하나 저런 변화를 실제 단검에 담을 수만 있다면? 단숨에 수십 명의 적도 살상할 수 있지 않을까? 물론 뛰어난 기사라면 피할 수 있겠지만 일반 병사들이나 몬스터라면 충분히 격살할 수 있을 거야."

그가 단검을 손에 쥐고 익히기 시작할 때가 겨우 네 살. 어르신을 처음 만나서 상술에 관한 것을 배운 직후 드래곤의 숨결과 단검 쥐는 법을 배운 것이 시초였다.

그 이후 오늘까지 무려 십이 년 동안 그는 단검을 손에서 놓아본 적이 단 하루도 없었다. 이는 단검에 관한 그의 감각은 이제 거의 초인지경이라는 뜻이었다.

그렇기에 그가 지금 발견한 변화를 실제 단검술에 적용시키는 일도 무리는 아니라는 말이다.

마로는 어릴 때부터 일단 자신이 마음먹은 일은 단 한 가지도 포기해 본 적이 없었다. 그렇기에 이날을 계기로 그는 그 누구도 생각해 본 적이 없는 엄청난 단검술을 떠올릴 수가 있었을 것이다.

"그나저나 일단 내려갔다가 다시 올라와야 할 것 같구나. 어르신께서 돌아오셨을 텐데……. 그리고 니들 탑을 정복해야 제대로 된 검술을 가르쳐 주신다 했으니 어서 빨리 어르신을 만나야 한다. 그분 말씀이 그 검술은 오로지 니들 탑 정상에서만 익힐 수 있다고 했는데 대체 어떤 검술일까? 일단 내려가서 직접 만나보면 알겠지. 다시 올라오는 것은 이제 어느 정도 자신이 있다.”

아무리 뛰어난 마나 호흡법을 알고 있다고는 해도 먹을 것이 오로지 물밖에 없는 이런 삭막한 곳에서 마냥 있을 수는 없는 노릇이었다. 때문에 마로는 저장형 식량(말린 고기와 말린 과일 등)을 상당수 준비해서 다시 올라오기로 결정했다.

2

그리고 또다시 사흘이 지난 후 마로는 다시 니들 탑 정상에 오를 수 있었다.

하지만 이때는 그 혼자만이 아니었다.

“이 검술은 진실한, 아니 진정한 용사의 검에서 비롯되어 종결된 검술이다.”

그가 호수를 바라보며 가부좌를 틀고 앉아 귀를 기울이고 있을 때 그의 곁에는 어르신이 눈을 지그시 감은 채 이처럼 무엇인가를 설명해 주고 있었던 것이다.

“용사의 검이라고요? 그 용사는 누구입니까?”

조용히 듣기만 하던 마로가 ‘용사’ 라는 단어에 민감하게 반응했다. 왜인지는 몰라도 어쩐지 자신과 깊은 관련이 있는 것 같은 울림이 있었기 때문이다.

"그 용사는 아무도 알아주지 않아도 묵묵히 세상을 지키기 위해 자신을 내던진 진정한 영웅이었다. 그에 대한 이야기는 나중에 더 자세히 설명할 날이 있을 게다. 그러니 지금은 검술에만 집중해라."

"네, 어르신……."

마로는 용사에 대한 이야기를 더 듣고 싶었지만 어르신의 고집을 아는지라 어쩔 수 없이 순순히 대답하며 나중을 기약했다.

"요즘 검을 수련하는 사람들이 오로지 마나의 증가에만 신경을 쓰고 또 그것으로 검술의 실력이 향상된다고 믿고 있다. 하지만 이 검술은 완전히 그 차원이 다르다."

"아……."

다른 검술과 차원이 다르다는 말에 마로가 나지막이 감탄사를 터뜨렸다. 알 수 없는 기대감 때문이었다.

"최고의 검술을 최상의 육체에서 비롯된다. 이게 이 검술의 주요 골자라 할 수 있지. 그랬기에 내가 널 이곳까지 데려왔던 것이다. 니들 탑을 오르내리는 일 만큼 육체를 빠르게 단련시킬 방법은 드물기 때문이지."

이후로도 오묘한 검술의 이론이 어르신의 입에서 쏟아져 나왔다.

마로에게는 모든 것이 다 이해하기 쉽지 않은 내용이었지만 이야기를 듣는 동안에 한 가지만큼은 확실하게 알 수가 있었다.

바로 이 검술을 익히기만 하면 세상에서 적수를 찾아보기 힘들 것임을…….

"일단 여기까지가 이 검술을 이론적인 바탕이다. 더 깊은 설명은 기초부터 익히면서 또 해줄 테니 우선 이 연습용 검을 받아라."

휘익~! 턱!

어르신이 다짜고짜 들고 있던 검을 집어 던지자 마로가 그것을 얼른 받아 들었다.

"윽! 무슨 검이 이렇게 무겁습니까?"

"그건 일반 검보다 무게가 열 배가 넘는 특수검이다. 수련을 위해 일부러 제작한 검이지. 어쨌든 이제 내가 검을 휘두르는 모습을 잘 보아라."

"네……."

겉으로 보기에는 다른 검과 흡사했지만 어르신이 던져준 검의 무게는 실로 상당했다. 대체 어떤 재료로 만든 검인지는 몰라도 육체적인 힘이 강인해진 마로가 아니라면 휘두르는 것도 쉽지 않을 정도로 묵직했다.

하지만 어르신은 그런 것은 별 관심 없다는 듯 또 다른 검을 꺼내들더니 갑자기 그 검을 종으로 내려 긋는 동작을 선보였다.

순식간에 일어난 일이었다.

"보았느냐?"

"네, 보긴 했습니다만, 그게 전부입니까?"

뭔가 거창한 것이 나오리라 기대했다가 어르신이 그대로 멈추어 버리자 마로가 이렇게 허탈한 목소리로 물었다.

"지금 네게 보여준 동작이 바로 내려 베기이다. 모든 검술의 기초가 되는 동작이지. 오늘부터 한 달 동안 무조건 이 동작을 하루 일만 번씩만 하여라. 물론 호흡법과 단검술과 함께 말이다. 알겠느냐?"

"네에? 하루 일, 일만 번이요? 이 무식하게 무거운 검으로 말입니까?"

말은 쉽다. 아니, 하다못해 일반 기사들이 쓰는 검이었다면 마로도 이렇게까지 흥분하진 않았을 것이다. 하지만 이 무거운 검으로 일만 번이나 내려 베기를 시도한다면 어깨가 빠질지도 몰랐다.

"그게 싫으면 검술은 포기해라. 나도 검술을 가르치기 싫다. 이 검술을 가르치려면 나 역시도 생고생을 해야 하는데 뭐 좋다고 그 고생을 사서 하겠느냐. 돈도 챙길 만큼 챙겼으니 네가 싫다 하면 난 대환영이다."

"누가 안하겠답니까? 한다고요, 해요!"

어르신이 마로의 자존심을 교묘하게 건드리자 그는 발끈해서 이렇게 소리 질렀다.

그리고 이날부터 한 달 내내 그의 고행은 또다시 시작되었

고 그렇게 한 달이 또 지나자 어르신이 다시 니들 탑 정상에
나타났다.

그리고…….

휘익~!

"이게 바로 횡단 베기이다. 오늘부터는 내려 베기 만 번을
하고 그 후에 이 횡단 베기를 만 번씩 해라."

"어, 어르신… 그, 그건……."

"그럼 한 달 뒤에 보자."

만 번이 뉘집 애 이름인가? 걸핏하면 만 번, 만 번 찾게. 마
로는 불평불만이 하늘을 찌를 듯했지만 이런 말을 차마 입에
담지는 못하고 결국 또다시 검을 휘둘렀다.

하지만 이런 식으로 석 달째가 되자 결국 니들탑 정상에서
발광하는 사태가 벌어지고 말았다.

"오늘은 드디어 좌선베기를 배우는 날이다. 좌선베기와 우
선베기를 다 완벽히 터득해야 한다. 물론 각각 하루 일만 번
이다. 아, 물론 전에 가르쳐준 두 가지 역시 절대로 빼 먹으면
안 되지."

털썩…….

아무리 지독한 마로라 해도 그 역시 인간 아니겠는가. 그나
마 앞선 두 가지 기술은 이제 익숙해져서 하루 만 번씩 하는
데도 시간이 많이 걸리지 않는다는 점이다. 물론 이것 역시
어르신의 계산속에 들어가 있었겠지만.

　어쨌든 이렇게 그가 검술을 시작한지 석 달 만에 겨우 검술의 기초는 끝낼 수가 있었지만 진짜 검술은 실로 뼈를 깎는 고통이 수반되는 극한의 수련이 더 필요했다.
　거기에 자신의 마음을 다스릴 수 있어야지만 한 단계씩 발전할 수 있는 오묘한 원리도 포함되어 있었다. 즉, 마로는 몸과 마음을 동시에 수련할 수밖에 없었던 것이다.

3

　볼테르 산에서 가장 높은 봉우리이자 인간 가운데서는 그 누구도 오른 적이 없다 알려진 니들 탑을 물 찬 제비가 박차오르듯 그렇게 날아오르는 인영이 있었다. 물론 그가 진짜로 나는 것은 아니었지만 한번 도약할 때마다 무려 십여 미터 가깝게 뛰어오르는 데다가 군데군데 겨우 흔적만 있는 바위 턱을 미끄러지듯 차면서 움직이고 있었다. 가까이에서 자세히 보지 않는다면 누구라도 그가 날고 있다고 오해할 정도였다.
　"타핫!"
　탁~! 슈슈슉~!
　그 인영은 비록 수염이 덥수룩해서 얼굴을 온통 가리고 있었지만 간간히 보이는 심유한 녹색의 눈동자로 보아 마로임을 짐작할 수 있게 해주었다. 하긴 마로가 아니고서는 이 날카롭고 험난한 니들 탑을 이렇게 날렵하게 오를 수 있는 사람이 누가 있겠는가. 그는 오늘도 다시 니들 탑을 올랐다.

"후후… 이곳을 처음 오를 때 단검으로 겨우 겨우 흔적을 만들며 오른 게 엊그제 같은데 벌써 삼 년이네. 휴우……."
그랬다. 또다시 삼 년이라는 시간이 흘렀다. 그 짧다면 짧은 시간 사이 그의 몸놀림은 이렇게 놀랍도록 달라져 있었다. 그것이 스스로도 대견했는지 마로는 바람에 날리는 몇 달 사이 급격히 자란 수염을 어루만지며 이렇게 중얼거렸다.
"그때는 죽음을 각오한 채 속으로 잔뜩 겁을 내며 한 발 한 발 올랐지. 돌이켜 보면 나도 참 제정신이 아닌 시절이었어. 아직까지 살아 있는 것이 신기할 정도로……."
그가 지금 버티고 있는 곳은 바로 과거 단검으로 벽을 긁어 가며 간신히 올랐던 지점이었다. 하지만 지금은 단검은커녕 그 어떤 도구도 꺼내 들지 않은 채 그저 위쪽을 바라보기만 하였다.
그런데 바로 그 순간,
"하지만 이제 나는 니들 탑의 주인 아니던가! 그 누가 내 앞을 막을 것이냐! 타핫!"
팟! 슈우욱~!
놀랍게도 마로는 예전에 그렇게 어렵게 올랐던 구간을 간간히 발길질을 가볍게 한 번씩만 해가면서 쉬지 않고 날아 올라갔다. 마치 얼어붙어서 반들반들하기 만한 벽면에 층계라도 있는 것처럼 말이다.

어쨌든 그렇게 빙벽을 찍으며 빠르게 정상에 도착한 마로
는 차분히 숨을 고르며 혼잣말을 중얼거렸다.

"이제 이곳에서 내려갈 때가 다 됐어. 오늘은 기필코 월
파[moonlit waves]를 완성할 거야. 이것만 완성한다면 그 누
구도 막을 수 없는 최강의 비검술이 될 것이다."

니들 탑 정상은 여전히 고요했다. 이곳은 유일하게 마로의
발길만을 허용한 곳답게 삼 년이라는 시간이 흘렀어도 전혀
변하지 않았다. 태곳적의 신비함과 적막함만이 언제나 마로
를 반겨주었으며 한 여름에도 살을 에는 추위가 늘 마로의 정
신을 맑게 해주었다. 그리고 그로 인해 드래곤의 숨결을 더욱
심도있게 연마할 수 있었다.

"휴우… 쉬지 않고 올라왔더니 약간 덥군. 우선 씻고 수련
을 시작해야겠다."

훌렁~!

잠시 무엇인가를 생각하며 호수 앞에 서 있던 마로는 이렇
게 중얼거리더니 거침없이 옷을 벗어 던졌다. 이곳은 그 누구
의 눈치도 볼 필요가 없지 않겠는가.

오늘따라 더욱 환한 달빛 아래 알몸으로 서 있는 마로의 육
체는 그야말로 완벽 그 자체였다. 신이 빚어놓은 최고의 걸작
이라 해도 과언이 아니었다. 그의 몸에는 쉬지 않고 단련한
흔적이 모든 잔근육으로 녹아 있었다.

삼 년 전까지만 해도 우락한 근육질로만 보였는데 지금은 오히려 훨씬 부드러운 느낌을 주었다. 이는 그의 수련의 깊이가 그만큼 훨씬 깊어졌음을 뜻했으며 몸의 반사 신경과 운동 신경이 더욱 유연하고 빨라졌음을 암시해 주는 모습이기도 했다.

얼핏 보면 호리호리해 보이지만 가까이서 보게 되면 더 이상 완벽할 수 없을 만큼 아름답고 탄탄해 보이는 몸이 바로 현재 마로의 육체였다.

그런데 옷을 입고도 얼어 죽을 것만 같은 이 추위 속에서 옷을 모두 벗다니……. 그가 설마 갑자기 미치기라도 한 것일까? 하지만 더 놀라운 일은 바로 그 뒤에 일어났다.

"간다!"

슈슉~! 첨벙~!

그는 알몸인 상태 그대로 호수 중앙 쪽으로 무려 십여 미터 이상을 날아가더니 그대로 빠지는 것 아닌가.

얼핏 생각하면 김이 모락모락 올라오는 호수이니 오히려 바깥쪽보다 따뜻할 것이라 생각하겠지만 그것은 실로 엄청난 착각이었다. 왜냐하면 이 호수의 물은 그냥 따뜻한 정도가 아니라 살이 타버릴 만큼 뜨겁기 때문이다.

화산의 분화구에 만들어진 것이기도 하고, 용암의 열기를 그대로 받는 물이라 매우 뜨거운 온도의 물이었다. 만에 하나 마로가 평범한 인간이었다면 들어가는 즉시 익어 버릴 정도로 말이다.

그렇다면 대체 그는 이렇게 뜨거운 물에 어떻게 들어가서 멀쩡할 수가 있을까. 그는 지금 멀쩡한 정도가 아니라 아예 유유히 헤엄을 치고 있었다. 그것은 이 뜨거움도 그에게는 아무런 영향을 주지 못한다는 말이었다.

드래곤의 숨결 때문이었다. 이 호흡법은 여러 신비한 능력이 있는데, 그 가운데 하나는 양의 마나와 음의 마나를 동시에 받아들일 수 있게 하는 점도 포함되어 있었다.

사실 처음부터 어르신이라는 노인이 마로를 이곳으로 데려온 진짜 이유는 단순히 검술 수련 때문만이 아니었다. 더 중요한 이유가 바로 대륙을 통틀어서 이곳만이 양의 마나와 음의 마나를 동시에 얻을 수 있는 곳이기 때문이었다.

"아하하… 정말 개운하군. 이 호수에서 목욕을 하면 기분이 너무 좋단 말이지."

마로는 호쾌하게 웃으며 이렇게 읊조렸다. 그는 뼛속까지 시원하게 느끼고 있었다. 지난 삼 년간 호흡법을 시전하며 이 호수 안에서 마로는 목욕을 했다. 그 결과로 피부가 너무나 좋아지고 마나의 움직임도 자유자재로 부리는 요령을 알게 된 그였다. 유쾌한 마음이 든 그는 최근에 깨달은 하나의 심득을 사용해 보고 싶은 충동이 들었다.

촤아아아~!

마로가 물속에서 치솟아 오르자 순식간에 그의 온몸은 얼음으로 뒤덮였다. 그만큼 니들 산의 정상은 온도가 낮았다.

하지만 놀랍게도 옷이 있는 곳으로 다가가는 동안에 몸에서 저절로 열이 나더니 얼음은 곧장 물로 화함과 동시에 수증기가 되어 날아갔다. 정녕 그의 현재 마나의 양이 얼마나 되기에 이런 신기를 보여줄 수 있는 것인지 짐작조차 하기 힘든 일이었다.

"침착하게 단검이 날아가는 길을 다시 한 번 점검해 보자. 흐음……."

마로는 옷을 모두 입고 나서 곧 단검을 꺼내 손에 잡더니 잠시 눈을 감았다. 그리고는 천천히 단검을 쥔 손을 들어 올리더니 곧바로 힘차게 집어 던졌다.

"간다~ 윌파~!!"

짜르르르릉~! 짜라라라랑~!

겨우 작은 단검이 날아가는 것일 뿐인데 갑자기 고막이 찢어질 것처럼 날카롭고 살벌한 소리가 니들 탑 정상 전체에 울려 퍼지는 것 아닌가.

놀랄 일은 그게 다가 아니었다. 소리만으로 적들을 무릎 꿇게 할 것 같은 단검이 약 오십여 미터를 곧장 날아가더니 어느 순간 폭발해 버린 것이다. 단검이 날아가다가 폭발을 일으키다니…… 그것도 폭발의 여파가 어찌나 크던지 폭발하는 은빛 파편들이 사방으로 날아가며 주변에 있던 얼음 바위들을 모조리 부서 버리는 것 아닌가!

콰콰쾅~! 콰지직~!

오오… 이게 과연 단검 한 자루가 일으키는 변화란 말인가. 달빛이 흔들리는 호수면 위에서 요동치는 것을 보고 한순간에 만들어 내었던 단검술이 마치 천지를 박살 낼 것처럼 무섭게 작렬했다.

"이제 어르신과 약속한 대로 실전 연습을 할 때다. 앞으로 정확히 일 년 동안 몬스터들을 상대로 철저하게 실전 연습을 한 뒤… 내가 원하는 길을 갈 것이다."

씨익…….

콰르르릉~! 쿵쾅~!

그가 단검을 도로 회수하고 이렇게 중얼거리는 순간, 하늘에서 요란한 천둥소리와 함께 번개가 쳤다. 그 잠깐의 번쩍하는 틈에 보인 마로의 얼굴에는 실로 차가운 미소가 떠올랐다. 그의 복수 대상이 보았다면 잠도 편히 잘 수 없을 만큼 그렇게 섬뜩한 미소가 말이다.

Chapter 09
헤이슈만 백작가의 위기

1

마로가 떠난지 이 년 정도의 시간이 흘렀을 즈음, 헤이슈만 백작가에는 큰 경사가 생겼다. 최소한 겉으로 볼 때는 경사가 분명했다. 왜냐하면 그동안 비어 있던 안주인이 새로 왔기 때문이다.

"인사해라. 너희들 새엄마다."

"안녕하세요. 새 어머니……."

"안… 녕 하세요. 새엄마……."

백작이 루테민과 미유리에게 수도에서 결혼식을 올리고 함께 돌아온 새엄마를 소개하자 그들은 떨떠름한 표정을 감추면서 억지로 미소를 지으며 이렇게 인사했다.

어쨌든 엄마가 돌아가시고 몇 년 동안을 혼자 살았던 아버지 아니던가. 그런 아버지가 가문의 발전과 정계의 안정을 위해서 결심한 결혼인 만큼 두 사람도 인정해 줄 수밖에 없던 상황이었다.

"호호… 반갑다, 애들아. 네가 루테민이고 네가 미유리구나. 정말 듣던 대로 참 예쁘게 생긴 아이들이구나. 앞으로 잘 부탁한다."

"저희도 잘 부탁드려요."

첫 대면은 이렇게 좋게 시작했지만 이런 관계가 끝까지 가는 것은 아니었다. 그러기에는 새엄마로 온 그리티안 폰 베니무슈라는 여자가 가진 배경이 너무 복잡했다.

그녀는 현 샹그레인 왕국을 좌지우지하는 두 명의 공작 가운데 한 명인 베니무슈의 딸이었다. 그녀 역시 첫 번째 결혼을 했지만 남편이 불의의 사고로 죽는 바람에 미망인이 되어 있는 상태였다. 어쨌든 지금 베니무슈 공작과 또 한 명의 공작인 알드레인 공작과의 알력은 이미 왕국민 모두가 알고 있을 만큼 유명한 사실이었다.

양쪽 다 비슷한 세력을 가지고 있기에 아직은 큰 문제가 없었지만 어느 한쪽으로든 세력의 양상이 기울게 되면 전쟁이 발발할 상태였다. 그래서 귀족들은 공작들의 움직임에 촉각을 곤두세울 수밖에 없는 실정이었다.

그런 가운데 알드레인 공작의 세력이 급속도로 늘어났고

그 탓에 긴장이 높아지자 결국 늘 중립을 지키던 헤이슈만 백작이 고육지책으로 베니무슈 공작과 혼인 관계를 통해 손을 잡게 된 것이다. 그렇게 또다시 힘의 균형은 이루어졌지만 이 때부터 백작가에는 검은 그림자가 드리워지게 된다.

그리티안이 백작가로 온 뒤 몇 달이 채 지나지 않았을 무렵, 그녀는 루테민과 미유리를 불러 이야기를 꺼냈다.

"이 엄마가 생각할 때 너희들이 더욱 크게 되려면 역시 이런 촌구석에서 가만히 있는 것보다는 중앙으로 진출하는 게 낫다. 이 문제는 너희들 아버지와도 상의한 일이니 어서 왕국 아카데미에 입학할 준비를 해라."

"왕국 아카데미예요? 하지만 저는 이미 나이가 열일곱 살입니다. 아카데미에 입학하기에는 늦은 것 같은데요?"

"천만에~! 아카데미에는 상위 학부도 많기 때문에 나이는 아무런 상관이 없다. 삼십이 넘은 귀족가 자제도 많으니 그런 변명은 하지 말거라."

"네……."

결국 새엄마 그리티안의 고집으로 인해서 루테민과 미유리는 왕국 중앙 아카데미에 입학을 하기 위해 영지를 떠날 수밖에 없었다. 어쨌든 아버지도 찬성한 일 아닌가. 이후 칠 년 동안 두 사람은 방학 때나 집에 내려왔을 뿐, 거의 대부분을 왕국의 수도에서 생활하게 된다. 그러던 어느 날…….

"루테민 공자님! 큰일 났습니다!"

백작가에서 시종 하나가 루테민을 찾아와 다급한 목소리로 이렇게 말했다.

"무슨 일인데 이렇게 호들갑이냐?"

"각하께서… 각하께서 위독하답니다."

"뭣이! 아버님께서?"

학업에 열중하고 있던 두 사람을 찾아온 시종의 소식. 그것은 바로 헤이슈만 백작이 위독하다는 이야기였다. 이 소식을 전해 듣자마자 루테민과 미유리는 곧바로 영지로 귀환하게 되었다.

"아버지! 아버지 정신을 차려 보세요!"

"루테민 공자님, 각하께서는 지금 우선 안정을 취하셔야 합니다. 그러니 조금 더 있다가 말씀을 나누시는 게 좋을 것 같습니다."

백작의 앞에서 통곡을 하고 있는 루테민에게 로브를 걸친 한 남자가 찾아와 이렇게 말했다.

"당신은 누구요?"

"저는 이글스 마법사의 후임으로 영지 마법사가 된 모렌텐이라 합니다. 이글스 마법사께서 마탑으로 돌아가시게 된 바람에 온 것이지요."

루테민 등에게 이미 영지는 원래의 영지가 아니었다. 중요 인물들은 모두 새엄마 그리티안의 사람들로 바뀌어 있었고 백작은 병이 들어 말도 제대로 하지 못하고 있었다.

심지어 가장 큰 힘이 되어주던 마법사 이글스까지 사라진 상태였다. 그야말로 루테민의 입장에서는 속이 탈 일이 아닐 수 없었다.

게다가 더욱 어이없는 일은 자신보다 두 살이나 어린 새엄마의 아들이 지금 영주 대행을 맡고 있다는 사실이다. 아무리 자신이 멀리 있었다 해도 아직 헤이슈만 백작이 버젓이 살아 있는데 후처의 자식이 영주 대행을 하고 있다는 것은 상식적으로 말이 안 되는 일인 것이다.

"그렇다면 이글스 마법사와 통신이라도 할 수 있게 해주시오. 지난번 방학을 기해 왔을 때만 해도 그분이 우리 영지를 떠난다는 말은 없었소, 나와는 특별한 인연이 있는 분이시니 분명 통신에 임하실 것이오."

"그건 곤란합니다, 공자님. 이미 마탑으로 떠나신지 한 달이 넘었기 때문에 지금은 통신이 불가능합니다. 그쪽에서 이글스 마법사님이 따로 통신을 하시기 전까지는 힘들다고 보셔야 합니다."

"젠장……. 일단 알겠소. 난 어머님과 대화를 먼저 나누어 봐야겠소."

"그렇게 하시지요."

이제 루테민의 나이도 벌써 스물네 살. 이미 사 년 전에 혼인을 했기 때문에 어른이라 할 수 있었다. 그리고 그는 원래

부터 총명하던 청년이었던 만큼 지금 상황이 혼란스럽기는
해도 나름 침착하게 대응하기 위해서 노력했다.

하지만 그가 아무리 애를 써도 지금 영지는 새엄마와 그녀
의 아들 손아귀에 완전히 들어가 있는 상태였다.

백작의 방에서 빠져나온 루테민은 자신의 새엄마가 있는
처소를 찾아갔다. 영지의 문제에 관하여 이야기를 나누기 위
함이었다.

"어머니. 이게 대체 어떻게 된 일입니까? 영지 대행을 저에
게 상의 한마디 없이 레이언스에게 맡기시다니요. 어쨌든 좋
습니다. 제가 이렇게 돌아왔으니 이제 영지 대행은 제가 맡겠
습니다."

그리티안의 앞에 선 루테민은 새엄마에게 말했다. 하지만
돌아온 그녀의 반응은 냉담에 가까웠다.

"그건 안 된다. 네 아버지께서 병석에 누우실 때 당분간 영
지 대행은 레이언스가 맡으라고 말씀하셨다. 그러니 그 문제
는 다시 거론하지 마라."

"그럴 리가 없습니다. 제가 있는데 어찌 레이언스에게 영
지 대행을 맡긴단 말입니까? 말도 안 됩니다."

"네가 지금 감히 어미에게 따지는 것이냐? 새엄마라고 무
시를 하는 것이냔 말이다!"

분명 뭔가 잘못 되었지만 루테민이 상황을 뒤집기에는 너
무도 불리했고 바꿀 상황마저 마땅치 않았다.

우선 아버지가 혼수상태에 빠지기 전에 있던 사람은 새엄마와 그녀의 아들뿐인 데다가 그의 편이 되어 줄 중요한 측근이 지금 아무도 없어서 더 그랬다.

"그, 그건 아닙니다. 저는 단지 이런 일은 장자가 당연히 나서서 맡아야 한다는 것을 말씀드……."

"시끄럽다! 내 방금도 분명히 말했다. 이 일은 백작님께서 직접 명하신 일이라고! 너는 내가 거짓말이라도 한다고 생각하느냐?"

"그렇진 않습니다. 후우, 알겠습니다. 아버지께서 그렇게 명하셨다니 따라야겠지요. 우선은 아버지께서 건강을 되찾는 것이 먼저니 저는 그 일에 주력하겠습니다."

결국 그는 아무런 소득도 얻지 못한 채 새엄마의 처소에서 물러났다. 이제는 헤이슈만 백작이 어서 제정신을 차리기만을 기다리는 수밖에 없었다. 하지만 지금 백작을 치료하려 해도 믿을 만한 마법사나 치유사를 구하기도 힘들다는 게 더 큰 문제였다.

그는 맥이 완전히 풀린 모습으로 여동생 미유리의 처소로 향했다.

2

루테민과 미유리가 집으로 돌아온 지도 벌써 한 달째.

　　그동안 헤이슈만 백작의 병세는 조금도 호전되지 않았고
여전히 영지의 모든 대소사는 새엄마와 그녀의 아들 레이언
스의 주도하에 이루어지고 있었다. 그러다 보니 원래의 주인
이라 할 수 있는 루테민과 미유리는 완전 찬밥 신세 꼴이었던
것이다.

　　"대체 우리 영지의 충신들은 모두 어디로 증발했단 말인
가. 마법사 이글스님은 물론이요, 폭풍기사단장도 또 아버지
의 최측근이자 참모였던 알루민 자작님도 연락이 두절됐어.
우리 영지 내부에 뭔가 일이 벌어지고 있는 것이 분명한데 그
게 대체 무엇인지 도무지 알 수 없으니 정말 답답하구나."

　　"제 생각에는 새엄마가 우리 영지를 집어 삼키려고 우리
영지의 충신들을 해친 것이 분명해요, 오라버니."

　　루테민이 답답하다는 듯 머리를 쥐어뜯으며 이렇게 말을
하자 그의 옆에 있던 아가씨 한 명이 이렇게 대꾸했다.

　　그런데 그 아가씨의 모습이 실로 대단했다. 이제 나이가 갓
스물이나 되었을까 싶은 아가씨였는데 실로 신비로운 외모를
가지고 있었다. 어떻게 보면 이십대의 농염한 얼굴로 보였다
가 또 어떻게 보면 십대의 풋풋함이 느껴졌으며 다른 각도에
서 보면 천진난만한 어린아이로도 보이는 외모였던 것이다.
어찌 한 사람이 이처럼 다양한 모습을 보여줄 수가 있을까?

　　이 신기한 외모를 소유한 아가씨가 바로 요즘 왕국 전체에
소문이 자자한 대륙 최고 미녀로 평가 받는 미유리였다. 환상

미녀라는 별칭으로 왕국의 모든 청년들에게 선망의 대상으로 떠올랐는데 어째서 그런 별칭이 붙었는지 충분히 이해가 가는 모습이었다.

마로와 헤어져 있던 십 년 사이 귀엽던 꼬마 숙녀는 보는 사람이 숨 막힐 듯한 매력 덩어리로 변해 버린 것이다.

"나도 너와 같은 생각이다. 그리고 이건 추측일 뿐이다만 아무래도 우리 아버지에게도 새엄마가 무슨 짓을 저지른 게 아닌가 싶다. 만약 그게 맞다면 너도 위험할 수 있다."

"그건 저 뿐만이 아니라 오라버니도 해당되는 이야기 아닌 가요? 이제 어떻게 해야 하죠?"

어릴 때부터 어느 것 하나 남부럽지 않게 자라다가 이런 일을 당하게 되니 미유리는 너무도 불안했다. 무엇보다 자신이 이제 유일하게 의지할 수밖에 없는 오라버니가 행여 무서운 일이라도 당할까봐 그게 가장 걱정되었다. 한참 고민을 하던 루테민이 문득 한 사람을 떠올리곤 말했다.

"너 혹시 아직도 그 녀석을 기억하고 있니?"

"그 녀석이라니요? 누굴 말씀하시는 거죠?"

루테민이 뜬금없이 그 녀석이라는 사람을 찾자 미유리의 표정이 미묘해졌다. 뭔가가 가슴을 치는 기분을 받은 것이다.

"마로 말이다."

"아… 갑자기 그 나쁜 놈 이야기는 왜 꺼내는 거예요? 흥~! 어디서 얼마나 잘 먹고 잘살기에 편지 한 통도 없는 건지 정말

괘씸해요. 그런 놈은 떠올리고 싶지도 않다고요! 그러니 그놈 이야기는 꺼내지도 마세요, 오라버니.”

처음에 얼마동안은 너무나도 마로가 보고 싶던 미유리였다. 하지만 일 년이 지나도 아무 소식이 없자 그 다음에는 혹시 길바닥에서 사고를 당한 것이 아닌지 아니면 어디론가 산적들에게 끌려간 것이 아닌지 미치도록 걱정이 되었다.

그렇게 해가 지나가도 아무런 연락이 없자 마침내 그녀는 심한 배신감을 느꼈다. 그 약은 녀석이 어디 가서 당한 게 아니라 잘 먹고 잘사느라 자신들을 잊었다고 결론을 짓고 만 것이다.

그런데 갑자기 머릿속에서도 완전히 지웠다고 생각했던 그 녀석 이름이 나오자 또다시 가슴이 두근거리고 못 견디게 보고 싶은 것은 대체 무엇이란 말인가. 미유리는 이런 자신의 감정 때문에 더욱 마로가 미웠다.

“나도 그 녀석이 괘씸하기는 하다. 하지만 그 녀석의 어릴 적 성격을 떠올리면 우릴 배신했다는 생각은 안 드는구나. 나름 이유가 있었을 것이라는 생각이 더 강하지. 지금은 그 녀석이 더욱 보고 싶고 또 필요하다는 생각이 자꾸 들어. 녀석이 그 어린 나이에 보여 주었던 행동을 생각해 보면 지금도 우리에게 큰 도움을 줄 수 있지 않을까 싶거든. 네 생각은 어떠냐?”

“그, 그런 취지라면 뭐… 상관은 없겠죠. 하지만 그 녀석을 어디서 찾으시려고요? 그동안 연락 한 번 없이 무려 십 년이나 지났는데 찾을 방법이 있을까요?"

방금 전만 해도 다시는 보지 않을 것처럼 이야기하던 미유리는 재차 깊은 생각에 빠졌던 루테민이 이렇게 말하자 금방 꼬리를 내렸다.

동생의 그런 순진한 모습을 보자 루테민의 입술에는 저절로 미소가 생겨났다. 자신의 동생이지만 미유리는 정말 사랑하지 않을 수 없는 아가씨가 분명했다.

"찾을 수 있다면 찾아보겠니?"

루테민의 말에 미유리가 눈을 동그랗게 뜨며 호언장담을 했다.

"오라버니에게 도움이 될 수 있다면 당연하죠. 그 녀석이 설혹 볼테르 산꼭대기에 숨어 있다 해도 그곳에 있는 것만 확실하다면 잡아올 수 있어요!"

"고맙구나. 그렇다면 이 오라비가 그 녀석이 있는 곳을 아는 사람들을 소개해 줄 테니 그곳에 가서 녀석의 행방을 추적해 보겠니? 물론 쓸 만한 호위들을 붙여줄 거야. 지금 성안에 우리 기사들 가운데서 가장 믿을 만한 기사인 돌프 경이 남아 있으니 그와 함께 움직이면 큰 도움이 될 것이다 만……"

기사 돌프는 언젠가 마로의 뒤를 추격하다가 마로가 절벽 아래로 떨어지는 것을 보고 큰 죄책감을 느꼈던 사람이다. 지금은 영지군 오백인 대장에 올라 있는 인물이지만 워낙 백작

에 대한 충성심이 강한 인물인지라 루테민의 말도 잘 따르는
자였다.

"하겠어요! 그런데 대체 그자가 있는 곳을 아는 사람이 누
군가요?"

"바로 다크스타야. 나도 확실히 안다고 생각하지는 않지만
그들이라면 최소한 그가 간 곳을 알 수 있을 거야."

"아… 정말 어릴 때 오라버니께 들어본 기억이 나요. 편지
를 전해줬다는 사람들 맞죠? 그런데 그 사람들은 어디로 가야
만날 수가 있죠?"

다크스타는 거의 자신들이 필요할 때나 의뢰인을 찾아가
기 때문에 그들과 거래를 할 수 있는 사람은 한정되어 있었
다.

하지만 루테민은 과거 그들이 스네이크 산적에 대한 정보
를 백작에게 팔러 왔을 때부터 인연을 맺어두었기 때문에 그
들을 만날 수 있는 방법을 알고 있었다. 그는 그 방법을 미유
리에게 자세히 알려 주었다.

사실 이 일은 연약하고 어여쁜 아가씨를 위험에 빠뜨리는
일이 아닌가 싶은 우려가 있었다. 하지만 사실 정반대였다.
루테민은 성안의 공기가 심상치 않음을 감지하고 일부러 미
유리를 성 밖으로 나가게 할 생각인 것이다.

계속 이곳에 있다가는 큰 변을 당할 가능성이 있는 데다가
그냥 나가라고 하면 고집이 센 미유리가 보나 마나 버틸 게

분명하기에 일부러 이런 스토리를 짜낼 수밖에 없었다. 이는 루테민의 안배였다.

그리고 그의 의도대로 미유리는 비장한 표정을 지으며 돌프와 함께 평범한 외모로 변장을 하고는 조용히 성문을 나갔다.

3

대륙에 떠도는 이야기 가운데 십 년이면 강산도 변한다는 속담이 있다.

물론 오늘 처음 루켄 성을 방문한 미유리는 이곳이 얼마나 바뀌었는지 알 리가 없지만 근 십 년 만에 이곳을 찾아온 돌프는 그야말로 입이 저절로 딱 벌어질 만큼 놀라고 말았다. 워낙 많이 달라졌기 때문이다.

"와아~ 여기가 정말 그 촌스럽던 루켄 성이란 말인가? 완전히 대도시가 되어 버렸네."

"돌프 대장님. 혹시 카오스 상단이라고 들어 보셨습니까?"

돌프가 놀랍다는 듯 탄성을 울리며 말을 하자 그의 부관이 다가와 이렇게 물었다.

"카오스 상단? 그럼 그렇게 큰 상단을 못 들어 볼 리가 있나. 우리 영지까지 지부가 설치된 것으로 아는데?"

"맞습니다. 최근 급부상 하고 있는 카오스 상단이 처음 생졌던 곳이 바로 이곳 루켄 성이라 합니다. 카오스 상단은 불과 몇 년 전에 세워졌지만 몬스터와 각종 짐승들의 가죽 장사로 엄청나게 빠른 속도로 성장했다 합니다. 그로 인해 루켄 성의 인구는 겨우 삼사 년 사이에 급속도로 증가했고 결국 보다시피 이렇게 큰 도시로 변모하게 된 것이지요."

"그렇군. 거참… 하나의 도시가 이렇게 빨리 커질 수도 있다는 것을 오늘 처음 알았네그려. 아무튼 상인의 힘도 무시할 것은 아닌 것 같아."

부관의 설명을 듣던 돌프가 이렇게 대답을 하더니 곧 자신과 병사들이 호위하고 있는 마차 가까이 다가갔다.

"아가씨, 이제 거의 다 온 것 같습니다. 그런데 아가씨께서 말씀하신 건물은 이미 부서져서 없어진 것 같습니다. 어떻게 할까요?"

"어머… 그래요? 아이, 그럼 어쩌죠? 오라버니께서 꼭 그 건물을 찾아야 만날 수 있다고 하셨는데……."

돌프의 말에 마차 안에서 한 여자 목소리가 흘러나왔다. 미유리였다.

"일단 병사들을 시켜서 그 건물에 있던 사람들이 어디로 갔는지 수소문을 시켰으니 뭔가 좋은 소식이 올 것입니다. 그러니 걱정하지 마시고 잠시만 기다려 주십시오."

"알겠어요. 제가 너무 어린애처럼 굴었네요. 돌프 경께서도 이처럼 애를 쓰고 계시는데……. 미안해요."

"아, 아닙니다. 그런 말씀하지 마십시오. 바로 안내하지 못한 제가 오히려 죄송스럽습니다."

비록 마차 안에서 들려오는 목소리였지만 미유리는 외모뿐 아니라 목소리도 정말 달콤했다. 마치 옥구슬이 또르르 굴러가듯 맑고 청아한 그녀의 목소리는 듣는 이로 하여금 편안함과 애틋함을 동시에 느끼게 했다. 그래서인지 돌프는 속으로 최대한 빨리 그녀가 원하는 사람들을 찾아내야겠다는 결심을 다시 했다. 그런데…….

"당신들은 별을 찾아오신 거요?"

"누구냐!"

갑자기 그들 일행이 있는 쪽으로 검은 옷을 입은 사람들이 접근하더니 이렇게 물었다. 돌프는 자신도 쉽게 감지하지 못하는 사이에 그들이 이렇게 가까이 온 것을 보자 잔뜩 경계하는 표정으로 정체부터 물어 보았다.

"우리가 바로 별에서 온 사람들이오. 무슨 일로 우릴 찾는 게요?"

"그건 제가 대답할게요. 나는 벤슨씨를 만나기 위해서 왔어요. 물론 거래를 하기 위해서죠."

덩치가 산만한 검은 옷의 사내가 자신들의 정체를 말하자 곧 마차 문이 열리면서 변장한 모습의 미유리가 내렸다. 그녀는 화장술을 이용해 자신의 얼굴에 주근깨를 만들고 또 머리도 질끈 묶었으며 눈에는 촌스러운 안경을 끼고 있어서 그 누

구도 그녀가 헤이슈만 성의 아가씨임을 짐작하지 못할 정도
였다.

"아가씨는 정녕 우리 벤슨 부장님을 알고 찾아오신 게요?"

"당연하죠. 중요한 거래를 하기 위해 온 것이니 어서 안내
나 해주세요."

"알겠습니다. 따라오십시오. 참, 제 이름은 딩쿠라 합니다."

"고마워요. 딩쿠님."

비록 겉으로는 촌스럽고 별볼일없는 아가씨처럼 보였지만
미유리가 말을 할 때마다 딩쿠는 묘한 압박감을 느낄 수밖에
없었다.

미유리가 지닌 기품은 그가 지금까지 수없이 많은 귀족을
상대하면서도 느낀 적이 없었던 그런 종류인지라 그는 어느
새 공손해지고 말았다. 그 뿐 아니라 이동하기 직전 이 기묘
한 아가씨가 고맙다는 말을 한 것이 어찌나 그를 기분 좋게
해주었는지 그 험악한 얼굴에 미소가 다 생길 정도였다.

"어서 오십시오. 딩쿠 매니저님. 안에서 부장님께서 기다
리고 계십니다."

"알겠다. 인근 경계를 더욱 강화 하고 그 누구도 부장님 집
무실 근처에는 얼씬하지 못하게 해라."

"네!"

"자, 아가씨와 거기 호위 기사님만 안으로 들어가시지요."

딩쿠가 안내한 곳은 놀랄 만큼 으리으리한 저택이었다. 전에 시장통 안에 있던 지저분한 건물과는 완전히 차원이 달라졌지만 처음 이곳에 오는 미유리는 그런 것을 알 리가 없었다. 그렇기에 그녀는 단지 이렇게 생각할 뿐이었다.

'오라버니 말씀이 이들은 정보를 사고파는 집단이라 하더니 벌이가 괜찮은 모양이네. 이 정도 저택이라면 어지간한 귀족들도 살기 어려울 텐데. 어쨌든 활발하게 움직이는 단체라면 그만큼 정보를 얻기가 쉽겠지. 하지만 아무리 그래도 그 어린 꼬마 녀석의 행방은 알기 힘들겠지. 휴우… 마로 이 나쁜 자식아……. 대체 어디로 증발한 거니? 넌 이 누나가 보고 싶지도 않니?'

분명 겨우 어릴 때 두 번 본 것이 전부인 꼬맹이일 뿐이었다. 그런데 이상할 정도로 미유리는 그 꼬마가 늘 보고 싶었다.

자신에게 다정하게 군 적도 없고 또 특별한 관심을 보인 적도 없었는데 어째서 그가 그렇게 보고 싶은 것일까. 나쁜 놈이라며 아무리 지우려 해도 시간이 흐를수록 더욱 그가 보고 싶어졌고 그로 인해 아카데미 생활을 하는 동안에 수많은 귀족 청년들이 다가와도 단 한 번도 마음을 내줄 수가 없었다. 오죽했으면 '나무로 만든 인형' 이라는 말까지 다 들어보았겠는가.

"어서 오십시오, 미유리 드 헤이슈만 아가씨. 우리 왕국 최

고의 미인께서 이런 누추한 곳까지 방문해 주시니 몸 둘 바를
모르겠습니다. 다들 무엇들을 하느냐? 최고의 손님께서 오셨
으니 가장 귀한 차를 내오너라."

문을 지키던 사람의 안내를 받아 미유리는 어느 방으로 들
어섰고, 그곳에서 한 남자가 따라 들며 말을 꺼냈다.

"네, 부장님!"

"제가 미유리인 것을 어떻게 아셨지요?"

잠시 마로에 대한 생각을 하는 동안 등장한 남자는 언젠가
마로와 함께 대화를 나누었던 다크스타의 루켄 성 지부장 벤
슨이었다. 하지만 지금 벤슨의 모습은 그때와는 천양지차였
다.

그때는 어둡고 칙칙한 분위기가 보였다면 지금은 그야말
로 화려한 상인의 모습을 연상케 했다. 그동안 무슨 수를 쓴
것인지 큰돈을 번 모양이었다.

"허허… 이곳까지 오셨다는 것은 우리 정체를 알고 오신
것일 텐데 그런 질문이 필요할까요? 최근 헤이슈만 백작님의
성안에서는 좋지 않은 일들이 일어나고 있지요? 그 때문에 고
귀하신 아가씨께서 이곳까지 온 것이고 말입니다."

"처음 오라버니의 말씀을 듣고 믿지 않았었는데 이제는 당
신들의 능력을 믿지 않을 수가 없군요. 맞아요. 내가 미유리
예요."

"그런데 생각 보다 변장 솜씨가 훌륭하시군요. 변장을 한

것인지 전혀 모르겠습니다. 그건 그렇고 이렇게 귀하신 분이 우리 지부까지 찾아오신 것을 보면 쉬운 정보를 원하지는 않을 것 같은데……. 어떤 정보가 필요하신지……?”

솔직히 벤슨은 수하들의 보고를 통해 지금 눈앞에 있는 아가씨가 미유리임을 추측하고는 있었지만 정말 미유리인지 확신을 하지 못했다.

워낙 변장이 뛰어나서 도무지 대륙 최고 미녀와는 전혀 어울리지 않았기 때문이다. 하지만 실제로 그녀가 미유리임이 밝혀지자 자세를 다시 바로 하며 이렇게 물어보았다.

“사람을 찾고 싶어요.”

“사람을요? 어떤 사람을…….”

“이름은 마로. 나이는 올해 열아홉 살인 사내아이죠. 아니, 이젠 청년이겠군요. 그를 찾아주실 수 있나요?”

“열아홉 살 된 청년 마로요? 그게 그에 관한 정보 전부입니까? 정보가 많을수록 찾긴 쉬워집니다만…….”

“똑똑하지만 건방지고 배려심이라고는 눈곱만큼도 없는 나쁜 녀석이에요. 제가 알고 있기로는 그 녀석이 약 십 년 전에 이곳을 통해서 편지를 전한 것으로 아는데요……. 그 이후 행적이라도 알려주시면 고맙겠어요.”

변장을 해서 그런 것인지 아니면 워낙 마로에 대한 애증이 커서 그런 것인지 미유리는 평상시 그녀와는 다르게 약간은 거친 말투로 이렇게 말했다. 하지만 그녀의 이 말은 결정적인 정보임이 분명했다.

"아, 그렇다면 잠시만 기다려 주십시오. 우리와 한 번이라도 거래한 사람이라면 정보 입수가 훨씬 쉽지요."

벤슨은 이렇게 한마디 하고는 곧 안쪽으로 들어갔다. 직접 정보를 찾아오려는 모양이었다. 하지만 아무리 이곳의 정보가 대단하다 해도 십 년 전에 사라진 꼬마에 관한 행적을 알아내는 것은 결코 쉬운 일이 아닐 터였다.

Chapter 10
어이없는 재회

제일좌

DEMON

제일좌

BLOOD

1

숲으로 점점 더 들어가게 되면서 미유리는 어쩔 수없이 마차를 버리고 말을 탔다. 그녀는 볼테르 산이 워낙 줄기가 길고 광범위하다는 것은 알고 있었지만 설마 이렇게까지 숲이 울창하고 넓은 줄은 상상해 보지 못했다.

특히 볼테르 산에서 가장 높은 봉우리라는 니들 탑으로 가는 길목은 실로 험난했다.

"아… 그 어린아이가 이렇게 깊은 숲을 통과했을 수가 있을까요? 아무래도 우리가 너무 생각없이 숲으로만 가는 것 같아요."

"마로라면 수십 미터 절벽 위에서 떨어지고도 살아남은 아이인 만큼 이 정도 숲을 통과하는 것은 어렵지 않았을 듯합니다. 그러니 작은 촌락이 있다는 곳까지 가보시지요.”

미유리가 힘이 들었는지 투정부리듯 말하자 의외로 돌프는 그런 그녀를 설득해서 더욱 안으로 들어갈 것을 종용했다.

사실 지금 돌프의 머릿속에는 마로를 찾아야 한다는 생각 따윈 아예 없었다. 성안에서 루테민은 그에게 미유리를 성으로 돌아오는 것을 최대한 늦추라는 명령을 내렸던 것이다.

그러다가 만에 하나 성에 큰 변고가 일어났다는 소리가 들리면 아예 그녀와 함께 작은 아버지인 모라이슨 자작에게로 피신하라는 이야기까지 들은 상태였다. 그렇기에 이런 식으로 자꾸 미유리를 헤매게 만드는 것이다.

그런데 바로 그때…….

캬오우우~!

크르르릉…….

앞쪽에서 사나운 짐승의 울부짖는 소리가 들려왔다.

“대장님! 앞에 늑대들이 나타났습니다!”

“겨우 늑대들을 가지고 웬 소란이냐! 어서 처리하고 길을 열어라!”

그것들의 정체를 발견한 정찰병 한 명이 이렇게 소리를 지르자 돌프는 대수롭지 않다는 투로 대꾸했다. 하긴 아무리 소수의 병력이 움직인다고는 하지만 이들은 모두 기마대원들 가운데서도 특수 훈련을 마친 전천후 병사들인지라 겨우 늑대 따위가 자신들의 행군에 지장을 줄 일은 없다고 돌프는 생각했던 것이다. 그러나 상황은 그의 생각처럼 간단하게 흘러가지 않았다.

"그, 그게 그렇게 간단하지가 않습니다. 늑대들이 떼를 지어 나타나 주위를 온통 포위하기 시작했습니다."

"떼로 나타났다고? 그럴 리가. 늑대가 무리를 지어 봤자 여덟 마리 안팎 아니더냐. 설마 우리 영지군들이 여덟 명이나 있는데 고작 늑대 여덟 마리도 처리 못한단 말이냐?"

아직 늑대들이 있는 곳까지 가지 못했기에 돌프는 오히려 큰 소리로 그 정찰병을 나무랐다. 하긴 정예 병사 여덟 명이면 늑대 무리쯤은 그리 큰 장애가 되지 않는 것은 분명했다.

"여덟 마리가 아닙니다. 대장님께서 직접 보십시오."

"헉… 저, 저럴 수가… 어찌 늑대가 이렇게 많이 모일 수가 있지?"

결국 돌프가 선두까지 가까이 가자 정찰병은 손가락으로 주변을 맴돌고 있는 늑대들을 가리켰다. 그러자 용감한 기사이자 헤이슈만 대영지군의 오백인대장인 돌프는 입을 딱 벌리고 말았다. 주변에 무려 백여 마리에 가까운 늑대가 섬뜩한 눈빛으로 입가에 침을 흘리며 주위를 포위하고 있었던 것이다.

이곳이 숲 가장자리거나 또는 늑대가 모든 위협의 전부라면 그리 걱정할 수준은 아니다. 아무리 많은 숫자라 해도 자신들이 힘껏 싸우면 물리치지 못할 정도는 아니기 때문이다. 하지만 여기는 살벌한 짐승들이 워낙 많다는 볼테르 산의 중심 쪽이고 가끔씩 몬스터들도 출몰하는 곳으로 알려져 있었기에 돌프가 이렇게 놀라는 것이다.

크르르르…….

상황을 파악한 돌프는 서둘러 수하들에게 명령을 내렸다.

"모두 아가씨를 보호하고 앞쪽에 보이는 공터 쪽으로 이동해라. 그곳이 방어에 더 유리하다!"

"네!"

척척!

모두 허리에 차고 있던 검을 꺼내 들더니 곧바로 공격 자세를 취했다. 그런 자세로 늑대들을 노려보며 그들은 그리 넓지는 않아도 나무가 별로 없는 공터 쪽으로 이동했다. 그사이 늑대들 역시 본능적인 위험을 느낀 것인지 쉽사리 달려들지는 못한 채 그들의 뒤를 천천히 따르기만 했다.

"아아… 이렇게 늑대가 많이 모여 있는 것은 처음 본 것 같아요."

"걱정 마십시오, 아가씨. 그래봤자 늑대인 걸요, 제가 있는 이상 늑대들은 절대로 아가씨를 건들 수 없습니다."

"괜히 저 때문에 고생이 많으세요. 고마워요, 돌프 경."

"고, 고맙다니요. 당연히 할 일인걸요. 모두 원형진을 펼치고 늑대들이 달려들기 전까지는 공격하지 마라. 알겠나?"

"알겠습니다!"

돌프는 늑대들이 바로 달려들지 않는 것을 보고 아마도 자신들의 날카로운 기세 때문에 저놈들 역시 망설이고 있다고 생각했다. 이럴 때 더욱 빈틈을 보이지 않는다면 운 좋게 늑대들이 돌아갈지도 모른다는 생각을 했다. 그런데…….

"에, 에, 에이취~!"

챙그랑~!

아… 하필 이 중요한 시국에 병사 한 명이 재채기를 참지 못했다. 그 순간 아차 하여 당황한 그가 검을 떨어뜨리고 말았다. 그리고 그것을 공격으로 판단했는지 동시에 늑대들의 공격이 시작되고 말았다.

컹컹~!

크와아앙~!

슈슉…….

늑대들의 공격에 미유리를 둘러싼 채 방어에 나섰다.

"어서 공격하라!"

"짐승 주제에 감히… 죽어라!"

푸욱!

깨갱~!

고요가 흐르고 있다가 순식간에 난장판이 벌어졌다. 무려 백여 마리 가까이 되는 늑대들이 일제히 덤벼드는 광경은 흔히 볼 수 있는 광경이 아니었다. 게다가 이놈들은 깊은 숲속에서만 생활한 야생의 늑대인 만큼 그 흉포함이 상상을 초월할 정도였다.

그러나 과연 헤이슈만 영지군 역시 그리 만만한 사람들은 아니었다. 그들은 검을 떨어뜨렸던 동료를 조금도 원망하지 않는 채 달려드는 늑대들을 똑바로 바라보며 한 마리씩 빠르게 처치하기 시작한 것이다. 이것은 그만큼 이들 사이에 동료애가 진하다는 뜻이며 또한 평상시 훈련이 정말 잘되어 있음을 보여 주는 일면이었다.

"아악! 돌프 경 뒤를!"

"어림없다. 타핫!"

캐엥~!

털썩!

돌프 경은 자신의 장담처럼 그 많은 늑대가 달려들어도 미유리를 철저하게 보호해 주었다. 그는 오백인부대의 부대장답게 조금도 당황하지 않고 놀라운 검술을 선보이며 무리를 무난하게 지휘하고 있었다. 하지만 아무리 그렇다 해도 그들은 모두 인간 아니겠는가.

늑대들은 영악해서 처음에는 생각없이 덤비다가 일방적인 희생만 당했지만 약간의 시간이 흐르자 그 양상이 달라졌다. 치고 빠지는 작전을 구사하기 시작한 것이다.

그러자 그만큼 늑대들을 처치하는데 시간이 걸릴 수밖에 없었고 그것은 점점 병사들을 지쳐갔다. 물론 아무리 그래도 아직까지는 크게 다친 병사도 없었고 또 늑대들의 숫자는 점점 줄었지만 상황은 그리 쉽게만 흘러가지 않고 있었다.

그런데다가 불행은 원래 한꺼번에 몰려온다던가? 위기의 상황은 이것으로 끝난 것이 아니었다.

끄워어어어~!

캬오오우우~!

갑자기 어마어마한 괴성이 들려왔다. 그러자 한참 영지군들을 공격하던 늑대들이 부르르 떨더니 꼬리를 내리고는 안절부절 못하기 시작했다. 아니, 아예 꼬리를 말고는 두려움에 벌벌 떠는 것처럼 보였다.

"이, 이게 무슨 소리지요?"

"그, 글쎄요… 아무래도 다른 맹수가 나타난 모양입니다. 그것도 늑대들이 두려워하는 그런 맹수가요……."

쿠웅! 쿵! 쿵!

괴성에 놀란 미유리의 질문에 돌프가 대답을 하는 동안에도 커다란 진동이 서서히 그들이 있는 쪽으로 다가오고 있었다.

2

점차 다가오는 진동에 이미 늑대들은 동료들의 시체만 남긴 채 흔적도 없이 사라졌다. 무려 오십여 마리에 가까운 희

생을 냈는데도 미친 듯이 도망가는 늑대들의 모습을 보게 되
자 미유리 일행들은 왠지 오싹한 기분을 느꼈다. 대체 얼마나
무서운 놈이 나타나려는지 그게 두려웠던 것이다.

쿠웅! 쿵!

촤아아아~!

"대장님. 아무래도 몬스터가 오는 것 같습니다. 그것도 작
은놈이 아닌 거대한 놈이요."

"내 생각도 그렇다. 하지만 우린 헤이슈만 영지의 정예 부
대원들이다. 비록 몬스터가 위협적이긴 하지만 오우거와 같
은 대형 몬스터만 아니라면 충분히 물리칠 수 있으니 동요하
지 마라."

"네!"

아무리 볼테르 산이 험하다 해도 대형 몬스터가 그리 흔한
것은 아니었다. 특히 오우거와 같은 난폭한 몬스터는 한 산에
두 마리 이상 존재하기가 힘든 만큼 지금 오는 놈들은 기껏해
야 오크일 가능성이 많았다.

오크 정도라면 충분히 상대할 만하기 때문에 돌프는 수하
들에게 이렇게 말했다. 물론 그러면서도 속으로는 오더라도
제발 소수가 오기를 바라고 있었지만…….

"아둔이 정찰을 해보아라. 대체 어떤 놈들이 오는 것인지
알고 대처를 해야겠다."

"네, 대장님."

돌프가 지적을 하자 아둔이라 불린 병사는 검을 도로 허리에 차고 곧 몸을 날리려 했다. 그런데…….

"대장님! 그, 그럴 필요가 없을 것 같습니다. 저, 저기를 보십시오!"

"저… 저럴 수가… 오오 맙소사."

"어머나! 대체 저 괴물들은 뭐죠?"

그가 갈 필요도 없이 곧 일행은 다가오는 무리의 정체를 한눈에 알아보게 되었다. 이미 큰 나무 뒤쪽으로 집채만 해보이는 머리통이 보였기 때문이다.

초록색 피부를 가진 얼굴에 퉁방울만큼 툭 불거진 눈동자 그리고 쭉 찢어진 거대한 입이 보이는 순간, 일행 모두는 그대로 얼어붙고 말았다.

"오, 오우거입니다. 제기랄~! 오우거가 동시에 세 마리나 나타나다니……. 이, 이건 말도 안 돼……."

"오우거라고요? 몬스터 가운데 가장 강하다는 그 전설적인 녀석 말씀이신가요?"

병사의 말에 미유리는 돌프에게 물었다. 그러자 긴장한 기색이 역력한 돌프가 주억거리며 답했다.

"네, 아가씨. 불행히도 저놈들은 오우거가 분명합니다."

쿠웅!

몬스터들 가운데 가장 강력하고 무섭다는 대형 몬스터. 키가 무려 5미터가 넘으며 몸무게만도 4톤이 넘는다는 최강 괴물이 바로 오우거 아니던가.

하지만 워낙 객체수가 적어서 직접 만나보기가 무척 어렵다는 그 대형 몬스터가 동시에 세 마리나 나타났으니 강인한 돌프마저 절망적인 신음성을 내뱉는 것도 이상한 일은 아니었다.

오우거 세 마리를 상대하려면 최소한 백인부대 이상은 있어야 한다. 그것도 기사들이 열 명 이상 포함된 그런 부대 말이다. 이 말은 곧 지금 이들은 저 오우거를 물리칠 방법이 전혀 없다는 말과도 같았다.

"모두 이곳을 벗어나야 한다. 그러니 조를 나누어서 저놈들을 유인하며 퇴각하기로 하자. 으음… 아까 늑대들에게 말을 죽게 둔 것이 후회스럽구나."

"하지만 그땐 어쩔 수 없었잖아요. 피해야 한다면 어서 서두르는 게 좋겠어요."

사람은 위기의 상황에서 그 가치를 알아볼 수 있다던가. 평상시에는 그저 연약하고 조용하기만하던 미유리가 지금 이 순간 가장 태연해 보였다.

그녀 역시 두렵긴 했지만 자신이 두려워하면 돌프 경과 병사들이 제대로 된 판단을 할 수 없을까 봐 억지로 참는 것이긴 했지만 그녀의 이런 모습은 결코 일반 귀족가의 여식이 보여줄 수 있는 태도는 아니었다.

캬오오오우~!

크와아앙~!

콰지직~!

"피해라!"

촤아아아~쿠웅!

그들이 도망치려고 막 움직이려던 순간, 앞에 있던 오우거가 무지막지한 몽둥이를 휘둘러 그들 주변에 있는 나무들을 막무가내로 쓰러뜨려 버렸다. 그러자 그 나무들이 쓰러지면서 그들의 퇴로를 막아 버리는 것이 아닌가.

"빌어먹을! 미유리 아가씨, 잘 들으십시오! 저와 병사들이 곧장 저놈들에게 달려들어 시선을 빼앗을 테니 그 틈을 이용해 나무가 없는 곳을 통해 무조건 달리십시오. 오로지 북쪽만 보고 달리시면 촌락이 나올 것입니다. 그때까지는 쉬지 말고 달리세요."

"호호… 제가 달린다고 이곳을 벗어날 수 있을 거라 생각하세요? 어차피 금방 잡혀서 죽을 걸요? 그럴 바엔 차라리 단검으로라도 함께 싸우다가 죽겠어요."

"그건 안 됩니다!"

캬오오오~!

오우거들의 위협 속에서도 미유리는 도망칠 생각을 하지 않고 죽음을 각오했다. 이곳에서 벗어나도 보나 마나 잡힐 게 뻔한데 혼자만 살겠다고 뒤를 보이고 싶지 않았던 것이다. 그리고 그녀의 이런 마음을 감지한 돌프는 가만히 그녀를 바라보다가 곧 무릎을 꿇으며 입을 열었다.

"신 기사 돌프, 아가씨처럼 용감하신 분의 호위를 하다가 죽는 것을 영광으로 알겠습니다. 부디 저 세상에서도 아가씨를 호위할 수 있기를 허락해 주소서."

"나 미유리 드 헤이슈만은 돌프 경을 나의 영원한 호위기사로 임명하겠노라. 아울러 저기 있는 병사들 역시 저세상에서는 모두 나의 기사로 삼겠노라!"

"감사합니다! 아가씨!"

죽음 앞에서 가냘픈 아가씨 한 명과 훌륭한 기사 그리고 그들과 함께한 용감한 병사들은 이처럼 태연했다. 그들은 이런 아가씨라면 저 세상에 가서도 기꺼이 호위할 마음이 들었던 모양이다. 그리고 그녀 역시 이런 훌륭한 사람들이라면 자신의 기사로 곁에 두고 싶었던 것이다.

즉, 이들은 지금 자신을 위해 이미 죽음을 결심하고 있었다.

그리고 그들을 잡아먹기 위해서 오우거들이 점점 다가오고 있었다.

그런데 바로 그때!

"어이~ 이봐들. 나와 거래 하나 하지 않을래?"

실로 이런 비장하고 장엄하며 위험한 장소에 절대로 어울릴 수 없는 기괴한 목소리가 들려오는 것이 아닌가.

그 목소리의 주인은 보이지 않았지만 그 소리를 듣는 순간 미유리의 고개가 번쩍 들렸다. 너무도 익숙한 장면 하나가 떠올랐기 때문이다.

"거래라고요? 그게 무슨 소리죠?"

"무슨 소리긴, 다 알면서. 말 그대로 나와 거래를 하자는 말이지. 내가 저 오우거들로부터 그대들을 구해준다면 그대들은 나에게 얼마를 줄 수 있어?"

이 황당한 이야기에 돌프는 물론 병사들까지도 빠르게 주변을 살펴보았다. 하지만 그 어디에도 병사들로 보이는 자들은 보이지 않았으며 다른 인기척도 전혀 없었다. 단지 말을 하면서 서서히 장내에 나타나는 호리호리한 청년 한 명만 보일 뿐이다. 그것도 목소리로 청년임을 짐작했던 것이지 모습으로는 나이를 도저히 짐작할 수가 없는 그런 사람이 나타났다.

당연한 것이 머리는 길게 이마 앞쪽으로 늘어뜨린 데다가 입가에는 덥수룩한 수염까지 자라 있었으니 그가 몇 살인지 외모로는 도저히 분간이 불가능했다.

3

모두 죽게 생긴 마당에 정체불명의 괴상한 녀석이 등장하자 잠시 장내의 분위기는 묘해졌다. 다들 상황이 상황인지라 어처구니가 없었던 것이다.

“하필 이럴 때 미친놈을 만나다니⋯⋯. 휴우⋯ 야! 이 미친
놈아. 미치려면 곱게 미치지 하필이면 오우거 앞에서 미칠 게
뭐냐? 쯧쯧⋯ 어서 너라도 도망가라. 헛소리 그만하고⋯⋯.”

돌프는 이내 마로에게 돌렸던 시선을 오우거에게 돌려 상
황을 경계하며 이렇게 말했다. 하지만 그런 그를 미유리가 만
류했다.

“아니, 잠깐만요, 돌프 경. 저자와 할 이야기가 있어요.”

“할 이야기요? 아니, 미친놈하고 무슨 이야기를 하시려
고⋯⋯.”

“하면 안 되나요?”

“그, 그럴 리가요. 죄송합니다. 아가씨. 어서 이야기 나누
십시오.”

별달리 화를 낸 것은 아니었지만 돌프는 순간, 미유리의 몸
에서 발산되는 위엄에 뜨끔해서는 얼른 태도를 고쳤다. 아무
리 상황이 특이해도 일개 기사가 주군의 딸에게 말을 함부로
한 것이니 그럴 만도 했다.

어쨌든 이들이 이런 대화를 나누는 동안에도 오우거는 천
천히 다가오고 있었다. 그나마 다행인 것은 이놈들은 이제 인
간들이 모두 자신들의 그물에 걸린 고기 신세라고 단정을 지
었는지 그리 서두르지는 않고 있다는 점이었다.

“당신⋯ 정말로 거래를 원하세요?”

“물론입니다. 거래를 하지 않으려면 뭐하러 여기까지 힘들

게 왔겠습니까?"

바로 정확히 십 년 전, 그녀는 무서운 늑대 앞에서 아주 어린 꼬마와 지금과 거의 똑같은 제안을 받지 않았던가. 바로 그것 때문에 미유리는 이 눈앞에 서 있는 키만 삐쭉 큰 사내에게 호기심을 느낀 것이다.

하지만 그 어디를 살펴보아도 그가 마로라는 단서는 단 하나도 없었다. 그러기에는 사내의 키가 너무 컸으며 수염이 많아도 너무 많았다. 심지어 그녀 기억 속에 마로임을 알아볼 수 있는 유일한 흔적은 그의 특이한 녹색 빛 눈동자였는데 이 사내는 그 눈동자조차 머리칼에 가려져 있어서 도저히 알아볼 수가 없었던 것이다.

하지만 그럼에도 미유리는 선뜻 사내로부터 돌아설 수 없었다.

"좋아요. 그럼 거래 조건을 이야기해 보세요."

"아가씨가 저 우락부락한 아저씨들보다는 훨씬 현명하시군요. 조건은 간단합니다. 내가 오우거들로부터 당신과 당신 일행들을 무사히 탈출할 수 있게 해드릴 테니 한 명당 100골드씩을 내시면 됩니다. 에, 어디 보자……. 한 명 두 명… 또 다섯 명에… 모두 열 명이니 1,000골드가 되겠군요."

"사람의 목숨값 치고는 그리 비싼 금액은 아니로군요. 하지만 우리는 지금 여행 중인지라 그렇게 큰돈이 없어요. 나중에 드려도 될까요?"

지금 미유리는 변장 중이다. 그것도 늘 옆에서 보던 오라버
니조차도 알아 볼 수 없을 만큼 철저하게 변장을 했기 때문에
사내는 그녀가 누구인지 알 수가 없을 것이다. 그런데도 미유
리는 이상하게 이 사내가 자신들의 정체를 알고 있다는 이상
한 예감이 들었다. 때문에 일종의 시험을 걸었다.

그가 자신들의 정체를 모른다면 절대 외상거래를 하지 않
을 것이다. 하지만 정체를 안다면… 외상도 충분히 할 것이
다. 백작가문의 사람들이니 당연하지 않겠는가.

"하하하… 그 정도야 짐작할 수 있는 일이지요. 좋습니다.
일단 구해 드리고 나중에 찾아가서 받도록 하지요. 대신 이곳
에 서명을 해주셔야겠습니다."

"이리 주세요."

돌프는 이제 거의 다 도착한 오우거들에게 정신이 팔려 있
으면서도 지금 두 사람의 행동을 보며 고개를 가로젓고 말았
다. 철없는 아가씨가 이상한 놈에게 속고 있다고 생각한 것이
다. 하지만 사내가 미리 돈을 달라는 것도 아닌지라 일단은
아무 말 없이 두고 보았다.

미유리는 사내가 내민 서류를 읽는 순간, 그 큰 눈망울에
금방 눈물이 맺히기 시작했다. 비록 십 년의 세월이 지났고
또 필체가 확실히 좋아지긴 했지만 사내가 내민 서류는 분명
그녀가 잘 알고 있는 꼬마의 필체가 분명했던 것이다.

"혹… 정녕… 정녕 네가 마로니?"

"얼래? 누이… 들킨 거야? 나인지 어떻게 알았어? 우린 십
년 만에 처음 보고 또 난 너무나도 많이 달라졌는데……. 설
마 누이가 날 알아볼 줄이……. 혁!"

덥석.

미유리는 돌프와 병사들의 눈이 찢어지거나 말거나 그대
로 몸을 날려 그 지저분해 보이는 사내의 가슴팍에 안겨 버렸
다.

비록 변장을 했다 하나 그들은 지금 안경을 끼고 있는 저
아가씨가 누구인지 정확히 알고 있다. 바로 급부상한 대륙 제
일 미녀라는 자랑스러운 아가씨가 그녀 아니던가. 그런 아가
씨가 미친놈 품에 안겨 버렸으니 다들 얼이 빠지는 것은 당연
한 일이었다.

"이 나쁜 놈아! 네가 꼬맹이일 때 써주었던 차용증을 내가
얼마나 많이 읽어 봤는지 아니? 아마 수천 번도 더 읽어 보았
을걸? 세상 천지에 그렇게 지렁이가 기어가는 것 같은 글씨체
로 차용증을 쓰는 인간은 아마 너 밖에 없을 거야."

툭… 탁… 툭…….

"난 누이가 그렇게 눈썰미가 좋은 줄 몰랐는데? 하하… 그
리고 정말 미안해. 하지만 이것만큼은 믿어줘."

스윽…….

"뭐… 데?"

마로 역시 감정이 북받쳤는지 얼굴을 하늘로 향한 채 조용

히 말을 이었다. 그러더니 자신의 품에 안겨서 가슴을 때리고 있는 미유리의 허리를 가만히 끌어 당겼다.

미유리도 작은 키는 아니었지만 마로가 워낙 커서 그가 끌어안자 그녀는 아무런 저항도 하지 못한 채 그의 품속에 매달릴 수밖에 없었다.

"나도 그동안 누이가 참 많이 보고 싶었어."

쫘악!

마로의 옷자락을 움켜쥐고 있는 미유리의 손에 힘이 더욱 들어갔다. 다시는 놓치지 않겠다는 듯이. 하지만 지금은 이렇게 한가하게 재회의 기쁨을 누릴 때가 아니었다.

사실 이런 장면은 주변에 오우거가 세 마리나 등장해 있는 장소에서 벌어지기 힘든 장면이라 할 수 있었다. 그렇기에 돌프는 물론 병사들까지 이 황당한 사태를 바라보면서도 발을 동동 구르고 있었다.

"아, 아가씨… 오우거가 거의 다 왔습니다. 저희가 저놈들을 유인하는 동안 어서 도망가셔야 합니다. 당신은 아가씨를 잘 아는 사람 같은데 우리가 신호를 하면 아가씨와 함께 곧장 뛰시오. 그것만이 살 길이오. 알겠소?"

"그래, 마로. 돌프 경과 병사들에게는 미안하지만 우선 이곳을 벗어나고 보자. 응? 오라버니께서 널 찾아오라고 하셨단 말이야."

방금 전까지만 해도 돌프 경 등과 함께 죽을 결심을 했던

미유리의 태도가 돌변했다. 마로를 만나는 순간 살아야겠다
는 욕구가 강렬하게 일어난 것이다. 왜 그런지는 그녀 자신도
몰랐지만…….

　"후후… 누이, 내가 아까 뭐라 했지?"

　"응? 뭘? 아… 너 설마……."

　"맞아. 거래를 하자고 했잖아. 난 돈을 벌어야 하니까 어서
저 아저씨들이나 불러와. 객기도 분수가 있지 오우거와 싸우
려 들다니……. 쩝……."

　"진짜로 해볼 거야… 너?"

　"후후… 겨우 아홉 살 때에도 볼테르 산에서 가장 무섭다
는 늑대에게서 누이를 구해주었던 나야. 그러니 날 믿고 맡겨
놓으라고."

　마로의 말을 들어 보니 확실히 맞긴 맞는 말이었다. 그렇지
만 하찮은(?) 늑대 한 마리와 오우거 세 마리는 비교 대상이
될 수가 없었다.

　그때나 지금이나 여전히 마로의 모습에는 조금도 두려움
이 보이지 않았다. 그리고 이때 미유리는 한 가지 사실을 간
과하고 있었다. 자신은 분명 변장을 하고 있었는데 마로는 대
체 어떻게 자신을 그렇게 쉽게 알아봤는지를 말이다. 그는 더
욱 신비해져서 나타난 것이다.

4

그 누구도 이 괴상하게 생겨 먹은 사내가 이 위기를 모면하게 해줄 거라고는 눈곱만치도 생각하지 않았다.

심지어 미유리마저 마로에게만 맡겨 놓을 수는 없었다. 어릴 때야 당장 죽음이 두려워 어린 꼬마를 늑대의 인질 삼아서 도망쳤지만 이제는 다 큰 성인이 된 상황이니 또다시 마로를 희생양 삼아 도망칠 입장이 아니었다. 게다가 그녀는 그동안 마로를 얼마나 보고 싶어 했었던가.

"그건 절대 안 돼. 그냥 여기는 돌프 경에게 맡기고 우리는 어서 이곳을 빠져 나가자. 응?"

"누이는 못 본 사이에 겁만 늘은 모양이네. 글쎄 내 걱정은 하지 말고 어서 저들과 함께 일단 이곳을 피하라니까. 이미 계약서에 사인까지 했잖아. 제발 가라고. 여기 있다가 오우거 녀석들에게 당하기라도 하면 나만 손해라니까."

하지만 그녀가 붙잡을수록 마로는 이처럼 냉정하게 거래의 원칙만 내세웠다. 아무래도 미유리의 맹목적인 애정이 부담스러웠던 모양이다.

"너 정말 계속 나와 거래만을 원하는 거니? 응?"

"당연하지. 어차피 누이와 내가 처음 인연을 맺은 것도 거래에서 비롯된 것이잖아. 그러니 그만 고집 부리고 어서 가."

마로는 그동안 수련을 통해 흉포한 성향은 억누르게 되었는지는 몰라도 혼자 고독한 시간을 보내도 너무 많이 보냈다.

그래서인지 사람과의 관계를 어떻게 유지해야 하는지에 대해서는 더 서툴러진 것 같았다. 만일 이때 미유리가 화가 나서 진짜로 혼자 가버렸다면 대륙의 역사는 또 달라졌을지도 모른다. 마음이 공허해진 마로의 행로가 어찌 되었을지 모르기 때문이다. 하지만 다행스럽게도 이때 미유리는 자신의 화난 감정보다는 마로의 안위가 더 중요했다.

"네가 날 어떻게 생각하든 넌 이미 나에게는 남이 아니야. 그러니 너만 두고는 절대 못가. 그렇게 알아. 흥!"

철푸덕…….

다 큰 귀족가의 아가씨가 흙바닥에 아예 주저앉아 버렸다. 그러자 마로의 눈빛이 묘하게 변해갔다.

'훗, 이 어린 누이는 여전히 나를 좋아하는구나. 내가 이렇게 지저분하고 별볼일없어 보이는 데도 자신의 목숨까지 버릴 정도로 날 좋아해 주다니……. 이래서 세상이 돌아가는 것일까? 이렇게 바보 멍청이 같은 사람이 있어서 말이야. 좋아, 누이. 내 다른 사람은 몰라도 누이를 위해서라면 뭐든지 해줄게. 십 년을 변함없이 나를 생각해준 누이를 위해서라면 내 목숨도 아깝지 않을 것 같거든. 큭큭…….'

미유리의 순수한 마음이 정말로 무서워진 인간을 사로잡고 말았다. 물론 아직은 그가 얼마나 무서운 인간인지 알 수는 없지만 말이다.

"아가씨, 어서 일어나십시오. 그리고 너는 자꾸 헛소리 주절거리지 말고 어서 아가씨와 함께 곧장 뒤도 보지 말고 도망가게! 어서 서둘러. 시간이 없다고!"

돌프 경과 병사들이 다가와 주저앉아 있는 그녀를 일으켜 세우려고 했다. 그들 입장에서는 마로가 전혀 탐탁지 않았지만 미유리 혼자 보다는 못난이라도 사내인 그와 함께 도망치는 게 조금이라도 낫다고 생각했기에 둘을 묶어서 보내려 했던 것이다.

'어쩐지 눈에 익었다 했더니 저 아저씨는 그때 나를 숨어서 따라오던 바로 그 아저씨로군. 그때 나 때문에 꽤나 놀랐지. 후후… 그 역시 멍청하긴 매일반이네. 자신이 모시는 아가씨를 위해 속절없이 목숨을 내던지다니……. 재미있어. 살아가는 것은 참 재미있는 일이야.'

마로가 이런 생각을 하는 동안 오우거들도 이제 조금 재미가 없어졌는지 어느덧 세 마리 모두 인간들의 코앞까지 다가와서는 힘차게 고함을 질러댔다.

크와아아아앙~!!

"엄마!"

"흐헉!"

소문으로만 듣던 오우거가 콧김이 닿을 정도까지 다가와서 위협적인 소리를 지르자 그렇게 침착하던 미유리는 물론 병사들마저 너무 놀라 기겁을 하고 말았다.

"젠장… 이제 작전이고 뭐고 다 틀렸어. 아가씨… 끝까지 지켜주지 못해 죄송합니다. 크흑……."

"아니에요. 돌프 경. 제가 오히려 죄송해요. 그동안 너무나 감사했어요."

기사는 자신의 주군의 딸에게, 또 그 딸은 기사에게 서로 미안하다며 사과를 했다. 아마 이런 경우 이들처럼 서로를 원망하기는커녕 오히려 미안하다고 말할 수 있는 사람이 거의 없을 터였다. 영특한 마로 역시 이런 모습을 보게 되자 코끝이 찡해지며 괜히 화가 치밀었다. 그리고 그를 화나게 한 원인인 오우거들을 슬쩍 노려보면서 천천히 그들에게 다가가기 시작했다.

"마, 마로! 뭐하는 거야?"

"뭘 하긴. 감히 누이를 놀라게 한 이 버르장머리 없는 녀석들부터 혼내 주려는 거지. 처음에는 그냥 조용히 타일러서 보내려 했는데 이젠 아니야. 일단 좀 맞아야 할 것 같거든."

돌프와 병사들은 물론 미유리마저 이 대목에서는 마로가 미친 게 분명하다는 생각을 했다. 자신보다 키만 해도 족히 세 배는 큰 데다가 몸집은 네다섯 배 이상 되어 보이는 오우거 코앞에서 이런 헛소리를 주절거리니 어찌 그런 생각이 들지 않겠는가. 특히 그는 큰 키에 비해 워낙 몸매가 호리호리해서 왠지 더욱 그의 뒷모습이 안쓰러워 보였다.

크웡?

그리고 이런 기분은 오우거들도 마찬가지인 모양이었다.

콧바람만 조금 세게 해도 휙 날아갈 것처럼 생긴 녀석이 자신들의 코앞으로 다가오는데 그 모습이 기분 나쁠 정도로 태연했다. 지금까지 볼테르 산을 다스리면서 자신들 앞에서 이렇게 시건방진 태도를 보였던 존재는 단 하나도 없었기에 오우거들이 느끼는 감정도 그리 좋을 리는 없었던 것이다.

그런데…….

"앞으로……."

슈욱~ 뻐억!

꾸에에엑~!

"누이를……."

빠각!

크워웍!

"놀라게 하면… 죽는다!"

퍼퍼퍼펵!

꾸아아악~!

실로 말도 안 되는 어처구니없는 일이 벌어지고 말았다. 그 작은 마로의 주먹이 번뜩일 때마다 오우거들은 미친 듯이 비명을 질러댔다. 반대로 마로가 그런 오우거들을 주먹으로 패고 발로 걷어차며 그야말로 오뉴월 개 패듯이 오우거들을 패기 시작하자 놈들은 이리저리 굴러다니며 발광했다.

이 상황의 이유는 딱 하나. 바로 미유리를 놀라게 했다는 그 한가지였다.

끄허어어어엉~!

꾸익 꾸익~! 꺼헝헝!

순간, 미유리는 반쯤 정신이 나간 상태에서 그 모습을 바라보다가 방금 전까지만 해도 그렇게 위풍당당하고 위협적으로 보이던 오우거들의 눈에 고통의 눈물이 흐르는 것을 발견하고 말았다.

"마로! 제발 이제 그만해 줘!"

뚝…….

"응? 누이는 이놈들이 괘씸하지도 않아? 조금 전까지만 해도 무서워서 달달 떨었잖아? 그러니 버르장머리를 좀 고쳐줘야지."

"하지만 저들도 이제 충분히 잘못을 뉘우쳤을 거야. 지금 눈물을 흘리잖아. 날 봐서라도 그만하면 안 될까?"

미유리가 애처로운 눈빛으로 이렇게 말하자 점차 마로의 주먹이 아래로 내려왔다. 그녀의 진심이 전해진 것이다.

"휴우… 누이는 내가 생각한 것보다 더 착했군. 뭐 조금은 아쉽지만 누이가 그리 말하니 이쯤에서 그만 둘게. 하지만 계약은 계약이다."

끄덕끄덕…….

"당연하지."

아무튼 아무리 세월이 흘러도 마로의 돈에 대한 욕심은 조금도 변하지 않은 모양이다. 그의 말에 미유리는 울던 얼굴에 환한 웃음을 지으며 얼른 고개를 끄덕였다.

하지만 그녀의 웃음 뒤쪽에 있는 사내들은 아주 영원히 볼테르 산의 석상이 되기로 결심했는지 정신이 모두 나간 채 완전히 굳어 있었다.

그들 평생 이렇게 놀랍고 충격적인 장면은 본적도 들은 적도 없었던 것이다. 인간이 맨주먹으로 오우거 세 마리를 울리다니……. 밖에 나가서 이 이야기를 사람들에게 한다면 딱 한마디로 되돌아올게 분명했다.

미친놈.

지금 이들은 눈앞에서 지금 벌어지고 있는 사태를 목격하고 있으면서도 이건 절대 현실이 아니라고 열심히 부정하고 있었던 것이다. 그것도 완전히 얼어버린 상태로 말이다.

"네놈들 참 좋은 사람 만나서 살아난 줄 알아라. 저 누이가 조금만 매정했어도 네놈들은 아마 인간에게 대들다가 맞아 죽은 오우거로 대대손손 이야깃거리로 남았을 거야. 큭큭… 하지만 지금부터 내 말을 안들을 땐 내가 기분이 나빠져서 또 손을 댈지도 모른다. 알겠나?"

끄덕끄덕…….

갈수록 태산이라던가? 돌프와 병사들은 진짜 자신들이 미친 것만 같았다. 세상에 오우거가 사람 말을 듣고 고개를 끄덕이다니……. 이게 말이 되는 이야기일까?

그러나 그 속을 들여다보면 그리 이상한 일도 아니었다. 지

금 마로가 말을 하면 그의 말을 오우거 귓속에다가 통역을 해
주는 존재가 하나 있었던 것이다. 바로 오랜 수련 끝에 감격
스러운 재회를 한 테루가 인근에 은신한 채 이 재미있는 장면
의 감초 역할을 톡톡히 하고 있었다.

"좋아, 그럼 지금부터 셋을 헤아리는 동안 사라져라. 만에
하나 셋을 셌는데도 그 보기 싫은 엉덩짝이라도 보이게 되
면… 모두 죽는다."

크윙~!

끄덕끄덕…….

여기가 동네 놀이터도 아닐진대 마로는 오우거와 이젠 아
주 재미있게 놀고 있었다.

"하나……."

후다다닥~! 쿵쿵~!

볼테르 산에 또다시 엄청난 진동이 일어났다.

"두울……."

쿵쿵쿵쿵쿵!

거대한 오우거의 머리통이 나무 위로 올라왔다 사라졌다
하는 진풍경이 벌어지자 미유리는 결국 참던 웃음을 터뜨리
고 말았다.

"호호호… 쟤네들 정말 재미있네."

"셋!"

어쨌든 그렇게 오우거들은 완전히 사라지고 말았다. 십 년

만에 등장한 마로는 이제 괴물이 되어서 돌아온 게 분명했다.
그것도 예측불허한 데다가 무슨 생각을 하는 것인지 조금도
짐작이 되지 않는 영리한 괴물이 되어서……

『제일좌』 2권에 계속…

장강삼협
長江三峽

조돈형 新무협 판타지 소설

『궁귀검신』, 『마도십병』, 『운룡쟁천』의
작가 **조돈형**
그가 장강의 사나이들과 함께 돌아왔다!

굽이쳐 흐르는 거대한 장강의 흐름 속에서
선혈처럼 피어나 유성처럼 지는 사내들의 향취!

장강삼협(長江三峽)!

하늘 아래 누구보다 올곧았던 아버지의 시신을 이끌고
고향으로 돌아온 유대웅을 기다리고 있던 것은
천오백 년의 시공을 뛰어넘은 패왕(霸王)의 무(武)와 검(劍)!

패왕칠검(霸王七劍)과 팔뢰진천(八雷振天)의 무위 아래
천하제일검(天下第一劍)으로 우뚝 설 한 소년의 일대기!

장강의 수류는 대륙을 가로질러
이윽고 역사가 된다!

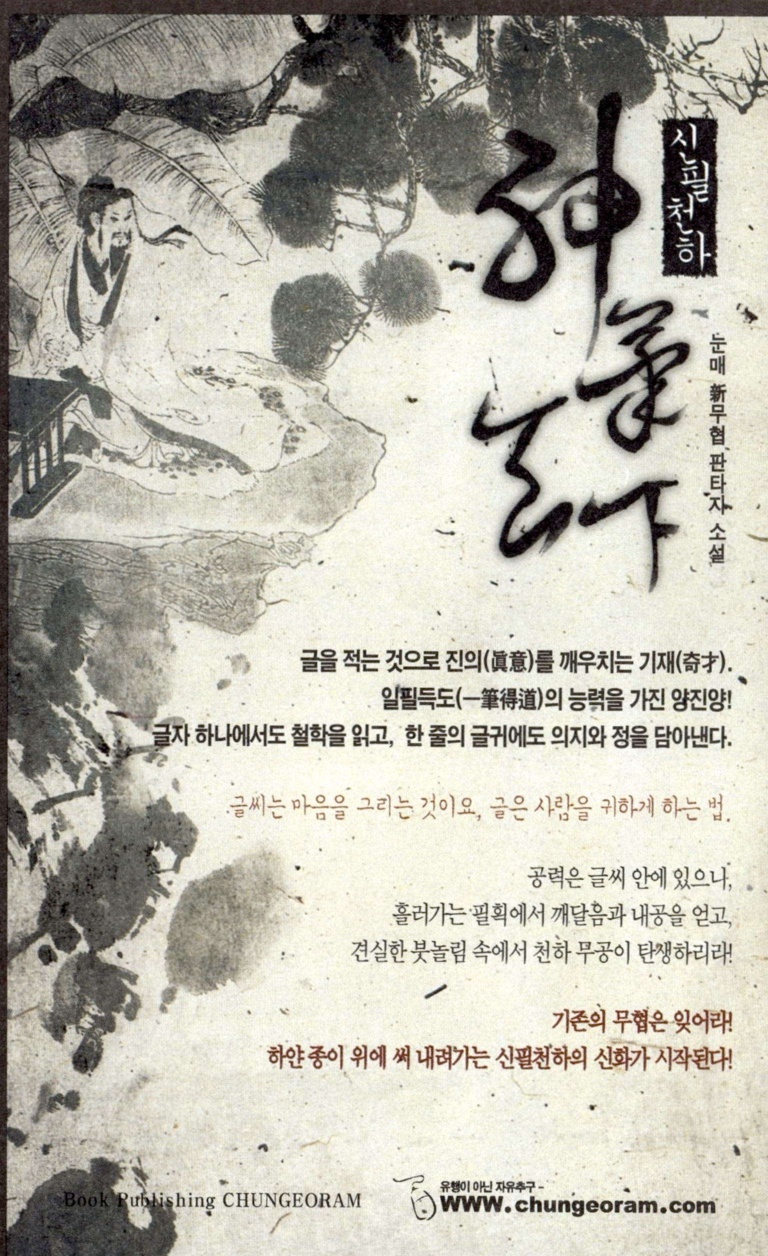
시 느 필 천 하

神筆怒畵

눈매 新무협 판타지 소설

글을 적는 것으로 진의(眞意)를 깨우치는 기재(奇才).
일필득도(一筆得道)의 능력을 가진 양진양!
글자 하나에서도 철학을 읽고, 한 줄의 글귀에도 의지와 정을 담아낸다.

글씨는 마음을 그리는 것이요, 글은 사람을 귀하게 하는 법.

공력은 글씨 안에 있으나,
흘러가는 필획에서 깨달음과 내공을 얻고,
견실한 붓놀림 속에서 천하 무공이 탄생하리라!

기존의 무협은 잊어라!
하얀 종이 위에 써 내려가는 신필천하의 신화가 시작된다!

Book Publishing CHUNGEORAM

유행이 아닌 자유추구 -
WWW. chungeoram.com